替補的王牌

盧建彰

王牌推薦

誰殺了老人？究竟誰又是兇手？跟著盧建彰導演的文字，正義檢察官的引領，一步步由一壘、二壘、三壘往前探索，直到踩踏本壘，真相大白。

這是本充滿棒球元素、珍貴友誼、社會公義的精采小說，值得一看！

——曾文誠（資深球評）

我坐在大片落地窗旁，外面是金色的陽光、筆電上有一百多封未讀郵件，眼睛卻不知不覺留在這本書上，像魔咒一樣。

劇情節奏明快、充滿盧導的風格，洋溢屬於臺灣的地氣。尤其角色塑造，讓人看不到十頁就被圈粉，眼中冒出粉紅泡泡，就算毫無推理成分、無關任何社會議題，也是讓人不知不覺漾出微笑的浪漫故事。

浪漫在哪裡呢？我坐在盧導常去的餐廳裡，想著他是怎麼寫出這樣的故事；還有，會不會有個充滿紳士風度的棒球教練不小心看到我呢？

——張瀞仁（暢銷作家）

當文字成為洞悉世界的眼，能看透複雜表象，直入事件核心。透過盧建彰導演充滿影像感的鋪陳，帶領讀者走入一段替補人生。

——蔡瑞珊（青鳥書店創辦人）

目次

本故事純屬虛構，與任何現實人物、事件均無關。

第一部

1

尋常的日子，她開著車，到殯儀館。

這是個大城市，每天都會有人死。

這幾年，總算有新的規畫，否則之前每次門口都會堵住，車位不夠，擁擠的停車場，趕不及的人，參加完儀式出不去的人。進不去的車，出不來的車，讓整個大門壅塞，自己就見過幾次人們捺不住性子，火爆地指著對方破口大罵。

通常是因為趕時間，可是，人都走了還要趕時間，不是很辛苦嗎？

不，這話不精確，應該是要送人走的，趕時間。

這裡已經是旅途的終點了，有時卻連門都進不去。

想到那些來現場排解糾紛的員警，最後在筆錄裡登載的可能是「爭先恐後進火化場」，自己就莞爾一笑。

自己雖然開的是公務車，可以走公務門，但一樣進不去，因為公務車道也被擋住，擋住的是部載滿花圈的小貨車，跟一部用鮮花裝飾滿滿車身的出殯車，車身小小擦撞，兩位車主吵到動起手來，髒話連連，音量不低，幾乎就是那老笑話了，「吵死人」。

當整個社會都生病時，你在社會的哪個位置都會被影響，你就是裡面的細胞，不會因為你是在不同的器官，就平安無事的。突然覺得自己老很多，肩頸的僵硬痠痛感，彷彿怎麼推都推不動。

朋友去日本玩，想到請他們幫忙買的，就是痠痛藥膏，那種透明圓柱狀的，她覺得比較有效。朋友說，沒請人買化妝品保養品，卻買這種老年人的標準配備，是不是哪裡出問題了？她也只能傻笑。

還不是為了最後的最後？

停好車下來，管理員跟她揮揮手，她點個頭，低著頭，往前走。要去的地方在整個園區的最角落，通常一般人不會到也不想到的地方。不，整個殯儀館都是，但這不是人可以選擇的。

這地方也是。

解剖室。

很多人看國外影集，以為解剖室都會在高科技大樓裡，不過很抱歉，現實裡，辦公室雖然在檢察署，解剖的地方卻是在殯儀館裡，她在讀書時來參訪就知道，當下也有點訝異。不過後來也能夠理解，畢竟許多冷凍設備、後續大體的處理人力，還是需要支援系統，而這些幾乎殯儀館都能提供，公家單位的思考邏輯就是，資源能共享就共享。

你說，那怎麼不放在國立大學？是啊，她自己就是國立大學法醫研究所畢業，可是，這個系所也是全國唯一，無法也不能在各個縣市有足夠資源處理解剖事務呀。總之就是在一連串的妥協，和行之有年的妥協底下，現在就是這樣了。

簡直，跟人生一樣。

推開鋁製的門走進休息室，但這不是給她的休息室，是給家屬的。

上次聽說有位學妹解剖完想換衣服，就把這門鎖起，在裡頭換下刷手服，穿上自己帶的衣服，結果等到換好後抬頭，才發現天花板的角落有個監視器鏡頭，正光明正大地望著她，瞬間整個人羞到不行。原本想去找管理員刪掉硬碟裡的影片，又覺得太難啟齒，而且，搞不好對方本來不知道，經你這一講，還特地去把那檔案找出來，那不是更糟嗎？

話說回來，到底為什麼家屬休息室裡要有監視器呢？

她去問了。

是因為發生過太多次糾紛，家屬在現場吵架，吵到後來動手，甚至破壞裡頭的公物，管理單位不堪其擾，為了釐清狀況，也為了某種程度的嚇阻，才裝上監視鏡頭。

記得那時，自己還點頭稱是，應了句：「人過世，家人總是難免情緒激動。」

管理員看著她微微笑，不知道是笑她天真還是什麼，「都嘛是吵遺產啦，人才剛過去，家人就翻臉了啊。」

這就是人類。

出生和死亡都會伴隨著哭泣，有些哭聲，格外淒厲。

她習慣比工作約定時間早半小時抵達，好讓自己的心思安定下來，因為面對的不只是一個案件，而是一個人生。和人相約都盡量不遲到了，這種一輩子只會見到一次面的，更是一期一會，不但不能遲到，更該盡量以完整的心態赴會，不該匆匆忙忙，她覺得這是基本的尊重。只是，今天解剖室狀況有點不同，似乎都沒有人預先準備，現場空蕩蕩的。正感到納悶，門突然被打開，管理員王先生走進來，他平常負責協助法醫解剖，主要工作是從冰櫃把大體拉過來，並在完成解剖後協助歸位，好讓家屬日後可以領回。

「法醫早，剛剛他們電話來說，先不要剖。」王先生一臉歉意。

「誰？」

「檢察事務官打來的，說等等會跟妳聯絡，我也還不太清楚狀況。」

她拿起手機，發現有個檢事官的未接來電，難怪對方打給王管理員。因為有解剖工作，早上出門時就關成靜音了，避免聲音干擾，這是她的習慣，也是她對亡者的一點點敬意。

按了回撥，怕講電話吵到別人，她推開門走到室外，卻發現外面各種音樂更大聲，佛經和流行樂混雜在一起，實在是奇妙的感覺，等著電話被接起時，又轉身走回室內。

「喂，我是歐陽安。」她試著讓聲音保持禮貌。

「噢，歐法醫呀。」檢事官的聲音很宏亮，她把話筒拿離開耳朵一些。「我跟妳說，不好意思，你們那個法醫研究所長啊，說不用剖了。」

「啊？為什麼？」明明自己是姓歐陽，不過算了，不重要。

「我們也覺得奇怪，不過，今天應該就先不剖了。」

「怎麼不早說？」

沒事的話，誰想要跑到殯儀館呀，為了今天的解剖，早上也不敢吃早餐，現在那些生理上的不舒服感，都開始湧上來了。

「我也是今天到辦公室要出門時才看到，超奇怪的，趕快打給妳、但妳沒接到，我才趕快跟殯儀館管理員聯絡，我怕那個屍體拉出來解了凍再放回去，會有所變化。」蔡檢事官的聲音一大早就充滿熱情。

「是不至於啦，不過我肚子餓了。」

「好啦，妳趕快回來，我跟阿檢請妳吃早餐。」

「你們也還沒吃嗅？」

「要解剖誰敢吃啊？」

「好啦，待會見。」

轉頭看到王管理員納悶的眼神，也難以跟他解釋，只好說了聲：「今天不弄囉，我先回去，辛苦啦。」

走到戶外，一位滿頭白髮的老婦人佝僂著上身走來，可能有些脊椎神經性的問題，走路也略略不穩。

「拍謝，借問第五廳在哪邊？」老婦人的臺語口音，啞啞的。

她轉身指向最深處，「妳往那邊走，到那邊那棟再看一下牌子，小心哦，前面那邊路不太平。」

「謝謝啦。」緩步前行的老婦人閃爍著不安茫然的眼神，是那種到陌生環境的害怕模樣。不知道為什麼沒有家人陪伴，也可能，家人就在裡面躺著了。

「我帶妳去。」意識到這句脫口而出時，自己都有點嚇到，但也已經走到老婦人身旁，扶著老婦向前走，感覺對方長袖下的手臂非常細，嚴重缺乏脂肪，有點營養不良。

「啊，免啦。」老婦人笑著說，咧開的嘴傳出一些氣味，也可以看到多處缺牙。

靠近點看，老婦人臉上有些疤，身上也有些氣味，屬於時間。也屬於沒有時間清潔。

「沒關係，我剛好要去開車，陪妳走過去。」她刻意笑笑地說，希望對方好過。

「噢，拍謝拍謝，我坐公車來，也沒來過。」

「哦，辛苦啦。」雖然想問是誰的告別式，但這種問題實在太失禮。

「阮後生啦，好幾年沒看人影，擱有消息就是呷人冤家，用開山刀砍死。」

她默然。總不好說妳兒子可能就是我到現場相驗的。或許，當初來認屍的不是這位老婦，是其他家屬，否則，自己可能見過。

「我的車到了，妳看前面那一棟，應該轉過去就是。」歐陽安舉手跟老婦人指出方向。

「謝謝啦，小姐妳做往生的，就親切，謝謝。」

看來對方把自己當成禮儀公司的了。

這也沒關係，自己確實是做往生的。

2

開車回辦公室的路上，想著今天本來要解剖的對象，記得那天到現場是下午。在住宅區巷弄裡，大白天的接獲報案，警察抵達現場，是位八十歲左右男子，已無呼吸心跳。當初報請解剖，是因為看到皮膚在胸部的地方有些小水泡，讓她感到納悶。

車要停到辦公室旁邊近兩百公尺遠的停車場，還要留電話，因為車位不夠，總是會擋到別人，公家機關這幾年，什麼都缺。

她把自己的車橫放，盡量只擋到一輛車，這樣被叫來移車的機率才會減少。她就聽過有位檢察官正好在開庭，只好讓同辦公室的學長幫忙移車，結果車門稍稍刮傷了，是有那麼點不愉快。

請人移車的，被拜託移車的，車被移的，三個人都很無奈，卻又得分別說「不好意思，不好意思」、「沒關係、沒關係」，應該很想對當初負責規畫停車場的人求償吧。

在這個組織最常感受到的，真的是無奈，每個人都有自己的苦處，然後那苦處還無處可去。

走進辦公室，歐陽安先從抽屜拿出花草茶，這是自我療癒的第一步，也好讓茶的香氣沖淡剛剛那些線香的氣味。她拿出剛在路上買的吐司，一邊塗草莓果醬、一邊塗奶油，兩者融合起來，給了自己另一個小安慰。

窗外行道樹綠意盎然，給自己保有小小的時間和空間，做心靈環保是很重要的，否則這行業，做不了幾年。

說要請吃早餐都是騙人的啦，地檢辦公室那邊一定忙得跟打仗一樣，他們只要有案子就會忘記吃東西，所有節奏都是劈哩啪拉響，永遠有案子，一個月三百件以上，所以常常忘記吃，然後，一堆檢察官、書記官都胃食道逆流。

通常都是在工作十年後，才開始意識到要好好保養自己，有的人來得及，有的人就來不及了，身體器官就是那麼現實的東西，不像汽車零件可以更換，這是入行時帶她的學長說的。

好好吃飯，好好睡覺，在那中間，好好工作。自己要提醒自己，因為別人只會提醒你工作的部分。「案子剖了沒？報告交了沒？」沒人會問你：「睡覺了沒？飯吃了沒？」這些屬於私領域，儘管我們都得靠私領域的安全，確保公領域的盡力。

從包包拿出小筆記本，一手拿吐司，一手翻頁，看到自己的字寫得密密麻麻，帶來了些許安全感。她習慣每次相驗一結束就立刻做筆記，把當下最鮮明的印象留下，幫助自己之後在解剖時寫報告，無論那個時段多晚都得做，有時很累，但總好過之後後悔。

半開的門被敲了兩下，一個聲音傳來。

「不好意思，方便打擾嗎？」

她抬頭看，是阿檢，當然不會在對方面前這樣叫。

「李檢好。」她抬頭打了招呼，隨手抓了桌上的面紙，擦擦嘴邊。

李果顛檢察官調來快兩年，年資應該有七、八年了吧，人很客氣，瘦高身材，聽說很愛運動，以前是學校的風雲人物，到地檢署還加入壘球隊和籃球隊，自己去看過一次籃球比賽，算是裡面特別靈活的。

「不好意思，早上讓妳白跑一趟。」李檢表示歉意。

「不會啦，到底怎麼回事，為什麼突然不解剖了？」她是真的很想知道，這種狀況，有點奇特。

「目前還不太明朗，我打去法醫研究所，結果他們說所長去開研討會，明天再回我。」李檢皺著眉說。

「欸……？」歐陽安發出狐疑的聲音

不過，若只是講這樣一件不明確的事，檢察官應該不會親自跑來……一定有什麼蹊蹺。

「我想問妳一件事。」李檢的語氣果然有些變化。

「什麼？」

「妳是不是認為有解剖的必要？」

這句話問得很奇怪，尤其是問法醫，基本上，決定要不要解剖是檢察官的責任，法醫的工作是輔佐並提出看法，本來就會有所討論。不過，之前就已經提出申請要解剖，現在特別提出這問題，有點像是兩個人一起吃飽飯後，回家路上特別問：「你有吃飽嗎？」這意思，不就是問的人自己沒吃飽嗎？

「怎麼了嗎？」

「沒有，只是想要再確認一下。」李檢語氣有種刻意的若無其事，他頓了一下，「我覺得怪怪的。」

「怎麼說？」

「好像有人對這案子有意見。」李檢講的時候還先看了看周圍，音量也刻意壓低。

不過這辦公室除了小，另一個特色就是沒人，因為嚴重缺乏人力。李檢當然也知道，會有這些動作，大概是下意識。

「有意見？什麼意見？」她追問。

「我也還在了解。」

「可是不解剖，就搞不清楚死因。」

「沒錯，我也是這樣想。不搞清楚死因，後面往下偵辦就會沒有方向，甚至可能往錯誤的方向去。這是一條人命耶！」李檢看起來義憤填膺，聲量不自覺地變大了，似乎已經忘記幾秒鐘前自己小心翼翼的樣子。

錯誤的偵辦方向，很可怕。現今整個司法體系面對的問題就是嚴重的資源不足，不管是人力、物力、時間都很不夠。歐陽安曾聽一個做生產管理的朋友講，時間、資源、品質，最多只能三樣選兩樣，當你沒時間又沒資源時，品質必定也會下降。要是再加上偵辦方向錯誤，就會陷入萬劫不復，在沒有更多人力物力可以投入的狀況，很容易就成為懸案。

不過，她覺得更可怕的，是失去信念。

很多人在進入這個體系前都一路是佼佼者，可是經過幾年歷練後，反而成為官僚體系裡的幫凶，只是打發案子，並且被人打發。

不過她還是記得，那位大學長說的話——

不要擔心，這是個大城市，每天都會有人死。
不會因為你做了什麼，你沒做什麼，就改變這一切。

3

法醫要輪班，輪值的時間是下午五點到隔天下午五點。在這段時間發生任何死亡案件，法醫幾乎都要到場。再累，都必須盡量認真的看待眼前的案子，因為每一件在之前都是個人，你得想辦法搞清楚怎麼了。

下午四點多的解剖室外，歐陽安剛整理好，走出來。

迎面走來一個年輕人，穿著有點舊的牛仔褲，上衣的領口早已洗到鬆脫，臉上滿是疲憊，頭髮應該有段時間沒剪了，是那種平頭任它一路長，無力也無空處理的那種。

她看他眼神低低地、不太敢說話的樣子，想了想，還是主動上前。

「你好，請問有什麼事嗎？」

「那個，有人叫我來認屍……」年輕人的聲音有些遲疑，缺乏自信。

「不好意思，請問什麼大名？」管理員不知道是不是在忙，她拿起桌上的登記簿，想幫忙查看看。

「我嗎？曾天運。」唯唯諾諾的樣子，恐怕是來到陌生環境的關係。

「噢，不好意思，我是說亡者。」

「喔，拍寫，是那個，曾天富。」

「好，我查一下哦。」她從上面一路看下來，有了，在十五號冰櫃。應該是另一位法醫驗的。

對方捏著手，手裡的塑膠袋幾乎快被捏壞了，似乎很緊張。

「你這是什麼東西？」歐陽安輕聲問。

「衣服。」

「什麼衣服？」

紅白色的塑膠袋內透出裡頭白色和淺藍色的衣物，更突顯眼前這瘦弱的身軀散發出的、一種難以言喻的卑弱感。

「家裡的衣服。」

「家裡的衣服？那你放外面，我帶你進去。」

「是要給他穿的……」對方講話的聲音很細微，不像個大男人。

「哦，沒關係，我跟你說，這個暫時還用不到，你先放外面。」她只好幫他下決定，否則感覺他痛苦遲疑的時間會很長。

「可是，可是……」對方吞吞吐吐。

「怎麼了？」

「我怕……」

雖然是家人，常常也會遇到不敢看屍體的，應該說，正因為是親人，對許多人來說更難以忍受。

「是你弟弟噢？沒關係，我陪你進去看。」歐陽安出聲鼓勵眼前這膽怯的年輕人。

「是我哥哥。我不是怕他，我是怕我這包放外面不好。」

「你怕被偷噢？」

「不是……我怕這會被當垃圾丟掉……」

原來他擔心的不是被偷走，他可能也意識到自己在社會上不是被看重的那一邊，連帶的，對自己帶來的衣物也懷抱自卑的心情，光想到他平日的辛苦，歐陽安也有點心酸。

「沒關係，我跟你說，你放我這邊，我幫你顧，不會被丟掉。」她一把接過來，彎腰打開桌子置物櫃最下層。這張桌子雖然是公用的，但通常都分配給法醫，管理員不會隨便去動。要放入置物櫃時，她聞到一股異味從那袋衣物傳出，應該是霉味吧。

「謝謝、謝謝。」對方不停鞠躬道謝。

她感到很不好意思，既不習慣，也沒有必要，但她也清楚，要是拒絕對方，會讓對方感到更羞愧丟臉，她只好趕快闔上櫃子抽屜，試著打斷對方的動作。

「來，我們這邊請，警察有跟你說明死因嗎？」她領著他往門後走去。

「我知道，我弟弟在家發瘋砍死我哥。」對方聲音微細，但每個字都好重。

聽到對方的回答，她停下腳步，內心很震撼，可是她知道要趕快再往前走，不要再讓對方難堪了，對方不需要自己廉價的可憐或安慰，那都只是客套，自己根本不會知道，對方到底經歷了什麼。

「嗯，辛苦了，來，這邊請，小心腳步，前面有個小門檻。」她保持語氣平穩，引導對方。腳步走穩了，人生就是這樣，你還年輕，你可以的，她在心裡告訴這年輕人。任何事，都會沒事的。

＊

晚餐是和朋友一起。

她先回家洗澡，否則身上會有味道。把手指頭髮都仔細地再清潔，洗上兩遍，再泡到浴缸裡，一整天的疲憊感，在熱水裡彷彿完全被蒸散出來，每次她都會想到，人出生時會洗一次，走的時候也會。閉上眼睛，那些臉孔彷彿被抽色，卻依然鮮明。工作如果和人的生命有關，就得面對這些。

她有位同學在醫院的放射腫瘤科，就說他身後跟著一群鬼，因為他的病人幾乎都得面對生命的終點，而他也得面對，盡量讓自己放鬆，並提醒自己，不是努力就一定會有理想的結果。只能提醒自己，從病人的角度看，他就是路上的一個夥伴，讓對方在路上安穩順心一點，感受到人的溫度，不要在最後太多苦痛，可以少一些疑惑。

她總會想到自己，也是對方路上的一個夥伴，只是為了解出疑惑，給留下來的人，也給先走的人。

晚餐是法國料理。

點完主餐後，餐前酒上來。坐在對面的，是上週去東區的運動酒吧看球時認識的朋友Mark。以前在洛杉磯讀書時的同學Sharon約她一起去看職棒比賽，Sharon說自己不太愛看棒球，所以找了位專業人士來，一起看比較熱鬧，客隨主便的她當然沒有拒絕。結果，竟然是個大聯盟球探，叫作Mark。

後來才搞清楚，Mark是在臺灣長大，本來也是球員，打過一陣子職棒，後來受傷，就照球隊建議轉為球探，負責挖掘臺灣年輕一輩的球員，引介到美國大聯盟的球隊去。Mark平常在臺灣的大學棒球隊當教練，每個月提供美國球團新的球員報告，據說收入還不錯，然後每年會到美國兩次，回母隊報告業務內容。

喜歡看棒球的她，那天後跟Mark仍有聯絡，雖然認識時間不長，但每次見面都很開心，聊些最近比賽的狀況，待過美國的Mark對待女孩子也稍稍較紳士一些，是個體貼的人。

吃法國料理是Mark的提議，他說聖誕節那一週太貴了，不要被當凱子，想提早兩週吃。安當然也覺得好，畢竟，要是聖誕夜當晚一起晚餐，好像就有另一層意義，怕給彼此負擔。Mark想到這一層，也是個貼心的舉動，避免了尷尬。

眼前是支今年被評為四．七分的紅酒，算是很高分，燭光下，鮮紅的顏色很美麗，在玻璃杯裡，虹彩映在白色桌巾上。

「聖誕快樂。」Mark拿起紅酒杯，燭光下那張黝黑健康的臉，笑得很爽朗。

「聖誕快樂。」她也舉杯，暫時忘記所有工作上的人。

活著的人好好活著，才對得起沒有辦法繼續活著的人。

前菜是她喜歡的清爽沙拉，搭蔓越莓醬，讓酸味的刺激感，點亮夜晚的黑暗。兩人來之前就說好，今晚要好好休息，不談工作，更不開車，好好放鬆聊天，享受美食美酒。現在的浪漫剛剛好，不會太有負擔，跟沙拉一樣，有趣味但不甜膩。

Mark正講到他以前當捕手，很習慣不斷觀察場上的變化，所以現在走在路上仍有這習慣，會一直觀看周遭的人事物。

Mark說：「有一次，和朋友吃完飯去停車場拿車時，朋友在自動繳費機前一直無法順利繳費。機臺好像在車號辨識上發生錯誤，一直說查無此車輛。」他晃著手上的紅酒杯，繼續說：「朋友夫妻很苦惱，因為還得趕緊開車回家，孩子快放學了，朋友急得很，先生正準備去找管理員。我走過去關心，看著朋友太太又再輸入車號一次。我就跟她說你的車號不是這個，應該是BXB－0328吧？朋友夫妻一聽，對看，突然大笑。朋友說，我忘記我們今天是開另一輛車來，果然一輸入就找到了。」

歐陽安津津有味地睜大眼，這個Mark，也是個奇特的傢伙。

「朋友好奇的問，你怎麼知道我們的車號？我就跟他講，你們車開進來的時候，我剛好下車，有瞄到。」Mark露出俏皮的微笑，大大的眼睛閃爍著亮光，那是屬於運動員的明亮眼神。

歐陽安從小就喜歡運動型的男生，不過，大學時讀的醫學院，剛好那屆較少這樣的人。

突然，她發現Mark挑了挑眉，示意要她看旁邊。她低頭一看，自己包包裡的手機正閃爍著，在昏暗的餐廳燈光裡，很突兀。

「不好意思，雖然我們說好不談公事，但公事好像不請自來了。」她心虛地說。

「沒關係，所謂攻勢不斷嘛。」Mark微笑。

她跟Mark點頭致意，接起手機。這份工作就是得隨時準備接受突發狀況。

「不好意思，歐陽法醫，打斷妳休息時間，我是檢察官李果願，方便說話嗎？」

「沒關係，你說。」

「法醫研究所所長剛跟我說，他認為那位老先生死因無可疑，建議不必解剖。」

「為什麼會覺得不可疑？」

「他認為是自然死亡，八十歲了，本來就很容易有身體上的突發狀況。」

「可是，他身上有一些小水泡啊。」

「對，他認為應該是天氣炎熱，造成中暑，水泡可能是老先生倒地後被陽光曝曬，造成的曬傷。」

「李檢，這很奇怪耶，那天中午是陰天喔。」

「嗯……我也很納悶。」

聽起來李檢察官也百思不得其解，這案子太怪了，為什麼法醫所所長會有這些想法？

「好，我就直說了，我有個不情之請，因為整個過程讓我覺得很詭異，我想要快刀斬亂麻，不過大概會影響到妳。」

「沒關係啊，我是隸屬於我們地檢署，受檢察官指揮。」

「謝謝妳支持，我想要解剖，畢竟這是檢察官的權責，但我不想跟那些上面的人囉唆，所以我想要今晚剖，可是今天應該不是妳值班……」

「沒關係，我吃點東西就過去。」歐陽安說著，眼神看向Mark。

他應該聽到了，臉上露出微笑，揮揮手表示沒關係，好，光這點體貼，就又加分了。

「謝謝妳，妳慢慢來，我跟檢事官先過去等妳，真的很不好意思。」

「不會啦，別擔心。」掛上電話，她一臉歉意的看著Mark。「不好意思，我得去解剖。」

「沒關係，我送妳去。」Mark露出微笑，並不以為意。

「不用啦，我自己去就可以了，而且，你知道，是在那邊哦。」

「我知道，妳上次有跟我說，我想說那邊晚上人少，我陪妳去比較放心。」

也是，自己幾乎沒有晚上待在那裡過，大家多少還是有點避免晚上在那工作的。

她從洗手間回來時，看到Mark正在櫃檯結帳，她趕緊走過去。

「不好意思，我來。」

「不用啦，我有說妳是臨時有公務得先走，餐廳老闆娘說，我們下次來，她再打折。」

她轉頭向老闆娘望去，老闆娘只是淡淡一笑，微微彎腰，鞠個躬。

「您辛苦了，歡迎下次再來。」

她趕緊點點頭走出。Mark攔了輛計程車，讓她先上車，跟司機說了要去的地方，司機表情倒沒變化，似乎司空見慣。也是，很多人也是得晚上下班後，才有空去靈堂捻香致意。

Mark可能想緩和氣氛，隨意地開口：「有一次，我朋友帶我去吃打邊爐，在香港，那時是半夜十二點，聽說非常好吃，可是地點比較偏僻，跟那個司機說了以後，那司機說，現在沒開吧。我朋友說，有啊，我有這個時間去過，司機說真的假的？我在旁邊搞不清楚。原來那打邊爐開在殯儀館旁邊，司機誤會了。」Mark講完，臉上一抹促狹的微笑。「不過真的很好吃，他那個火鍋料真的不太一樣，只是吃完出來，路上都沒有人，非常安靜，有種我們是去另一個空間吃東西的感覺，連計程車都攔不到，我們就在街上一直走一直走，大家都不說話，很像在作夢。」

路上車不多，一下子就到殯儀館門口了，她在後座轉身跟Mark致謝，「謝謝你送我。」

「我陪妳進去呀。」

「不用啦，我自己走進去就好了，你就直接搭這車回去。」

「沒關係，我陪妳，等等再叫車就好，現在臺灣有APP，不像那時的香港啦。」他掏出錢包，微笑，牙齒在黑暗裡白亮亮的。

兩人下車走進園區，夜裡，看來完全不一樣，幾盞燈在黑暗中，少了白天的吵雜，多了些嚴肅感。往裡走了一小段，就看到檢事官站在那。

「法醫辛苦了，檢察官叫我來門口等妳。」

「謝謝，其實這邊我很熟啊。」

「沒有啦，想說晚上嘛，他很不好意思，而且妳是女生，怕不安全。」

「女生，所以怎樣？」歐陽安眉頭一挑。

「喔，對不起，我老婆有提醒我，這種話算性別歧視，不安全不是女生的問題……」活潑的檢事官叫蔡明介，年紀大歐陽安十來歲，待人客氣，像個大哥哥，和老婆感情很好，也很風趣。

「對啊，算你有在跟大嫂學習就好，不要隨便說女生怎樣，我們都是人，要平等對待，紳士風度很好，但不要變成性別歧視了。」

「這位是？……」檢事官有聽沒有到，好奇的看向Mark

「噢，這位是我的朋友Mark，這位是檢事官蔡先生。」她趕緊簡單介紹，畢竟，是種禮貌。

暗淡的路燈下，Mark主動伸出手，蔡檢事官也趕緊把手在身後屁股上一擦，伸出。仔細想，畫面滿奇怪的，在夜裡的殯儀館一角，介紹兩個男人認識。

「哇，護花使者好壯噢，你有在練嗎？」蔡檢事官手摸著Mark的上臂。

「沒有啦，我以前是運動員。」Mark豪爽帶磁性的男中音，在夜裡很適合。

「不要講，我猜……你打棒球對不對？」

Mark只是笑而不答，深邃的雙眼皮，晶亮的眼睛，在夜裡閃著。

「喂，要不要趕快進去工作了？等一下阿檢念你哦。」她看這樣聊下去不是辦法，年長的蔡檢事官人很好，但有時人太好，很愛聊。

「好、好，後會有期，下次要不要跟我們地檢署的棒球隊來個友誼賽呀？我們跟職棒的打過哦。」

Mark表情有點驚訝，「噢，好啊，好啊。」

「那你要不要給我你的賴？還是我跟歐陽法醫要就好？」

「好了啦，趕快進去，你們到底叫我來幹嘛的？」她轉身跟Mark笑，「我再跟你約，謝謝。」

她一邊推著還想繼續聊的檢事官往前走，一邊嘲笑他：「拜託，你們上次不是被完封嗎？」

Mark站在原地，微笑揮手，目送兩人。

「沒有哦，我有一次四壞保送。」檢事官腳在動，但也還在嘴硬。

「啊就零安打，還說咧。」

「欸，我本來以為妳跟李檢會是一對耶。」

「不要亂說，誰說的？」

「我以為嘛，沒想到還有這位馬克哥。」

「我警告你，不要亂說，小心這算性騷擾。」歐陽安拍了蔡檢事官的背一把，往裡走去。

Mark看著兩人遠去，轉彎，消失在黑夜裡後，才轉身離開。

*

結果，那天還是沒有剖成。

深夜十點多，驗屍間裡一通電話進來，又暫停了工作，八成是有人去通風報信了。

有必要做到這樣嗎？

李檢察官簡直氣炸了，摔了東西就走人，臨走前又回身，輕聲跟剛換好解剖服的歐陽安說抱歉。

歐陽安一邊整理東西，一邊想，自己就是這個生態系裡的最底層，似乎也沒有左右處理解剖與否的可能，只是真的有點奇怪。

拿起自己的包包，準備回家，歐陽安想起那個沒吃完的晚餐，和Mark黝黑臉上，淡淡的笑容。那麼多體諒。

4

「你吃飽太閒，工作太少可以跟我說啊！」
「報告，不是，主任。」
「我不是跟你說過，法醫所所長很那個嗎？」
「不是，主任，我跟歐陽法醫討論過。」
「那個女法醫還不是要聽他們所長的，拜託，你向下爭取授權噢?!」
「不是，主任，是我們一起判斷必須要解剖，才能釐清死因。」
「我再問你一次，警察有發現什麼疑點嗎？」
「沒有。」
「那你是太想升官囉？搞這齣！我跟你說，那個所長跟我們檢察長同期的，你弄他，他一定弄你。」
「報告主任，我沒有要弄法醫所所長。」
「那他為什麼說，你跟他講，你比他懂。」
「主任，我怎麼可能講這種話？我是說，就現場狀況，不太可能會中暑，而且他在北部，我們在南部，我們比較了解現場的氣候。」
「他跟你說中暑？真的假的？」

「真的，我請他出書面，好說明這是他的專業判斷，他就說他的專業，還要我認可嗎？然後就掛我電話。」

「這幾天都是陰天，怎麼可能中暑啦，那個所長也實在……可是，亡者是八十幾歲老人，沒錯吧？你到底為什麼會覺得他不是自然死亡？」

「因為他皮膚有水泡。」

「你有跟所長講水泡的事吧？他怎麼說？」

「他說，就是因為中暑昏倒後，陽光曝曬造成身體皮膚起水泡。」

「看，又回到中暑噢，中暑什麼時候變成重大死因了？」

「是，主任。」

「所以你現在打算怎樣？」

「我想請法醫解剖啊。」

「好，那我跟你說，你最好趕快剖，越快越好。」

「欸，主任，為什麼？」

「因為我可以假裝不知道，說是你已經去做了，我尊重第一線的同仁判斷，下次會注意，我給他念個兩句我還受得了。要是等檢察長知道這件事找我去談，到時候，我看你就連剖都沒機會了。」

「可是歐陽法醫應該今天已經下值班了。」

「那就看你們兩個囉，我就只能盡量幫了。」

「好，我知道了。」

「我跟你說，我們現在這段對話沒有發生，我今天在辦公室沒找到你，所以我明天找到你要轉達法醫所長強烈建議的時候，才發現你已經剖了，那就沒什麼好說的了。記得喔，反正我已經夠黑了，你不要跟著黑掉，而且你的期別不夠，我怕你被那個所長弄。」

「我不怕他。」李果願用力地說。

「那我怕他好不好，你嘛幫幫忙，你來日方長，我是快退了。你少在那邊耍帥，反正做你覺得該做的，剩下交給我。」

「好，謝謝主任。」

「你們晚上辛苦了，回家路上小心哦，還有，不要跟法醫講太多，我怕你害到她。」

「好，謝謝主任。」

這段電話裡的對話，是隔天早上的事。

講完電話時，李果願還下意識地看了一下左右，明明周圍就沒有人，這個角落，是他發現的祕密基地，位在辦公大樓的最邊角，原本應該是儲藏室，他有一次發現，小小的房間，放滿了沒在用的辦公桌椅，也沒人會來。他有時在這裡講電話，比較不會造成困擾。

一掛上電話，李果願趕快走逃生梯離開辦公大樓，免得被人碰見，到時候又說主任在指導他。這位主任檢察官一直對他很好，總是把自身經驗跟他分享，還會幫他分析署裡的政治關係，而且對於他想辦的方向，從來就只有支持，他一直覺得很幸運遇到這樣的學長。

實在很煩，他戴上耳機，點開手機裡的古典專輯，他有幾張是用來處理眼前的狀態的。巴哈的《無伴奏安魂曲》傳來，他需要安定心靈，尤其是靠大提琴的聲音。

他回想著，這幾天發生的事。

通常遺體若沒有疑點會盡快發還，讓家屬趕快辦後事，但是遇到有狀況，要排解剖，就會拖延到。還好，家屬暫時沒有請求。唯一的兒子在中國，因為疫情，那個城市正在封城，暫時沒辦法立刻搭機返國。

警方說，老人倒地時，附近剛好都沒有人，所以沒有人目擊到老人倒地的過程。等到有人經過時，老人已經沒有呼吸心跳了。可能很多人就以自然死亡結案，可是他一直覺得有點介意，身上那些痕跡，有點奇怪。

他記得那一天就問過家屬，雖然因為疫情只能用視訊的方式，不算正式調查，只是背景了解，也還勉強過得去，之後還要請家屬親自到署裡頭來。老人的兒子說，之前沒看過那些水泡。

「他通常每天早上會去運動打太極拳，每隔一天要洗腎，生活很規律。」老人兒子在視訊裡的表情不是悲痛，更像是疑惑。應該是沒有預期到父親出去運動會突然倒地。

死者叫孫冀東，兒子的名字是孫文武。

「孫先生有心血管疾病嗎？」

「我不太清楚……」兒子的聲音虛虛的。

兒子從資料上看約五十幾歲，稍稍有點福態，臉圓圓的，是那種長期應酬的中年男人臉色，肚子大了點。老人就外觀看，真的滿結實的。

「他以前有在教八極拳。」

「八極拳？」

「對，他在那個廣場教，八極拳是那個蔣介石還有毛澤東的隨扈都要練的，很剛烈。」兒子講話有一點口音，那種標準的國語，可能是北方人。

「這樣啊……」李果願思考著，原來是位練過功夫的老人。

「對啊，我小時候被要求蹲馬步，大八極、小八極那些套路，都要每天練啊，現在不行了。」

螢幕視窗裡，他突然從座位起身，一個內八字，左腳一踩，瞬間上身一晃，看起來好像抖了一下，啪一聲巨響，速度很快，看不出怎麼做的，但力道很強，應該是類似爆發力之類的。

「我爹比我悍十倍，但到我就失傳了，他老罵我窩囊，我丟臉哪！」孫文武突然眼眶泛淚，下一秒就眼淚縱橫。

蔡檢事官趕緊接過話去，確定一些個人資料，真是經驗老道，知道家屬的心格外容易激動。

那天的問話，因為家屬心情關係，暫時告一段落。

5

一早就被主任急 Call，才七點半。

李果願昨天回到檢察官宿舍，已經晚上兩點多，門口站崗的警察一臉惺忪地跟他敬禮。洗完澡後，又寫了一下起訴書，昨天從傍晚就出外勤，只好熬夜寫。寫完都早上五點了，想說趕快去睡，不然天都亮了。早上不用開庭，可以晚點到辦公室，這是調查組的檢察官少數比較自由的地方。

想得美。結果現在還沒早上八點半，他已經站在檢察長室外了。

走廊上，打掃的阿姨正在把各個辦公室的垃圾清出來，看到他還笑了一笑。他也只好笑回去。是笑他罰站像小學生嗎？那旁邊很老的主任，是老學生嗎？

主任臉上滿是無奈和不在乎的混合體，搭配他那個苦瓜臉，就變得有點好笑。好像什麼倒霉事都會落到他頭上。李檢察官望著主任，有點不好意思，又覺得這場面似曾相識，今年應該第二次了。

「李果願，等一下我回答就好，你不要多說。」

「好。」

「檢察長人很好，只是你還不懂而已。」

「好。」

「昨天說的，不要忘了。」

「好。」

「你不要再好了，我頭好痛，昨天不知道是不是喝到假酒……？」主任邊講、邊揉著自己的頭。

主任從來不喝花酒，只在家喝，應該說，主任不喜歡喝酒，但太座很愛喝，所以主任幾乎每天晚上都會喝酒，他都說他是陪酒的。太座酒量不錯，而且滿有品味的。上次主任給他一支紅酒，說是太座要他交女朋友時，可以在燭光晚餐時開來喝。記得主任那時還講錯，講成了洞房花燭夜，被他笑。

其實做到主任已經很不容易了，聽說主任以前風馳電掣，辦出很多大案子，還被總統頒發十大傑出青年，現在雖然不再年輕，可是遇到事情的反應還是很快。

「檢察長早！」

主任突然發出宏亮的聲音，嚇了他一大跳，明明就沒看到檢察長。

就在這時，遠遠的，看到樓梯處，檢察長童山濯濯的山頭，自地面緩緩升起，彷彿日出……

＊

看到李檢察官進辦公室，一聲招呼也不打就開始整理桌上東西，蔡檢事官趕快迎上前打招呼。

「檢察官早。」

「早。」

李檢頭也沒抬，一點反應也沒有，繼續把桌上的東西排列整齊。

「檢察官今天這麼早來，昨天又出勤到那麼晚，辛苦了。」蔡檢事官說。

「喔，你也是。」頭還是沒抬，李檢察官身上的不只是疲累。

「那個歐陽法醫有打來說，她想要做最速件，預計中午會有結果。」

聽到這句，李檢總算抬起了頭，好像現在才意識到檢事官的存在，無力的眼神，有點渙散，「噢好，可能還是叫她等一下，我剛被檢察長叫去。」淡淡的回應，就是挨了罵的樣子。

「要喝咖啡嗎？可是你吃早餐了沒？沒吃早餐，空腹喝太傷胃了。」

「噢，好。」李檢察官隨口答應，繼續低頭整理著桌子，似乎心裡有事，正在思考。

「那我去買早餐一下。」蔡明介檢事官趕快溜出門去，他知道這時不是問檢察官的好時機，要就去問其他夥伴。

檢事官平時輔佐檢察官，但編排員額比檢察官人數少，常有一位檢事官要做兩位檢察官工作的狀況。更多時候是以任務編組的方式，支援重大案件。不過，因為人數較檢察官少，通常年資較深，經驗也豐富，反而顯得物以稀為貴，有人甚至比喻有點像軍中的士官長，比許多剛就任的檢察官更了解實務狀況。

地檢署內的檢事官彼此連結緊密，消息流通快速，互相都是對方的眼線。蔡明介走出辦公室，就是為了趕快了解，到底李檢怎麼了？

果然，繞了一圈後，蔡明介捧著蔬果汁和貝果走回辦公室的同時，也掌握了狀況。

總之，李檢就是被檢察長削了一頓，應該就是之前要解剖的那個案子。這也還好，比較疑惑的是，主任還被留在檢察長室。

同事在茶水間偷偷的耳語，「通常檢察長是不會對個案有任何看法的，這件事有點奇怪。」蔡明介點點頭，示意對方繼續說，不巧走廊有腳步聲靠近，同事立刻閉上嘴，點個頭開溜。

檢察官制度的設計有個重點，就是檢察官調查時為獨立個體，一般檢察長也不會堂而皇之地對個案指手畫腳，那太容易成為黑函攻訐的重點，對於檢察長之後的仕途也會有所影響。所以，這件事真的不尋常。

雖然不知道詳細原因，不過蔡明介總在心裡自認是檢察官保姆，看著小老弟垂頭喪氣，一定要好好給他鼓勵一下。

*

蔡明介走進辦公室，發現狀況不太對勁，李檢察官已經整理到抽屜裡的東西了，之前頂多看他把書架上的書排整齊而已，第一次看到他打開抽屜，再把抽屜的東西也依序排好，臉上表情依舊是出神的樣子。

「檢察官，蔬果汁和貝果來了，我買藍莓口味的，比較有精神。」

椅子上的李檢察官總算抬起頭來，「哦好，多少錢？」

「沒關係，今天我請你。」

「不好意思啦，來，兩百元夠嗎？」

「不夠，要兩百五十元。」

「哦，好。」李檢察官就從皮夾裡拿出三百元，遞給蔡明介。

「喔呦，你要上新聞了啦，檢察官遭詐騙，飲料加個貝果也不過一百而已，你太好騙了啦。我看我光每天騙你，說不定可以比我月薪還高。」蔡明介一邊把錢放到桌上，一邊嘻嘻哈哈地，希望幫李檢察官打氣。

打開杯蓋，一股自然的香氣流洩出來，辦公室裡好像也被鮮豔的顏色給點亮。

「好健康噢，我分你一半好不好？」李檢察官伸手，要蔡明介拿杯子給他。

「好啊，健康分我，謝謝。」蔡明介知道這時候太客氣反而顯得生疏，走到一旁拿待客的馬克杯，假裝沒事地問：「欸，我問你哦，檢察長找你去喔？」

「對啊，他其實沒念我，都在念主任，我只是坐在旁邊聽，可是就不太舒服。」

「是噢，他怎麼說？」

「不就是念主任說，不要辜負民眾對我們的期望，任務傳達不清楚，組織效率不彰，資源很寶貴，一些管理學的廢話啦。」李果願不滿地嘟囔。

「那他有談到那個案子嗎？」

「沒有啊，最氣的就是這個，你知道他在說什麼，可是仔細想，他又完全沒有提到，超厲害的說話術。」

「這很厲害，你以後要當大官就要學這個。」

「我才不要，我要一輩子當檢察官。」

「你現在可以這樣說，可是等到你有想改變的事情時，你就知道沒那個title，很難做大事啦。」

「我只想趕快改變眼前的困境啦，不想讓主任被人家看扁。」

「你先改變眼前睡眠不足的困境啦，過勞會變笨哦，變笨就想不出好對策。」蔡明介把貝果遞給還在苦思的李果願。

「我們要不要再去找轄區的警察？」李檢察官突然想到，再問看看現場警察，也許會出現之前沒留意到的線索。

「可以呀，那個派出所所長，我應該算有一點關係。」

「什麼關係？」李果願揚起一邊眉毛，像看到一顆紅中好球往自己飛來，準備揮棒。

「他大學是我隔壁班的。」

「這麼巧，你什麼系的？」

「我是企管系啊。」

「哇，你是本來要當總經理的人耶。」李果願捧了一下檢事官。

蔡檢事官挺起胸膛，大聲地說：「我比較想當總理啦。」

窗外開始飄起毛毛細雨，滋潤這個冬季缺水的城市。

6

一走進派出所，所長馬上出來迎接，幾個剛下勤務的員警也趕緊從位子上站起。所長立刻敬禮，大喊：「檢座好！」

其他員警雖然不認識李檢察官，但在這個體制久了，面對長官反應都很快，紛紛敬禮，喊聲此起彼落。

「所長好。」蔡明介也立刻回禮，

「不要叫我所長啦，是要吃所長茶葉蛋噢？叫我同學就好了。」

「不好意思耶，你榮升到這邊，我都還沒來看你。」

「沒有啦，你們地檢署那麼忙，我們只是小小派出所，你來，我們蓬蓽生輝啦。」

蔡明介看李果顧站在旁邊，微笑望著兩個中年大叔互相恭維，趕緊過去介紹：「這位是我們地檢署的明日之星——李果顧檢察官，這位是我們七福派出所的所長葉明鑫。」

「有、有，我之前在報上看到李檢機智地破了個賄選案，還在人犯要潛逃前，在機場把他攔下來，果然青年才俊，料事如神。」

李檢察官笑而不答。

檢事官蔡明介跟著陪笑：說：「拜託，這兩個成語第一次看人家連著用的，你說那個議長選舉案噢，我也有參與好不好，是我聯絡入出境管理局注意的。」

「哇，同學也是英明神武，罪犯剋星。」葉所長面不改色地快速讚嘆連發，彷彿早就準備好了一樣。

「看，英明神武都出來了，你是成語大全噢？」蔡明介推了所長一把。

「不敢不敢，小弟每天在派出所閒來無事，會翻翻成語辭典，這樣對升等多少有點幫助。」

蔡明介大笑，「檢察官，不好意思我這個同學跟大學時不太一樣，應該是當了主管的關係。」他看看氣氛，決定趕快切入正題，「好啦，同學，不敢耽誤你寶貴時間，我們今天來，就是電話裡跟你說的，是想請教那個孫老先生在你們轄區過世的案子。」

「有，你打電話來後，我就再問了一下同仁，那天附近剛好都沒人看到。」

「那報警的是誰？」

「是一個上班族打一一九的，他剛好經過，看到老先生躺在路上。」

「所以他也沒看到發生什麼事？」

「對呀，那條是小巷子，也沒設監視器，很少有人走啦。」

「可是附近不是有公園嗎？應該滿多人會去運動的。」

「是沒錯，可是大家都走隔壁兩條大馬路，那條小巷不好走，又繞比較遠。」

「哦，了解。」蔡明介看大概再問也問不出個所以然，轉頭看李果願。「那檢座有沒有什麼要問的？」

李果願想了想，總算開口。「所長。」

「是，請檢座指導，我們之前做不完備的，再請多多包涵。」所長嘴上說得好聽，語氣卻不是很軟，甚至帶點打官腔。

「沒有啦，我是想說，如果你們勤務有空檔，是不是能幫我們跟附近居民問看看？」

李果願話一講完，就知道不對，所長臉上一陣紅一陣白，像是脾氣要上來的樣子。

「這當然沒有問題，只是跟檢座報告，我們派出所人力不足，最近任務又特別多，有時還要支援分局那邊的酒測，弄下來弟兄睡覺都有點不夠，怨聲載道，我這所長當得很窩囊，人都叫不太動了，案子報告寫得不清楚，還讓你們跑這一趟，真的很抱歉。」

李果願心想，這不知道是吐苦水，還是給自己軟釘子碰，一時之間也不知道回什麼好，「這樣啊……」

蔡明介馬上接話：「同學啊，檢座當然不是在怪罪你們，也知道第一線的辛苦，因為有你們，我們才能在辦公室無後顧之憂，我想，檢座只是想借重你們熟悉地緣，也被民眾信任。你們巡邏時順便問問就好了，不會多花你們人力啦。」

所長這時似乎才比較滿意，臉色和緩下來。「好，我們當然全力以赴，勢必完成檢座交辦的任務。只是這老人家過世，不就稀鬆平常，怎麼會勞駕兩位？最近案子不多嗎？」所長講到最後一句，擺明就是在嘲諷。

「沒有啦，感覺有些疑點。」蔡明介拍拍對方肩膀。

「什麼疑點？」所長馬上追問，似乎也察覺到不尋常。

現在什麼都還沒確定，要是從警察這邊又有其他風聲傳出，到時傳回地檢署又要害到主任，李果願趕快補充：「也不能算是疑點啦，應該說我自己想搞清楚一點，想說人命一條，還是盡量弄清楚，不好意思。」

「好，那我再跟弟兄姊妹提醒，有新消息一定立刻跟兩位報告。」葉所長一口答應。

這句就是逐客令了，蔡檢事官趕快拉著李果願，連聲謝謝謝謝，趕緊走出派出所。

雨後，放晴，太陽從烏雲後面露臉。不過，也就那一下下。他們上了公務車，雨又開始下。

「你同學……」李果願欲言又止。

「大學畢業後沒見過，輾轉知道他當警察，今年聽說調到這邊，之前也沒遇到。對檢座不好意思耶。」蔡明介趕緊打圓場。

「不會啊，人很客氣。」

「是嗎？」蔡明介倒覺得對方亂沒禮貌的，繼續叨念，「跟檢察體系抱怨勤務很重，根本找錯對象，要也是跟警察單位的上司講，莫名其妙，那應該是內政部要解決的事，跟法務部的下級單位說幹嘛，地檢署的工作不會比較少，每個檢察官一個月三百件的案量，壓力只會更大不會更小啊。」

「接著去現場看一下？」李果願給了指令。

「好。」

從停車場開出來時，透過雨絲正不斷打著的車窗玻璃，可以看到派出所門口，所長正站在那看著他們離開。灰濛中，不知道是不是蔡明介看錯，所長望著他們的臉上，沒有表情。

到底為什麼人經過二十年的職場洗禮後，就會成為一個外表熟悉、但內裡陌生的生物呢？

這大概就是社會化的過程吧。

7

葉明鑫一直都是規矩的人。

大學畢業後，本來要去一般公司上班，家族裡的叔叔跟他爸說，這孩子不適合上班，應該當公務員。結果考了第一年沒考上，叔叔又跟他爸說，應該直接去讀警校。他自己不覺得怎麼樣，只是想，叔叔為什麼不早點說，早個四、五年說，他也不必拚命讀書考上國立大學，還讀了四年。

還有，這個叔叔到底叫什麼名字？唯一可以確定的是，他不是爸爸的弟弟。

不過，自己好像還滿適合讀警校的，拿了很久沒拿的全校第一名，雖然年紀比同學大，可是進警界工作後，晉升速度是同期裡最快。自己可能就是聽命行事的命格吧。

他很相信命運。不然一樣每天經過那個路口，一樣都違規走快車道，為什麼死的是那一個機車騎士，而不是後一個，也不是前一個？

人不用違抗命運，只要認命，認識自己的生命，命裡有什麼都注定好了，什麼夫妻宮、兄弟宮，你都要信。就像有人命格好，專剋上司，有人的命格是敗家，有人的命格是帶停車格。都是定好的。你唯一要做的就是不抱怨，發生什麼事，就看著辦。人家叫你做什麼，你就看這個人家以後會不會是大戶人家，會你就做，不會你就慢慢做，或假裝做。

以前看派出所主管被下面的人幹譙到翻掉，自己都不會多說兩句，因為在這個體制，上面的人要弄你，不必自己動手，使個眼神、講一句話，旁邊的人就會一湧而上，爭先恐後地弄你，像捏螞蟻一樣，一點也不費力。上面的人還會在旁邊勸阻說：「不要弄不要弄了。」只是那不要弄了，有時聽起來，很像鼓勵的話，「不要不弄了不要不弄了」，說的時候，臉上都還帶著笑。

比較噁心的是，那個不動手的吧。可是，要早點變成不必動手的人，是需要努力的，要努力忍住不做事。

做事是一種藝術，一樣上勤務，你遲到早到都得同個時間結束，那你慢個五分鐘會怎樣嗎？其實不會，沒有人會因此受傷，從來沒聽過誰多做個五分鐘就暴斃的，唯一會受傷的，就是你自己，大家會肚爛你。可是，你要是早個五分鐘呢？你會得利。

不管期別，不管是大學長還是小學弟，只要是上勤務的，遇到有人早點來接，都一定笑臉迎人，什麼屁的好話都說得出來。雖然他們早下勤務五分鐘也不知道可以幹嘛，多滑手機五分鐘嗎？

那，如果你多做五分鐘呢？

沒用，大家只會覺得你奇怪。

因為大家怕被幹譙，一定會準時來接班，那你作為前一班的做久一點，對他們來說一點意義也沒有。只會覺得你神經病，沒家庭沒溫暖，下勤務還不回去。所以他一直以來都保持這個方式，早到五分鐘，人家會以為你很勤奮，其實那五分鐘他還不是跟其他五小時一樣，只是在那裡，人在心不在。

這一行的績效很難評估，自己以前讀企管的，知道老闆只看數字，而時間就是一種數字，你多付五分鐘，可能之後就會多賺五元。他也只想多賺五元，不會想賺五十元。五元比五十元好，實在，也較不會有人眼紅，不必怕被搶。五元最棒了。

後來開始接小主管職，他也是保持不多做事，不多說話，但多花五分鐘。大家都說自己好，其實自己知道，自己只是不壞而已。這個業界，多數人都不到社會標準說的好，只是不壞。偶爾有幾個好的，反而會被看作壞，因為影響大家的整體和諧。

比標準好，也是一種不標準。

剛剛那個檢察官就是標準的不標準，之前就聽說地檢那邊來一個很愛運動的檢察官，可是辦案像在打球一樣，都不照規矩來，只想要自己得分，聽說之前還嗆檢察長，非常不長眼。

只是沒想到大學同學，竟然剛好在他下面當檢事官。那個蔡明介也很奇怪，聽說當了爸爸後，個性就變得很像個爸爸，很愛照顧人。照顧人沒問題，但照顧錯的人就有問題，像那個李果願就是麻煩人物，就是注定以後不會成為大戶人家的人家，這種大家不偷偷捏他兩把都不夠了，誰要幫他。

那天他到現場時，聽有同仁講說有股味道，他還說，可能附近人家在煮菜，趕快拉封鎖線，少說廢話，叫法醫來看一下，就趕快撤掉了，不然到時候封太久，里長又來靠腰。

老人就是老人，老人就是會死，雖然說不上該死，不過，就是會死。說起來，這老人好像見過。算了，老人都長一樣，囉唆，討厭，沒事幹，很愛報案，叫人過去巡，啊就已經沒人了，還要派人去，是當警察是他們請的私人保全噢。

你不派人去，他就會一直打，打到最後還說叫主管來聽，不然他要打申訴電話，跟局長講，講得一副局長是他朋友一樣，還是局長是總機，整天坐在那邊接電話？

看，突然想起來，晚上還有攤硬仗，要跟市議員吃飯，那傢伙還不是靠老爸，可是沒辦法，他就是大戶人家，而且一出生就是大戶，你不去捧他，他都會來找你，這一區根本是他家的，不會喝又愛喝，整天找人喝，喝了就發酒瘋，都有老婆了卻愛摸外面的，明明那些都比他老婆醜，不只有錢，根本有病。

當警察看太多，很容易老。

8

李果願想賭一把，不過在這之前，他想先買個保險。保險的意義就是最好用不到，但真的需要用時能派上用場。就是這麼微妙的設定，你在真的遇到前，並不知道會不會有用。

把保險搞定後，他掛上電話，開始擬公文，正寫到一半，敲門聲響，是蔡檢事官。

「檢座在忙什麼？」

「我要發文。」

「什麼文，我來就好了。」

「沒關係，我快好了，我要解剖孫冀東。」

蔡檢事官一聽，愣住，急問：「你不管法醫所長和檢察長了嗎？」

「我管啊，但我也得管案子。」

「那他們不高興怎麼辦？」

「我來上班也不是為了讓他們高興。」李果願盯看著電腦螢幕，手繼續在鍵盤上快速打字。

*

窗外一片黑暗，這裡是解剖室旁的管理員室，管理員泡著茶，邀李果願一起坐。他拒絕後，管理員就說要去巡邏，走出去了，留他一個人。

剛解剖完，法醫和檢事官都離開了，已經午夜一點多了。他叫他們先走，說自己要整理一下想法。可能，最糟糕的狀況發生了。

目前驗不出明顯外傷，除了那些水泡。器官有衰竭現象，但不確定是如何造成的，可能是老化，也可能是中暑。

他剛心急地問：「妳是說，中暑也有可能嗎？」

「極度嚴重的中暑也會器官衰竭。」歐陽法醫看著肺臟，謹慎地回答。

「還有什麼可能？」

「我現在不能說，要等明天實驗室驗出來的報告。」

「可以先給我一個方向嗎？」

「我可以描述目前看到的，身體無明顯穿刺外傷，確定是心臟痲痺，但在上肢及上胸有些微水泡，有些腐蝕現象，目前無法確定原因。有些部分我覺得有疑問，我送出去了，明天化驗就會有結果。」

「大概什麼時候？」

「應該明天下班前就會有了。」

「可以中午以前嗎？我很急。」

「化驗的地方又不是我開的。」

「有些事，應該最慢明天中午就會發生。」

歐陽法醫一臉疑惑地看著他，「上面的壓力？」

他點點頭。

「好啦，我們趕趕看，不保證。」歐陽法醫微微露出笑容，雖然看起來疲憊，但好像有些光明在裡面。

像殯儀館裡的燈光一樣。

9

「喂，1A1B。」

「什麼？妳說什麼？」手機響起時，李果願剛從法庭回到辦公室。

「你可以跟法醫所長說了，1A1B。」歐陽安的聲音細細的傳來

「什麼意思？」

「他不是說是中暑嗎？病理檢驗報告出來了，他猜對了，不過只有猜對第一個字。」

「那是什麼？中？中風嗎？」李果願焦急地問

要是中風就慘了，李果願心想，到時候不只會被釘到牆上，可能要調到離島去了。不過離島聽說比較輕鬆，風景好，人也少，最多喝酒打架，沒什麼命案。啊，走私案聽說很多，那個也很麻煩，密報的跟被抓到的都會輪流，聽一個學長說，有的還是一家人，利益分配不均，就輪流密報。

那老先生要是中風，堅持解剖的自己可能就要中彈了。

「不是中風，是有中毒現象，應該是心臟麻痺，皮膚有氫氟酸反應，血液的部分則是，血鈣偏低。」

「所以那個水泡也是？」

歐陽法醫的聲音很平穩。

「對，嚴格說起來，水泡不是致命原因，但確實應該是強酸造成的。當皮膚快速吸收氫氟酸，若產生

急性中毒，有可能在幾分鐘內造成心律不整，引發猝死，不過這部分還要參考其他現場證據，才能判斷。」

「好，但確定身上有氫氟酸嗎？」李果願再確認一次。

「是。」

「好，謝謝，you save my day，再請妳吃飯。」

「不用啦，是我該做的。」

「沒有啦，昨天打斷妳用餐，真的很抱歉。」

「你現在應該才要開始忙吧，等忙完再說囉，希望趕快找出原因，掰掰。」

李果願轉頭跟一旁的蔡檢事官分享歐陽法醫給的情報。

蔡檢事官點點頭，「剛剛鑑識傳來報告說，衣物上面也有氫氟酸的反應。」

「如果像法醫說的，是會快速反應的毒物，那就不會是長期累積的結果，現場沒有遺留任何裝盛的容器，而且不在住家內，不像自己弄到，被人潑灑的機會很高。」

「身上有氫氟酸，至少就不是什麼死因無可疑，得趕快先讓主任知道一下。我們圈子這麼小，那個法醫所所長噢，自然會有人讓他知道，他被打臉了。」蔡檢事官高興地說，臉上的笑容好像冬天的夕陽，又黃又大，滿滿的。

＊

聽說法醫所所長聽到進行了解剖，打電話給主任，一開始語氣還很強硬，還好李果願之前有先買「保險」。他準備了一份家屬聲明，強烈請求要解剖釐清死因，傳給孫文武簽好名，作為一個自保的強烈理由，最重要的是，解剖結果確實有他殺疑慮，更支持了這樣做的理由。

主任說，法醫所長聽到後來，就只說了聲辛苦，沒再多說什麼。

刑事局派人進來了，現在因為主任強烈要求，警察局長把這當作第一優先事項，要求轄區內所有人快速回報，刑事組也投入更多人力。不過，因為案發地點一直找不到目擊居民，所以案情在突然明朗後，又陷入膠著，一個禮拜過去，還是沒有鎖定任何目標。

家屬已經被請來談過，確認死者的交友狀況很單純。因為年紀大，朋友多數都已經過世，而且本來社交圈就小，只有早上晨運的一些老人團體成員見過孫老先生，他們都叫他孫老師。還有老人說，以為孫老師是老師退休的。也有人說是公家機關的公務員退休，其實他是軍方的聘僱人員，之前有在教八極拳，所以被稱呼老師。

親友都說孫老先生生活規律，隔一天洗腎，早上做完運動就回家讀報，吃完中飯，就睡午覺，傍晚再出門到公園走一圈。

沒有朋友，沒有仇人。

名下財產清查過，也就那棟房子，不過，幾年前也過戶給兒子了。

銀行存款不多，一百多萬元，算是養老本。五十七歲的兒子說做的是小生意，只是長年不在國內。

保險理賠部分也很單純，就是個兩百萬的壽險，不多。金錢圈和交友圈，幾乎一無所獲。

這年紀，還會有情殺動機嗎？

刑警去問過公園的爺爺奶奶，有幾位說他平常不好相處，臭臉居多，有幾位說他很有正義感。刑事組張組長有張方正臉，肚皮大大的，感覺平常經常和許多人應酬套情資。他說：「有一次他們太極劍舞班的同學，叫了籠包子來，有位奶奶沒繳錢也吃了，變成有位有繳錢的爺爺沒吃到，孫老先生很生氣，指著奶奶罵，結果那個奶奶就丟了一百塊在地上叫他撿。他就撿起來跑去買包子。」

「這也還好吧？」

「他去買來包子，結果是拿來丟那個奶奶，說是肉包子打狗。」

蔡檢事官驚呼，「哇，這麼激烈。」李果願看了他一眼，蔡檢事官不好意思地用手摀住嘴。

「那說他有正義感的，又是發生什麼事？」

「我後來確認過了，是同一件事。」

「同一件事，兩種看法噢？」

「對啊，我還有問其他老先生，他們說有個講孫老先生不好相處的老先生，在追那個老奶奶。」

「我們現在到底在討論什麼？是高中生在爭風吃醋嗎？他們都幾歲啊？」蔡檢事官忍不住說。

張組長看了一下手上的本子，「他們最年輕的是七十六歲，那個奶奶八十歲，追奶奶的……嗯，八十一歲。」

張組長說，老人家多少會有些相處問題，因為平常在家就是寶，出門在外有時誰也不讓誰。不過多是小口角，隔天就好了。至於爭風吃醋，孫老先生實在太老，德高望重，沒有人把他當對象，也沒人把他當競爭對象。

「等一下，我很好奇，那個奶奶怎麼說孫老先生的？」李果願問。
「她說她不認識他。」張組長笑著說。
老人家彆扭起來還真彆扭。
「那這幾位的不在場證明如何？」
「他們那天剛好結束後一起去參加一個歌唱聯誼，只有孫老先生說他不喜歡唱歌，也不愛聽人家唱歌，就先回家了。」
「是噢。」看來又一個方向落空了，「希望我老了以後還是跟他們一樣有活力。」蔡檢事官又補了一句。
「那就要運動啊，像我一樣。」張組長拍了拍自己強壯的手臂，原來就很粗了，他一用力就又鼓起來，明明是冬天，還穿著短袖。
「對啊，我最近都加班，沒辦法去運動。」李果願也附和。
「我跟你說，我都是運動的時候想出線索的。」張組長自信地笑，黝黑的臉龐，牙齒特別亮。
「那麻煩你最近也多多運動。」李果願真心的說。

10

歐陽安和Mark的戀情快速加溫，自從那晚他陪歐陽安去殯儀館解剖，儘管後來沒剖成，卻可以感受到他的紳士風度。歐陽安在化驗報告出來、工作完成當天，又馬上約Mark吃晚餐，在同一個法國餐廳，算是賠禮。

Mark馬上答應了，只是當天不行，說有個全國性比賽，約會得到兩個禮拜後才比較有空，兩人馬上約定了日子。

還有，他說可以由他請客嗎？歐陽安當然拒絕，沒道理被人連請兩次，其中一次，還都沒吃。

Mark聽了後只有一個請求，就是吃完飯後再去家小酒吧聽爵士樂，那攤由他負責。

約會那天，歐陽安特地回家換了套小禮服，化妝也費了點心思，連頭髮都下午特地請假先去髮廊整理了一下。不敢說豔光四射，至少容光煥發。

晚餐一如想像的完美，Mark本人也是。他今天穿了套西裝，剪裁合宜，配上原本就健美的身形，非常搶眼，難怪許多人說男人穿西裝就會加十分，不過，前提也真的是有在鍛鍊，否則啤酒肚用西裝包覆，也還是啤酒桶。

侍者把帳單拿過來桌邊的同時，主廚剛好出來，一桌一桌跟客人致意，看到他們即將離開，主廚趕緊走過來詢問：「餐點還滿意嗎？」

「很滿意。」Mark大方回答，歐陽安正在信用卡的簽帳單上簽名。
「怎麼急著走呢？不好好享受一下我們餐廳的浪漫，聖誕節要到了。」
「我們想再去聽個爵士樂。」
「哦，很棒啊，先生滿有品味的，難怪小姐願意請你吃飯，Merry X'mas。」
她嫣然一笑，臉上不知道是不是因為紅酒，有點溫度，起身離開時，腳稍稍絆了一下，Mark馬上扶住她，應該是運動員的反應神經吧。
歐陽安的手不小心碰到他的胸膛，有點驚訝，大概是她遇過最大的胸肌。包含解剖過的。
小酒吧很隱密，不大，挺精緻的，Bartender穿了一身完整的白襯衫黑領結黑背心，頗有英式風格。
Mark幫她點了杯午夜列車，說是以伏特加為基調，水果風味強烈，喝起來清甜順口，她當然由他了。
Mark自己喝威士忌，不加冰塊。
好MAN。
爵士樂很正點，是小號手搭大提琴及鋼琴的三重奏。Mark說，他們演奏的都是經典曲目，〈Milesstone〉、〈Footprints〉、〈Round Midnight〉，因為走進來時聽到正在演奏這首，才幫她點了那杯午夜列車。
安問他，怎麼那麼熟爵士樂曲目，他說沒有啦，他只熟邁爾士．戴維斯（Miles Davis），以前在洛杉磯時去過個小酒吧，老闆也是戴維斯迷，央求請來的樂團只演奏戴維斯演奏過的曲子。後來回臺灣，意外發現這個酒吧也是，有空就會盡量來，也算是支持一下在臺灣算小眾的爵士樂酒吧。

Mark講這些時，眼睛亮亮的，跟舞臺上的聚光燈很像，不過，他的光是打在她身上，讓她感到被重視，像是在把自己覺得很快樂很喜歡的事物，分享給另一個喜歡的人。

她討厭臭屁的男生，只想炫耀自己的優越，沒有想過對方的感受。

Mark不太一樣。

不，應該說，太不一樣。

那個夜晚結束的也很不一樣。一直到天亮。

她甚至會想像，是不是天不要亮，或者天天這樣。

還有從人體解剖學的角度來說，Mark不只胸肌大於亞洲男性平均值，二頭肌和三頭肌也是。

最重要的是，紳士風範，在亞洲應該也是前百分之一。

也許，自己在接觸過那麼多身故的男性，終於遇見個可以託付終身的。

11

張組長跑進來說有進展時，每個人都很高興。

「我想到去問當地對公園最熟悉的人。」

蔡明介急著打斷：「里長噢？」

張組長說：「里長早就問過了，可是里長比較熟的是工程和紅白帖，公園一年只去幾次，中秋、端午、重陽去給居民發紅包、講講話，頂多唱唱歌，根本就不熟悉公園。」

張組長還一副想要人再猜下去的樣子，「蔡明介檢事官，你資格老，辦的案子不比我少，要不要再猜看看？猜到我請你喝咖啡，沒猜到，你請我喝蔬果汁。」

「不用，檢察官也在，你趕快說，我現在就給你一杯滿滿的活力。」蔡檢事官轉身就要去冰箱拿水果。

「好啦，先跟你謝謝，我喜歡果香強烈但又營養、讓人Ba～lance的哦。」他的英文發音有種特別的腔調，不是英國腔，應該鶯歌腔。

李果願檢察官從自己桌子後抬頭，睡眠不足的眼睛都是血絲，可是目光炯炯有神，看向張組長。

張組長一看到那目光，趕緊正色回答：「報告檢察官，我們去問了遊民。」

「對喔，他們都在公園，都看得到。」李果願恍然。

「不過有個麻煩是，他們白天多數在睡覺，醒著的也正在喝米酒，所以證詞得先打個折扣。」張組長講到一半，又開始賣關子，不過主要還是怕情報有誤，未來自己得擔責任，所以刻意講保守一點。

「沒關係，我知道，你很謹慎，你先說，現在有什麼情資？」李果願客氣地追問。

「有一個遊民說，他有看到一個老人和一個年輕人吵架，不知道是為什麼，但他好像有看到年輕人拿桶子潑東西到老人身上。」

「那他怎麼沒幫忙？」

「他說，他是隔著公園間的樹遠遠地看到，怕那個年輕人打他，你知道，遊民常常被年輕人欺負，所以不敢過去。」

「後來呢？」

「他覺得害怕就躲回紙箱裡去，等到後來再探頭出來看，就沒看到老人了。」

「那你們之前怎麼沒去問這個遊民？」

「有啊，我們都有去公園附近問，沒遇到他呀，後來才知道，他前一段時間返鄉去看親人。」

「遊民還會返鄉探親噢？」蔡明介插嘴道，一邊端來兩杯蔬果汁。

張組長微點個頭，一把接過杯子繼續說：「遊民也有親友啊，通常在家鄉啦，他們也不太愛讓別人知道自己來大都市後變成遊民。」他閉上眼睛聞著水果香，看起來很像一隻大熊要品嘗蜂蜜。最後才張開眼睛，啜了一口，含在嘴裡，漱了漱口，讓口腔的味蕾充分感知後，再吞下。

「苜蓿芽、芹菜、杏仁、百香果、葡萄柚、鳳梨。」看張組長的神情，很像在通靈。

蔡明介瞪大眼，「哇，除了杏仁，你都講對了耶。」
「杏仁是我亂講的啦。」張組長很得意。
「那年輕人長怎樣？」李果頤怕漏掉，趕緊問。
「他說，戴帽子，穿寬寬的外套。」
「他講的不就是組長你嗎？」蔡明介很愛開張組長玩笑，張組長白了他一眼。
「什麼寬寬的外套？」李果頤追問。
「我也這樣問，他講不清楚，我叫年輕人去找一些外套照片給他看了。」
「所以，他有看到臉？」李果頤帶著些許期待，也許就要有轉機了。
「應該沒有，你知道，遊民嘛，講話也含糊不清。」張組長一臉歉意，搭配那些縱橫的皺紋，真的很抱歉。
「不過，這算是很大的突破了。」李果頤點頭肯定，鼓勵對方。
「對啊，我也這樣鼓勵我們年輕人，那個，檢事官，不好意思，我喝完了耶。」張組長挪動巨大的身軀，把杯子遞還給蔡檢事官。
「喝完，就去工作啊。」蔡檢事官擺擺手，半開玩笑地指著外頭。
張組長大笑，「再來一杯咖啡啦，我們外勤的很需要提神醒腦，才有想法啊。」
張組長看起來粗獷，其實非常細膩，有種說法，他可能是這個城市裡最常去育幼院陪伴孩子的，比許多政治人物更常。蔡明介有一次跟著去，他說張組長講起繪本故事時，很溫柔，還會流眼淚，小孩都很愛他。而且他扮聖誕老公公很像，因為又高又壯，笑起來聲音又大聲，孩子每年都期待他從屋頂爬下來。

李果願問，到底為什麼要從屋頂爬下來？

蔡明介大笑說，因為沒有煙囪啊。

李又說，那看起來不是像隻臺灣黑熊從樹上爬下來嗎？

蔡明介笑得更大聲了。

李果願之前還聽說這個城市的黑白兩道都買張組長的帳，不是因為他夠狠，而是因為他曾經衝進火場救出一個小孩，小孩的父親還是十大槍擊要犯，在被警方攻堅圍捕、飲彈自殺前，先在家裡縱火。小孩被救出來時已經被煙嗆暈了，在加護病房住了一個禮拜。出院後，靠外國傳教士幫忙，被美國家庭領養了，聽說現在都大學畢業了。

當然有個說法是，那個槍擊要犯是張組長的拜把兄弟，這就沒有人敢證實了。

「張組長，我想請人幫忙畫肖像畫，可以嗎？」

「可以啊，我叫年輕人去請那位王先生到局裡。」

「王先生？」蔡明介納悶地問。

「遊民朋友啦。」張組長微微一笑，儘管看來仍有點兇，但大家都知道這是他最慈祥的表情了。

12

這陣子，歐陽安幾乎每天都跟Mark一起晚餐，有時是午夜，因為得等她解剖完，再去小酒吧聽爵士樂，吃遲來的晚餐。

Mark開著BMW3GT，幾乎天天接送歐陽安上下班，兩個人從小時的生活聊到長大，有時也會聊到工作，本來就喜歡棒球的歐陽安很開心。

幾場職棒的比賽，兩個人也在場邊，還有一次被攝影機拍到，要兩人接吻。當大螢幕上出現兩人在心形的邊框裡擁吻時，歐陽安幾乎要覺得自己的美好日子終於來到了。

直到那天早上。

她那天比較晚起，因為請了一天假。她的假從來就休不完，而且現在只有兩位法醫，也無法請長假出國玩，只好在事情比較不忙時請個一天假休息，這也是跟另一位法醫討論後的共識。

她在Mark家起來後，在浴室沖完澡，把自己從頭到尾好好保養了一番，連頭髮都護髮了，包起高高的毛巾頭，身上穿著Mark買給她的全新浴袍，走到廚房，想煮杯咖啡。

Mark說今天得去學校開隊務會議，還要跟美國那邊視訊會議，六點多就出門了，要她睡晚一點。

Mark蠻講究的，用的幾乎全都是HARIO的咖啡器具，咖啡豆也保持有三種不同風味的存量，因為知道歐陽安喜歡淺烘焙的，還特別買了包耶加雪啡擺在流理臺上。

開放明亮的廚房，雪白的桌面，每次在這煮咖啡，就像在Blue Bottle一樣，感覺超好。拿出HARIO的電子磅秤，用量匙量了一杯的量，放入鬼爪刀頭的磨豆機，按開開關，隨著機器運轉聲，馬上散發出一股香氣。一旁雪白的咖啡壺，也正冒出煙氣，電子溫度儀表慢慢往一百度前進，音樂是起床時就用手機藍芽連線B&W音響，帕爾曼正緩緩地拉著她喜歡的巴哈小提琴曲。

她很佩服帕爾曼，幼時曾經因為小兒麻痺被音樂老師拒絕教導，理由是他將一輩子都無法做到頂尖小提琴家的動作，體型的關係，老師甚至說他恐怕在未來只能用不正常的小提琴。

Unnormal。

結果，他真的Unnormal。不一般。

他成為海飛茲之後最偉大的小提琴家，非常不一般，不只在藝術上有驚人的成就，在商業上也很精采，電影配樂大師們非常喜愛找他，幾部曠世巨作，都由他以小提琴拉出動人篇章。

因為他自己的人生就跟部好電影一樣，盪氣迴腸。

水滾了。可是，沒有濾紙。

奇怪，仔細的Mark從來不會這樣。

她在流理臺下的櫥櫃翻了翻，幾個抽屜也看過，就是沒有。想打電話問他，又怕他正在會議中。傳訊息過去也未讀。她想到，Mark有幾次會從儲藏室拿出些義大利麵條，好替她在午夜解饞。

她走過去，打開儲藏室的門，從旁邊牆壁按開電燈開關。

她看了一眼，突然覺得好冷，還沒吹的頭髮，讓她從頭皮開始，冷得發麻。

好冷，全身無力。

她撥電話給蔡明介檢事官，請他傳一個截圖給她。

截圖收到後，她走到衣櫃前，打開，看了一眼，確認後關上。

她傳了個訊息，冷靜地找出吹風機，把頭髮仔細吹乾，把衣服穿整齊，等電鈴響。

那天早上，她沒有喝咖啡。

13

那天李果願檢察官要求刑事組張組長再做一次的事，是去調附近的監視器畫面。張組長和蔡檢事官都表達疑惑，之前已經都看過了，沒有老人被潑酸的畫面。

「那是因為我們之前不知道要找什麼，現在我們知道了，我們要找一個戴帽子、穿寬大外套的年輕男人。」李果願看著張組長的眼睛，「還有，不必拘泥於要看到老人被潑，應該放大範圍，從那地點往外一公里，所有的監視器畫面，而且要案發前後一週的，也就是十四天，若再沒有，就再擴大時間範圍。」李檢察官的表情充滿自信。

結果在案發隔天，果然就看到一個戴帽、穿寬鬆外套的男子出現在附近的巷道。

雖然監視器畫面的畫素極差，但檢察官李果願看到那畫面時，大叫出聲，不過實在太糊了，完全看不清臉孔。現代隨便一臺行車紀錄器的畫面都比那清楚許多，更糟糕的是，每隔兩秒錄一格的方式，讓那粗粒子的黑白畫面更加難以判讀。

追問之下，發現是多年前里長裝設的，不確定當初是不是有圖利廠商使用劣級品的問題。歐陽安請檢事官傳的截圖就是監視器裡的，她看到眼前衣櫃裡的棒球外套聯想到。

多虧歐陽安的協助，指認該名男子可能是Mark，但由於罪證尚不足，無法申請搜索票。幸好歐陽安當時就在Mark的居所裡，因此由她開門，讓檢警進入，迴避掉非法搜索的問題。

在屋內的儲藏室發現剩下三分之一的氫氟酸一瓶，衣櫃裡懸掛的棒球外套上也有液體腐蝕痕跡。而且，棒球外套符合目擊證人王清得描述的「寬寬的外套」。

偵訊後，男子黃麟揚（英文名Mark）坦承犯案。

他表示，與孫老先生在廣場上運動發生口角，起因是他在跑步完後，拿出手機邊走邊看，擋到後面的孫老先生。他雖然道歉了，孫老先生仍舊情緒激動，不斷咒罵，甚至以髒話侮辱黃男母親。黃男不甘受辱，於隔天購買氫氟酸到附近等候孫老先生，潑灑後見老先生倒地，心生恐懼逃逸。隔天因為想確認老先生狀況，又到現場附近查看，因此被監視器拍下。

檢察官追問黃男當初為何接近法醫歐陽安，黃男表示，為了想了解警方偵辦狀況。因為黃男父親是醫生，過去也受委託參與過解剖，對於司法解剖的流程多所了解，黃男也因透過報章報導了解目前該市法醫人力嚴重不足，配置上只有兩名，非A即B，判斷有機可乘。

黃麟揚藉由在網路上查詢法醫研究所畢業生名冊，鎖定歐陽安，再藉朋友介紹，伺機認識，想進一步掌握警方偵辦案情進度。沒想到，反被歐陽法醫明察秋毫，在住處發現氫氟酸，因此讓所有線索串連起來。

14

我是檢察官李果頤，後來我透過主任，了解到為什麼法醫所長當初拒絕我們進行解剖。

答案很簡單，因為預算。

每解剖一具屍體就要耗費預算，而司法單位的預算普遍不足，在樽節花用的思考下，很容易對看起來沒有問題的屍體，在判斷上傾向，死因無可疑。

理解之後，我並沒有體諒。

很簡單，這是個大城市，隨時會有人死。每個死掉的人，應該要有足夠的尊重，包括是怎麼死的。而且從司法調查的角度看，不了解死因，就無法進行調查。

調查是我的工作，樽節花用不是。所以，你問我這問題我要怎麼解決，我沒有答案。不過，我想借歐陽法醫的一句話：

不要擔心，這是個大城市，每天都會有人死。

不會因為你做了什麼，你沒做什麼，就改變這一切。

15

Dear安：

妳看到這封信時，應該表示妳也已經知道我出來了。先跟妳說聲抱歉，把妳捲入這案子，我不是故意的。

不，這樣說太不誠實。我是故意的。

我當初想要認識妳，是刻意的。拜託了朋友的朋友介紹，是因為在臉書上看到我們有共同朋友。不好意思，我的中文書寫一直不夠好，希望妳忍耐，盡量把它看完。

我在美國長大，打棒球，高中大學都還不錯，可以進大聯盟，簽約進了大聯盟後，第三年卻受傷了。打球那幾年，我很努力，但也很不幸運，一直沒辦法回到原來的狀態。

放棄回到臺灣後，幸好靠別人的幫忙，讓我去大學裡帶棒球隊。結果，我遇到了一個很棒的孩子。看著他，我想像著，他站上大聯盟的投手丘，向對手一K一K的投。我把自己的夢想放在他身上，希望他不只發光，而且照亮世界，或者說，照亮我的生命。

當他那天外出回來被我問，他到後來沒辦法才說，他跟那老人有衝突時，我就決定幫他。我隔天跑去現場看，沒看到老人，想說搞不好沒什麼，只是小傷。也沒看到任何新聞。

可是，這個孩子太珍貴了，禁不起任何風險。我從網路上查到妳的名字，再到臉書上找，很幸運的，發現我們有共同朋友。

很幸運的，我認識了妳。我是說真的。跟妳在一起的每一分鐘都很快樂。

直到妳說，要解剖的老人身上有水泡。

那老人死了，我心裡很難受。難受的不是老人死了，那老人活得夠了，這個孩子才要開始。

那個老人打了他，而且很用力。那孩子的身體很珍貴，所以他才會想要反擊，他不是故意的，當然，他也有點故意，但沒想到會那麼嚴重。

我無法忍受一個像那孩子一樣有天分的球員，原本可以在世界發光，卻因為一個愚蠢的吵架被破壞掉。

那是人類的損失。

妳打電話告訴我妳解剖完了，而且如妳判斷，老人是被酸液傷害。我想，糟糕了，我一定要趕快，所以，我請妳等我兩個禮拜。那兩個禮拜，我不是帶球隊比賽，我是在想辦法讓美國的球隊把這孩子簽下來。

我以為我可以。

後來，跟妳約定的時間到了，我去見妳，那是我人生第二快樂的時候。

作為一個球員，在球場上表現自己，依舊是我第一快樂的時候。雖然，我再也不可能。

妳那天說，他們已經有方向時，我知道，時間沒有站在我這邊。除非我想辦法，讓他們抓到一個人，這是我唯一想得到的方法。

我去買了酸液。材料行問我資料要登記，我報了學校的編號。我灑了一些在我的棒球外套上，那孩子有一樣的外套。他甚至連身材都跟我很像。這樣妳就知道我為什麼那麼希望他成功了吧。

接著，要做的是，珍惜跟妳在一起的最後時光。

我把酸液倒剩三分之一，再把咖啡濾紙拿走，讓妳去找濾紙，翻箱倒櫃，看到我故意放的氫氟酸罐子和外套。

我親吻還在睡的妳，在心裡跟妳道別。

我知道妳很聰明，妳一定會找到。

我知道妳很善良，妳一定會報警。

我等你們來找我，我再跟警察講一遍，孩子告訴我發生的事。

這孩子不能有殺人的嫌疑，那會讓他的天分埋沒。

警察沒有任何直接證據可以指控他，也因此無法做司法引渡。所以只要他們暫時不要懷疑到這孩子就好。不要讓這孩子被限制出境出不了國就好。

等我被抓起來後，那孩子可以在這個警察停止調查的空檔離境，才趕得上去美國的職業球隊做測試。

至於我，我不擔心。我去買酸液的時間是在老人死掉之後，警察遲早會查出來，到時他們就會釋放我。我一直沒說去哪裡買的，但我買的那家店的老闆可以作證。還有發票，上面有時間。我相信臺灣的警察，我聽說臺灣警察的調查能力很棒的。

這是我第一次欺騙妳，也是最後一次。不管我出來之後去找妳，妳會不會理我。

這是我第一次欺騙妳，也是最後一次。

妳的Mark

中場

教練看起來怪怪的，我看他常常坐在那，好像在想事情。

我在收球具時經過他，喊：「教練好！」教練眼睛看著我，可是又好像沒看到我，等回過神來，我都已經走超過他、到球具室了，結果聽到教練喊：「劉翰翔！」於是我假裝忘記拿東西，又跑回去，就聽到劉翰翔在被念。

「劉翰翔，我問你，你的手今天會不會痛？」教練的聲音就是不太高興的那種。

「報告教練，不會。」流汗翔的聲音，跟平常一樣很認真。

「那你今天為什麼動作不流暢？哪裡不舒服嗎？」

「報告教練，沒有。」

「沒有？是我看錯？還是你怕累？」

「報告教練，沒有。」

「你是不是昨天沒睡飽，今天比較不能專心？」

「報告教練，沒有。」

「好，你再給我抓到一次晚上跑掉，你就知道！」

快。

「報告教練，是。」

「好了，去休息，準備上課。」

「謝謝教練。」

我趕快用跑的，剛剛就是走太慢，被教練遇到，可是那一整籃香蕉箱的球，一個人抬，走也走不快。

我走出球具室，穿過樹蔭，沿著水溝蓋走，這是我最喜歡的一條捷徑，而且上面有樹可以擋住陽光，還有，每次走這裡就表示可以休息了，就會覺得很放鬆。

我超喜歡這邊的。

結果走沒多久，就遇到劉翰翔，他正蹲在地上弄釘鞋上的土。我走過去拍他的頭，讓他的帽子掉在地上。

他抬起頭來，看到是我，就笑了，牙齒超白的，因為他臉很黑。

「看。」他一邊撿起地上的帽子，拍一拍，起身跟我打招呼。

「看什麼看，沒看過帥哥噢。」我當然立刻回他。

「欸，游崇烈，我好煩噢。」

「煩什麼？」

「我剛剛被教練叫去念。」

「念什麼？」

「說我不專心。」

「噢，你要跟他說，你真心啊。」我故意開劉翰翔玩笑。

「真心？」

「真心愛棒球啊。」

「白痴噢，講這幹嘛。」

「你跟他說真心愛棒球，他就不會再念，我上次發現的。」

「真的假的啦？」

「真的啦！」

背上流的汗讓我低頭抓了一下衣服，我想一想，劉翰翔這傢伙，有時候不跟他說，他有事就會往心裡頭去。

我故意笑嘻嘻的跟他說：「欸，流汗翔。」

「怎樣？」

「我跟你講，你不要想太多，投球的人不用想。」

「那誰想？」劉翰翔有點驚訝

「捕手啊，也就是在下我本人，你知道為什麼嗎？」

「為什麼？」

「因為我是你的大腦。」

「屁啦。」

「欸，流汗翔。」

「你要不要洗澡？」

「要啊。」

「那你還不趕快？」

「噢好。」他往前走，突然轉身，伸手，把我頭上的帽子抓下來，往旁邊馬路上丟。

「看！」我伸手要抓他，結果沒抓到，他一彎腰，蹲下，拿起手套，就往前跑了。

「你給恁爸記住。」我只好朝著他的背影烙狠話，但好像也沒多狠，因為他一邊往前跑，一邊舉起右手，給我看中指。

陽光灑下來，穿過樹葉間的縫隙，一條一條的金色光芒，把路鍍成金色，就像我們以後的路。

我們以為的路。

我在大學棒球隊打球，之前參加過幾場國際賽，成績還不錯，有可能可以打職棒。不過誰知道呢？我一點也不敢多想，雖然很想，可是誰知道會發生什麼事，像我去年就受傷，幾乎快六個月都不能比賽。

家裡的人是很想我趕快去打職棒，可是我還不確定，想說等我大學畢業，拿到一個學歷再說，不然到時候要是受傷，沒球打，我也不太知道可以幹嘛。

那天遇到一位大哥，我們球隊常常會有一些社會組的來找我們友誼賽，他就跟我說，打球很好，不過也要想一下，不打球時怎樣才好。

我記得那位大哥臉上的皺紋好深，感覺蚊子停著會被夾死。他那時候本來笑笑的，突然講到這個，就不笑了。我也不敢說什麼，只會說好。

問題是，我不打球又可以幹嘛。誰會要一個原住民小孩，什麼都不會，只會打球。

我刷卡走進宿舍時，剛好兩個女生走出來，她們看我一身都土，還很客氣地先讓我進去。兩個都留長頭髮，髮型很像，說不定是同個設計師。我過去時，還聞到她們身上淡淡的香水味，跟我身上的汗味，很不一樣。

我們的人生應該也很不一樣吧。

她們的聲音從我後面傳來，淡淡的，但我聽得滿清楚的。

「棒球隊的耶。」頭髮比較短，眼睛小一點的女生的聲音，我不必回頭就知道。

「有一點帥。」頭髮較長的穿牛仔褲，聲音比較低。我比較喜歡她，因為眼睛圓圓大大的。

「妳去問他，要不要認識一下。」

「我才不要，他們都要練球，沒空約會。」

「對，聽說棒球隊連寒暑假都沒有。」

聲音越來越小，我沒有回頭，繼續往前走，假裝沒有在聽，但耳朵張得老大，只是當門緩緩闔上時，聲音也消失了。

我很想跑回去跟她說，我有空，但沒有錢。這個月的營養金我也匯回家了，剩下的不多，我想存起來。但講這些幹嘛，人家又沒有喜歡我，而且想到以後，她的爸媽應該也會反對吧，就算對棒球員沒意見，對我家一定也會有意見。

我還是趕快洗洗睡比較實際。

不對，不能睡，今天有課，要是翹課被點名點到就慘了，那個老師都說出席很重要，因為我們都要做個有出席的人。

釘鞋走在走廊上，發出喀喀的聲音，很像是一種高跟鞋。

對，我雖然不敢想要多有出息，但我至少都有出席，就像比賽，我都盡量有出賽，有出賽就有機會，就可能有可能。

沒有就是沒有。

沒有就完了。

我不能完。

第二部

1

這案子已經夠糟了。所以誰來做，都是立功。

前任檢察長叫剛到職的呂昭邑來接時，是這樣講的。結果講完後，檢察長自己就因為襯衫，也被調走了。襯衫是一位大亨給的，袖口上面會繡名字，英文縮寫，字體是那種書寫體，看起來優雅，但其實粗鄙。

彷彿一種嘲笑，一種你們的風雅是我給的意思。

呂昭邑沒收到，但知道許多前輩都有。沒收到表示期別還不夠，通常要夠資深、能主導案件的。襯衫也不是什麼昂貴東西，但通常表示可以額外要求一些特別的，比方說，家人服兵役要選單位，或想拿到NBA球賽難得的票，也有人說，連兒女申請大學科系都有門路。

這也太恐怖了。

自己的每個同事都是經由出眾的考試能力，才有機會來這工作，理論上，公平的選才制度是他們翻身的機會，沒想到如今連這種階級流動的方式，也有人想破壞，根本有點諷刺。

想到就氣，但也無法如何，自己只是個檢察官。

但至少，是個檢察官，應該有點樣子。

今天那位女法醫來偵查庭，想法邏輯都很清楚，不過一臉憔悴，大概都沒睡好吧。

這也沒辦法，畢竟，這大概是這個地檢署最近內部較棘手的案子吧。從死因無可疑到謀殺案，再變內部調查，簡直是雲霄飛車，前位承辦的那位李檢，也被調到其他地檢署去歷練了。

辦公室的冷氣沒開，所以他剛剛換上了籃球褲。很多人覺得檢察官就要有檢察官的樣子，但他常覺得，沒有好好辦案，才是沒有樣子，只顧外表的樣子，就會慢慢地傾向金錢世俗，而不是正義，最後就可能變成「襯衫」的愛好者。

叩叩，敲門聲響起。林檢事官探頭進來。

「檢座，有一些狀況。」

「什麼？」

「剛剛四點時，法務部宣布暫停庭訊，疫情變嚴重了。」

他點點頭，表示收到，並點開網頁查看。

「接下來兩週的行程，應該都會取消。」林檢事官繼續面無表情地說。

「好，那麻煩你也通知一下各庭訊當事人。我還有卷要看，謝謝。」

「好。」檢事官點頭，就要離開

呂昭邑叫住他，「對了，我想聽聽你意見，你認為現在我們手上這個案子，最需要突破的點是什麼？」

「檢座說的是老人潑酸案嗎？」

「對。」

「現在關注焦點都在女法醫身上，但我不認為這是本案重點。」
「你的看法是……」
「還是加害人。」
「嗯，我的想法跟你接近，目前辦案焦點都在女法醫，但我認為女法醫只是陰錯陽差，甚至棒球教練，都可能不是案件核心。」
「是。」
「不過現在因為疫情，要查案變得很不容易。警方那邊有什麼進展？」
「沒有，因為疫情起來，他們暫時也不敢亂問案，調查算是都停下來了，暫時沒有進一步消息。」
「好，了解了。」呂昭邑心裡知道，還是得想辦法，「那個劉翰翔的行蹤有掌握了嗎？」
「沒有，就只有他出境的紀錄，應該是在美國。」林檢事官聲線平穩地回答。
「這樣……也沒辦法問噢。」
「對，再一直傳不到，可能得通緝了。」
「嗯，我們再想想其他可能。」
呂昭邑說完，林檢事官扶扶眼鏡，沒有情緒的點個頭，闔起記事本，走出辦公室。
這案子還是要自己有比較確切的理解犯罪經過，才可能突破僵局。呂昭邑想著，為什麼一個十八歲的會想殺害八十歲的？到底有什麼深仇大恨，怎麼會那麼殘忍？現在的年輕人到底怎麼回事？實在搞不懂。

兩個人的生活圈，重疊的機會明明那麼少。

*

夜裡練電吉他，必須戴耳機。

這樣才不會吵到別人。

檢察官宿舍是標準的三房一廳，外觀很不起眼，甚至可以說有點偏缺乏設計感，雖然不覺得要多豪華，但好像也不必刻意做得比一般水準醜吧。

他這一棟多數都是家庭入住，一層兩戶，他這一層對門剛好沒人住，不過他還是怕夜裡吵到別人，就像不想聽到別人練鋼琴的聲音，自己也別讓別人聽到沒期待要聽的電吉他。

他插上銀色巨大的導線頭，轉開桌子底下的效果器，這臺米黃色機器，功率滿夠用的，而且有很多種效果可以選擇，轉來轉去，很好玩。

本來想買別的音箱，可是樂器行老闆說，除非你要買到超大臺的，不然那種太小型的音質不是太理想，還不如這臺，尺寸剛好，音質好又變化多，不但可以藍牙連線，還可以把彈奏的音樂透過電腦錄下來，比較值得。

這把電吉他，也是找了好久，才終於來到他身旁。

中間和美國幾家公司聯絡，有一家說因為疫情，無法確定工廠哪時候可以出貨。有一家說因為疫情，所以無法把吉他運到臺灣。

總之，就是過去很容易的事情，現在變得困難無比，甚至無法預料。

眼前這把其實不是新的，是一九九六年的。

其實很多人說這把野馬聲音髒髒的，噢不對，他應該叫作豹馬，Jag-Stang, Jaguar+Mustang，因為是柯特寇本把兩把經典的吉他用拍立得照片合在一起，重新設計後，請吉他公司Fender做的，算是客製版。後來，他自殺過世後，吉他公司就把這當作一個紀念款做出來賣，但也只有一小段時間。

套句冷氣壓縮機的說法，非常稀少。

點開手機上的Quick drum，選擇Rock 1 BPM112，也就是每秒鐘一一二拍的節奏，耳機裡馬上傳來明快的節奏，個人小型樂團馬上成型。

他拿起匹克，在吉他弦上刷下，猛烈的電子弦音傳來，快速地猛刷，彷彿狂風暴雨，就在耳際。

真的很痛快。

總是在這種完全投入全神貫注的時刻裡，思緒才會開始清明起來。

很多人怕吵，他也是。但搖滾樂一點也不吵，那是數學，那是邏輯，那是精準。

他再加快刷弦的動作，左手快速地按和弦，是高中時練的曲子，自己好像回到那個每天泡在唱片行的少年。

自己高中時，稱不上是個好學生，翹課抽菸爬牆打架樣樣來，但從沒有真心想傷害過誰。頂多就是一般無意義的鬥毆，都是當下幾十秒裡的衝動，高中生實在很少有所謂的計畫。越想越奇怪，那個潑酸少年到底發生什麼事，怎麼會那麼兇殘？

曲子來到幾個有味道的單音，高亢激越，他也跟著點起頭，閉著眼陶醉，手指沿著指板滑過琴弦創造滑音的金屬效果，剛剛用效果器調整的那個破音，實在很酷。

一天裡，難得滿意自己的時候。

Power Chord強力和弦是電吉他裡很基本的和弦，通常是由三個音組成，一個根音加上一個五度音再加上一個高八度音。

高八度音其實就是原來的音，只是高了八度。

比方說D5就是食指按在第五弦的第五格，而無名指按在第四弦的第七格，小指按在第三弦的第七格。

有一種和諧感，強力感是因為那高八度音，帶來了厚實感。

有時候也可以不要這根音的八度音。簡化它。

強力和弦，常只有彈主音和五度音。常記成X5，如C5、D5。

他一直在想一件事。

加害人和被害人，才構成一個刑事案。就像主音和五度音。而串連兩者的，就是動機。或者說殺意。

這個案子，很多部分都匪夷所思，可是回到最原初的分析，就是有個人類殺害了另一個人類。為什麼要殺，那常和殺的方法一樣重要。尤其對於刑案的調查，那也會構成起訴時的主觀心證。

這個案子，現在只有棒球教練的說法，而且是他描繪的犯案經過，而加害者已經出境，完全聯絡不上。就算發了通緝也只是做做樣子，根本沒有實質的證據支持，更別提可能破壞一個年輕球員的前途。

被害者也不能說話。

棒球教練的說法算是片面之詞，還是無法驗證的片面之詞。

現在只有屍體是真的。

夜越來越深，疑問也越來越深。

反應過來時，發現自己的手指握著匹克停住，耳際只有音箱的靜電聲，嗡嗡地響著。

2

地檢署因為疫情改採AB班分流，A一三五，B是二四，呂昭邑被分到週一三五到地檢上班，其他時間在家辦公，隔週再調換。說是在家辦公，其實根本沒有辦法，因為所有資料都在內部網路中，家裡根本無法連上內網。

主任檢察官找他到辦公室。

黑色的沙發，毫無個性的矮桌，都是公發的，彷彿也反映主任的性格，就是符合組織要求。

「最近都好嗎？」陳主任問話的口吻很官方，但可以看出他已經努力了。

「還好。」

「家裡長輩都平安吧？」

「我媽應該不會出門亂跑。」

「這樣好，長輩是這波疫情的高風險群，長輩不出門，子女就放心。」

他點點頭，心裡納悶著，何時要開始講正題。

「找你來，是想跟你討論你手上的案子，那個老人潑酸的。」主任檢察官起身，從身後的櫃子拿出個小茶葉罐。

「這是我朋友在杉林溪種的，味道很清香……」主任檢察官自顧自地將茶葉放進茶壺，一旁的快煮壺冒著煙，煙霧瀰漫，主任檢察官的眼鏡起了霧氣，皺起眉來，彷彿不耐煩。

呂昭邑看著對方表情的變化，決定等主任檢察官說完再說。

「我問你噢，被害人家屬有找過你嗎？」主任邊把熱水倒入壺內，應該是宜興的紫砂壺吧。

「目前沒有。」

「我記得他有一個兒子？」主任在壺上頭淋熱水，水流下壺邊，落入盤中，很快又從一旁的孔洞退去。

「是。」

「那你現在的偵辦方向如何？」

「還在整理資料。」

「好，之前檢察長交派給你這案子時，有提醒我幫忙多留意，我跟他說不用擔心，你這個人做事很妥當，一定會顧及各個層面。」主任終於停下手邊動作，看向他，眼神看似溫和，但眼角有種銳利。

「謝謝主任。」呂昭邑趕緊回。

主任檢察官嚴肅的臉突然露出一抹微笑，身子前傾，拿起茶壺倒茶到杯中，一股香氣傳出，說：「我是這樣想啦，你聽看看噢。」

來了，他有預感，自己可能不會太喜歡主任接下來要說的。

「目前媒體因為疫情也沒在追這條新聞，那個教練的說法也只是聽說的，沒有人可以證實，就算加害人是那個球員，現在也離開臺灣了……」

這位主任檢察官李廷軒，之前曾經破過大案子，抓了幾個做黑心油的商人，幾年前還被表揚為十大傑出青年，最近從離島又調回臺灣，只是現在看來，似乎是想息事寧人的樣子。

「你知道那個法醫研究所所長？」主任喝了口茶，突然提起。

「知道，但沒遇過。」

「他以前也當過檢察官。」主任看著茶杯裡的茶湯，彷彿不以為意。

「嗯。」不知道突然提起法醫研究所長是什麼意思，不過越裝作不在意的，越是在意，這是這幾年來呂昭邑進入檢察體系裡打交道的經驗。

「他打電話來提醒，我們單位今年解剖的預算，已經用了八成。」主任檢察官的眼神突然銳利起來。

「他是主計單位嗎？」呂昭邑的下一句本來是「幹嘛管那麼多」，但就沒說出口了。

「你知道，這個案子，之前法醫研究所長本來說不必解剖，死因無可疑。」

「真的假的，我不知道，為什麼？」呂昭邑心急的回。

「嗯，這件事目前也還不太清晰。」主任的語氣多有保留，感覺有蹊蹺。

「是。」

「我剛去問檢察長，他說，就照我們的節奏辦下去，不要太擔心。」

「了解。」

「我是要請你看看有沒有需要我這邊幫忙的，隨時提出來，你去年當了檢審委員，今年也很有機會升主任，要好好把握。」主任講完後，看著窗外的藍天，一臉雲淡風輕。

他很討厭人家提當檢審委員就是升主任的前奏，這就是他想打破的窠臼，也是他去競選檢審委員的主要原因，看來這個主任也是政治動物，不過還是得好好回答，免得被咬一口。

「主要是疫情影響了調查節奏。」他選擇回答最無關緊要的。

「沒關係，這我有跟檢察長報告，他的意思也是不要勉強，安全第一。我的想法是現在多數資源都被抽派去處理疫情，也不是壞事。大家的焦點不在這案子上，反而有時間好好思考。因為上班分流的關係，我也沒辦法給你多的人力，你就安靜地用現有資源做，有狀況再跟我說。」主任講了一大串，但總結起來，也是官話。

就是沒資源但你要做出成績來的意思，簡單說，好自為之。

「謝謝主任。」呂昭邑只好露出燦爛的微笑，並起身。

正當鬆了口氣，轉身要走出門時，主任的聲音突然又揚起，「然後，我建議你上班不要穿T恤，我知道你們年輕人有自己的想法，可是把那些放在私領域裡，不要影響觀瞻，尤其是長官的印象，穿這樣，對你升官不利。」

「謝謝主任。」呂昭邑趕緊回。

主任沒答話，轉身背對著他，端起茶杯，聞著茶香。

「我的T恤都很好看。」他邊把門闔上，邊朝主任的背無聲地說。

＊

離開主任辦公室，長廊上沒有什麼人。應該是因為疫情，原本稍嫌嘈雜的大廳也不再車水馬龍。這個體系裡的人，呂昭邑已經知道不能完全信任。

不是說誰不好，而是每個人在這系統裡，很容易必須說出一些言不由衷的話，或要在面對不同的人談同一件事時有不同說法。就像某位前輩說的：「法庭上比的是誰說的故事比較讓人相信。」這是種技巧，也可以說是職業技能，只是當這技能練到爐火純青時，難免走火入魔。

回過頭來說，自己會這樣想，也是種職業傷害。

主任一定有他自己的考量，也許來自立場，也許來自政治計算，總之，現在是開綠燈，可以往前衝，只是，要衝去哪裡？

不過，主任剛才提到法醫研究所長，似乎可以再了解一下狀況。他撥了內線電話，請檢事官過來討論。

他跟林檢事官講了主任談話大致的內容後，兩人一陣沉默，彼此都在思索中。他起身去煮熱水，他還是比較愛手沖咖啡。

檢事官想幫忙，他舉起一隻手示意對方坐下，他喜歡沖咖啡的過程，那是一種儀式，讓腦子開始運轉的開工典禮。他在電子秤上量了咖啡豆，十五克，放入白色磨豆機，同一時間，白色熱水壺也開始煮到攝氏九十三度。

「你有聽說法醫所長擋解剖嗎？」將濾紙淋濕後，他把咖啡粉倒入濾杯裡。

「我去了解看看。」檢事官的語氣一貫的謹慎冷靜。

「到底為什麼會擋解剖？」

呂昭邑提起壺，倒了五十公克的水，均勻地繞圈，淋到濾杯裡的咖啡粉，然後要等四十秒。

「沒有解剖就沒有死因，就完全沒有偵查的起點，這對檢察體系來說是極度不可理解的，不只是自廢武功，更可能是自掘墳墓。」他盯著濾杯裡的水逐漸減少，「沒有案件就沒有績效問題，就不用擔心考績，也不用擔心預算超支。也許這種目標導向的管理方式，從源頭就讓案件消失，是某些人在制度裡打滾太久後的思考結果。」

林檢事官平靜地看著他，好像草食性動物，看著眼前的花正在盛開，卻無動於衷。

「這樣跟警察吃案有什麼兩樣？」他忍不住越講越大聲，又意識到這跟眼前的檢事官無關，突然覺得有點抱歉，趕緊補了句：「抱歉。」

林檢事官右手微抬，表示理解。

是自己太天真了嗎？他低頭，繼續認真的在濾杯上繞圈澆熱水，試著讓心情平靜下來。

那些數字不是數字啊，都是一個一個的人命。

「這杯給你，音樂家系列的莫札特，葡萄乾蜜處理。」他把沖好的咖啡遞給檢事官。

檢事官接過後，閉眼細聞。「很香。」

「你喝看看，它的香氣有層次，應該會有莓果甜香。」

「檢座，你不喝嗎？」檢事官客氣地問。

「沒關係，我喝過了。我問你，你遇過那位法醫所長嗎？方便側面了解看看嗎？」

「他待過這個地檢署，應該可以打聽一下。」林檢事官拿出黑色小本，拿筆記下。

「麻煩你，你比我資深許多，見多識廣，要拜託你幫忙了。另外，我知道現在因為疫情暫時不能開偵查庭，但還是想試著調查看看。」

「檢座的意思是……？」

「那個去美國的球員聯絡上了嗎？」

「還沒有。」

「球隊怎麼說？」

「球隊沒有回。」

「你有提是命案的調查嗎？」

「有，但因為是寄email，對方都沒有回。」

「嗯，恐怕我們也不能只是被動的等待。」

「是。」

「我這幾天閱了一下卷，我們現在手上只有棒球教練說的一個故事，人證物證都沒有，我想要稍稍歸零，重新看一下到底什麼是事實。」

「檢座，計畫怎麼做？」

「你知道樂團表演怎麼聽最好？」

「我不知道，我不聽音樂。」檢事官依然一臉平淡。

「LIVE最好。」

3

疫情回到二級警戒，人們再度可以出門，但經過上一波疫情，街上的人普遍都習慣戴上口罩。

「呂昭邑檢察官，你好，我是曾主祕，這邊請。」學校主祕執意要到門口來接，考慮到後續的合作需要，他還是接受了。

在主祕辦公室裡說明來意、大致討論了棒球隊狀況後，得知教練暫時請假，但球隊還是有在練球，一行人就又走出辦公室，往球場前進。

他第一次來到這所大學，位在市郊，果然校地就開闊許多。建築物間有許多樹木，整個學校充滿了綠意，很是舒服。球場在校園另一邊，主祕提議開車過去，他本來想拒絕，但考慮到主祕的身型似乎走路不太方便，只好客隨主便了。

林檢事官開著車，臉上毫無表情，突然淡淡地說：「我以前也打過棒球。」

「真的假的？你不是會計系的？」呂昭邑驚訝地問。

「我有參加棒球隊。」

呂昭邑等林檢事官講更多，結果對方就安靜了，車上一陣靜默，似乎連坐一旁的主祕也覺得不自在，開始校園導覽，「這邊是管理學院，那邊是醫學院，往前一點是理學院，隔壁是工學院。你沿著這條路開到底，再右轉，就快到了……」

窗外一棟棟紅磚建築，在藍天下顯得十分宏偉，是個標準的綜合大學。

「不好意思，打擾你們教學。」呂昭邑還是客氣地跟主祕致意，畢竟現在要找誰問話，還是得透過這位主祕。

「不會啦，檢察官辦案也辛苦了。」

「應該的。」

聽說這個學校在社會上影響力不小，所以沒有太多媒體報導球隊教練涉入命案的事，也沒有見諸報端。這也是好事，畢竟案件本身還沒有任何確切證據，捕風捉影，常常會害到無辜的人。

「檢察官，我想請教一下，那棒球隊教練會有影響嗎？」主祕還是很關心學校的狀況。

「這我不方便透露，不好意思，你也知道案件還在偵辦中。」

「對不起，我多言了。」主祕道歉後，車內又再度陷入尷尬的安靜。但尷尬總比難堪好。

球場到了，紅土鋪成的標準球場，草皮也維護得很好，一旁有高架道路經過，球員正在練習，白色的球衣十分搶眼。

球場旁就有停車場，林檢事官俐落地倒車入庫，連停車都一板一眼，下車後呂昭邑一看，車子竟跟地上的隔線完全平行。他看著一絲不苟的檢事官下車心想，這種性格真的很適合這份工作。

主祕挪動有點過重的身材下車，拿出手帕，擦了下額頭的汗珠，「來，我帶你們去找總教練。」感覺連這句話都得換口氣說。

從球場邊走過，進入體育館旁的一個小門，立刻看到六張辦公桌，上面掛著體育組的藍色牌子。穿過堆滿雜物的空間，又進入另一個小房間。總教練坐在傳統木沙發上，面前的茶几擺滿泡茶器具，看起來跟主任檢察官辦公室的那一組很像。

臺灣男性在組織裡到一定的階段，似乎就習慣擺放茶具，可能也是工作的一環吧，呂昭邑忍不住心想。

總教練身材壯碩，戴著棒球帽，穿著排汗衣和白色棒球長褲，看起來約五十出頭，沒想到說話聲音卻很輕柔。

「請坐，喝茶噢？」

應該是剛剛就接到主祕通知，總教練已經先燒好開水、泡好茶了。

見到總教練，他心情有點複雜，對方可是小時候在電視上看過的國家隊強投，還待過日本職棒，根本是國家英雄。呂昭邑此刻只想拿球給對方簽名啊！記得以前有高中同學住在同樣旅日的名投郭泰源老家隔壁，同學們都會拜託他拿簽名球。那同學也都來者不拒，多年後同學會時，酒酣耳熱之際，同學才說出，球都是自己代簽的。

什麼代簽，根本是詐騙！要是現在一定要移送法辦！記得那時在同學會上，大家都笑鬧成一團。

眼前，是真正國家級的偶像請喝茶，下次一定要跟同學們說。

不行，得要有司法官的樣子，呂昭邑按捺心中的興奮，在木沙發坐下。一眼瞥見林檢事官已經拿出名片夾示意要換名片，他趕緊遞出給總教練。

「總教練，你好，我是檢察官呂昭邑，今天想跟你還有幾位隊員了解一下案情，不好意思，打斷你們練習。」

「不會啦，你太客氣了，不好意思讓你們跑一趟，來，這個茶很好哦，我朋友給我的，說是國宴上用的。」

這位過去的強投講起話來十分豪邁，難怪面對各國強打仍舊毫不畏懼。很少有人第一次見到檢察官是這樣熱情的，運動員的心理素質，實在跟一般人不一樣。

「謝謝，我們想說也問問總教練對案件的了解。」他試著用平穩的語氣開場。

「問我噢？我只懂打球啦，球場下的事我比較不懂。」總教練爽快的回答。

「總教練客氣了，請問這個事件，總教練知道Mark教練的說法嗎？」

「我後來有聽他說，真是嚇一大跳，Mark非常愛護球員，我們這些小朋友都把他當媽媽。」

「媽媽？」難以想像已經讀大學的年輕男生，會把教練當媽媽看。

「對啊，他不是叫Mark，小朋友叫到後來就變媽媽，不過他真的很照顧這些孩子啦，有一個孩子是從那瑪夏來的，聽說爺爺還在山上，之前中風，小孩子很擔心，都影響到表現了，Mark就開車載他回去看，還去當地區公所請人幫忙，申請送餐服務，讓人定期過去照看。」

「那你對那個球員劉翰翔的印象呢？」

「劉翰翔噢，他應該是我們這一屆比較好的球員啦，我第一次看他投球，就說三年內到小聯盟沒問題。」

「那他個性怎樣？是會和人家起衝突的嗎？」

「應該不會，這幾年我帶他，沒看過他和隊友吵過架，比賽時也很冷靜。你知道好的投手有兩種，一種是誰都不怕，隨時想壓過對方，氣勢凌人，鋒芒畢露。一種是他看不見對手，他只是把球投到他想要的地方，然後一次只投一顆球，他就是這種。」

「你是說，他是冷靜型的投手？」

「對，溫和冷靜，不多話，你給他的菜單他全吃之外，還會給自己更多。」

「菜單？」

「就是練習內容啦，你知道他外號叫流汗翔，就是說他永遠願意比別人流更多汗，我都還要特別叫他別再練了，免得練過頭受傷。」

「所以，你覺得劉翰翔會對老人潑酸嗎？」

「那個事噢，我是不太相信啦，可是那個Mark又這樣講，還做到那個程度……」總教練嘆了好大一口氣，把背靠在椅背上，這事對總教練來說，大概也很困擾。

「那Mark教練現在呢？」

「我是跟他說先休息一下，學校這邊我來處理，他把自己的心情處理好，我等他回來。」

這時，主祕突然插話：「總教練，不是，校長說，希望那個Mark教練離開……」

總教練也毫不客氣地立刻打斷：「我今天早上才跟校長講過，Mark他不回來，我就也不是很想待了啦。這是我們棒球隊和學校的事，我不希望平常沒有參與的人，這時候多嘴。不好意思啊～」總教練瞪視著主祕。

主祕震懾於總教練的氣勢，有些退縮了，垂下了眼，看向手裡的小小茶杯。氣氛有點尷尬。

看來學校應該不想要Mark教練再回到學校，還有，主祕和總教練明顯是不同派系。

「檢察官，我跟你請教一下，那個Mark有犯罪嗎？」總教練的語氣有些急切。

嚴格說來，Mark只是跟法醫交往，並且在家中放置了一些東西，雖然目的是誤導警方調查，但並沒有主動對警方做任何事，而是法醫報請警方調查，警方才進行逮捕的。就算用妨礙司法調查來看，都不太容易起訴，即使起訴也極可能不會被判有罪。教練說不定還可以回頭跟警方求償，因為被拘留，權利受侵害。不過，相信他也不至於。但呂昭邑身為檢察體系的一份子，是不可能對總教練講那麼多的，這對公機關是不利的。作為檢察官，當然得保守地回答。

「這部分我不方便回答，不好意思。」

總教練臉上一陣失望，主祕略嫌油膩的臉上倒有了點光，似乎是種幸災樂禍。這讓呂昭邑忍不住想多安慰一下總教練，不過主祕還在，不能多說，也許未來有機會，私底下再說吧。

呂昭邑想一想，還是換個角度問好了，「那請問總教練有劉翰翔的聯絡方式嗎？」

「之前都傳LINE呀，現在不知道為什麼都未讀，他可能不好意思啦。」

「這樣啊。那總教練我想請問一下，你們送球員出去，要寫推薦信嗎？」

「嗯，沒有啦，之前美國的球探會來觀察，我沒有寫推薦信啦，球員還是實力比較重要，我們能夠幫忙的也有限，我比較可以做的是幫國家培養人才，然後不要讓人才的身體壞掉。」

這個總教練似乎是個懂得也願意保護球員的，之前聽說很多教練為了比賽成績，把選手都給操壞了。

「那請問主祕你這邊有劉翰翔的聯絡方式嗎？」呂昭邑轉頭問。

「我們沒有啊。」主祕又拿出手帕擦臉上的汗，順便酸不溜丟的補上一刀，「如果棒球隊連自己的球員都管不好，我們也沒辦法。」

總教練搖搖頭，似乎不想再多回應什麼，只說：「我們之前有提供地檢署聯絡方式了。」

「有的，謝謝您的配合。」林檢事官難得出聲，還跟總教練點頭致意。這大概是他看過檢事官最大的情緒動作了吧，想不到這位機器人檢事官，會對總教練用您這種字眼。

他繼續問總教練，「劉翰翔有舊傷嗎？」

「有啊，他國中時被操壞了，高二時動手術，高三復健一年，錯過許多重要比賽。」

「那當初總教練怎麼會找他來？」

「我是聽Mark建議的，他對高中球員很熟，幾乎每場比賽都會看，幾支隊伍的狀況也都熟，他說這個小孩很有潛力，而且家裡有需要，我相信他的判斷。」

「請問是什麼需要？」

「檢察官，你知道我們打球的小孩，有一種是家境清寒，參加球隊就成為不錯的選擇，尤其臺灣許多偏鄉的弱勢家庭，隔代教養外，家裡也沒有太多資源可以讓他們接受教育，所以在他們國小時就會想辦法找到球隊，請教練收，住到球隊去，這樣一路上有吃有住還有營養金，孩子也有人可以管教，有同伴一起長大，家裡也比較放心。」

呂昭邑之前聽說國家的體育運動，其實某種程度也支持了一些家庭的孩子長大，這大概在不少國家都算是普遍現象。

總教練嘆口氣，「劉翰翔就是屬於這種，他們家只剩一個奶奶，父母在他小時候就離異了，也不知去向，高中時奶奶還得癌症，真的很辛苦。他那時候又受傷在復健，非常茫然，不知道怎麼辦，Mark就去他家裡找他，跟他談，叫他畢業後來我們學校，至少我們學校有宿舍，他少一筆支出，還有點營養金可以用。」總教練摸著手掌上的繭，那手掌又厚又大，手指看來也比一般人長許多。

「我本來也不確定這劉翰翔行不行，Mark跟我說他很有把握，我就簽了。後來他入學沒多久，奶奶也過世了，山上的老家也壞得差不多，就沒再回去了，都住在宿舍。」

主祕一臉無趣，突然手機震動聲響，他拿起手機，無視總教練，向檢察官方向點個頭就走出去了。

「那他有沒有比較要好的朋友？」呂昭邑繼續問。

「有啊，球隊的話，應該就是捕手游崇烈，你等我一下，我叫他過來。」總教練起身，也走出房間，留下他和檢事官，他看看房間裡，都是球具還有獎杯，桌上還有兩本原文書，好像也是棒球相關的書籍，另外還有一本報導文學，是諾貝爾文學獎得主寫車諾比事件，另一本小說，談空氣汙染的。感覺總教練對於環境議題滿關心的。

林檢事官正在確認手機裡的訊息，把手機抬著老高，像個機器人一樣，聽他說，這樣可以避免視力衰退。

突然，有一隻黃狗搖著尾巴走進房間。長相有點奇怪，瘦瘦長長的像臘腸狗，但腿似乎又比一般臘腸狗長，最奇怪的是，尾巴很粗，末端還是白色的，像米格魯。這狗很友善，一進門就搖著尾巴走向呂昭邑，他伸手一摸，尾巴就搖得更快了，非常可愛，之前就聽說混種狗特別聰明。

這時，總教練進來了，「不好意思，這是流浪狗，跑來我們這裡，小孩子就餵它，變成棒球隊的隊狗，叫作如果──」

講到一半，突然被一個年輕球員的聲音打斷：「因為教練每次都愛說如果，如果我們這次認真一點；如果那個二壘的守備怎樣；如果如果……這隻狗就會站在旁邊搖尾巴，所以我們就叫它『如果』。」年輕球員臉曬得黑黑的，顯得講話時露出的牙齒特別白皙，眼睛圓圓大大的，很開朗。

「沒大沒小，進來有喊報告嗎？」總教練念他，但語氣聽得出來滿是疼愛。

「報告！總教練，你叫我來，我來了！」

「游崇烈，這位是呂檢察官。」

「呂檢察官好！」游崇烈充滿精神的聲音很大，也給這小小的房間帶來了愉快的氣息。

「還有一位是……」總教練伸手拿起桌上的名片，「林檢事官。」

「林檢事官好！」游崇烈的聲音宏亮飽滿。

「游崇烈，這裡不是球場，你可以小聲一點。」

「報告總教練，是。」游崇烈吐了吐舌頭，但聲音還是很大。

「游同學你好，請坐。」呂昭邑看著他，感覺也愉快了一點，這個陰暗的案子總算有點陽光氣息。

「報告檢察官，我身上有土，不可以坐，會弄髒椅子。」

「你坐啊，等一下再弄乾淨就好。」總教練遞出一杯茶，放在桌上給游崇烈。

「好，謝謝總教練。」游崇烈坐下，帽子脫下放在膝蓋上，雙手平放，腰桿打直，現在很少看到年輕男生有這樣端正的坐姿，呂昭邑心裡佩服著總教練帶球員的功力。

「我想請問你，你和劉翰翔熟嗎？」呂昭邑先試著建立關係。

「熟啊，我每天都接他的球，他的球只有我接得住，我是不知道美國人怎樣啦，不過我看是沒那麼快可以接他的球啦。」

「請問你熟悉他平常的作息嗎？」

「熟悉啊，就是教室、球場和宿舍，三點移動，他整天只想要流汗練習啦。」

總教練插話，「游崇烈和劉翰翔是室友。」

呂昭邑點點頭，「那你知道他跟那個老人的事嗎？」

「我不知道他跟老人有過什麼事耶。」

「你覺得他會這樣嗎？」

「你是說跟人家吵架噢？不會啦，他最不喜歡吵架了，每次我罵他亂投，他都不會生氣，還跟我敬禮耶。上次比賽有人被他三振，跟他比中指，我都氣死了，他還沒有表情。而且，拜託，那個不是老人嗎？劉翰翔最喜歡老人了，有一次我們去吃東西，他竟然還跑去幫一個做回收的阿嬤推車子耶，我說你幹嘛，他說你不是也有阿公嗎，幫這個阿嬤就等於幫自己的阿公。」游崇烈講起劉翰翔似乎就停不住。

「那Mark教練為什麼會說他去潑酸？」

「我也不知道啊，Mark教練搞錯了吧。」

「那你有跟他聯絡嗎？」

「有啊，但很奇怪，他去美國就沒聯絡了，不知道是怎樣，訊息都未讀耶。總教練，他有跟你聯絡嗎？」游崇烈轉頭看向總教練。

「現在你是檢察官噢，還問我咧？」總教練沒好氣地回。

「不是啊，我想說劉翰翔很尊敬總教練，一定會跟你報告啊。」游崇烈講得理直氣壯。

呂昭邑順著他的視線看，發現一不留神，那隻狗已經趴下，在總教練旁邊閉上眼睛，十分可愛。

「如果，你不要睡覺啦，人家在講事情耶。」游崇烈看呂昭邑在看狗，也笑著跟狗說話。

「不好意思，我再多請問你一下，球隊裡，他有其他比較親近的朋友嗎？」呂昭邑繼續追問游崇烈。

「球隊嗎？」

「對。」

「球隊啊，他跟每個人都很好，不過他最要好的，你們知道是誰？」

「是誰？」總教練聽了也一副感興趣的樣子，放下手上的茶杯。

「我想一下。」游崇烈閉上眼睛思考了一下，突然睜開大大的圓眼睛，指向總教練，「是他！」

檢察官和林檢事官一起瞪大眼盯著總教練，總教練也一臉訝異地指著自己。

「我？」

「不是啦，是如果。」游崇烈指著總教練身旁的狗，狗勉強地睜開眼睛，一副關我什麼事的樣子，「流汗翔最喜歡這隻狗了，他幾乎每天都跟它說話。」

「游崇烈，不要再胡說八道了。」總教練大聲斥責，臉上卻一副又好氣又好笑，轉頭道歉，「檢察官，不好意思，這小孩就是愛開玩笑。」

「不會啦。」呂昭邑看向地上的狗，「要是你講的話，我們聽得懂就好了。」

「檢察官，如果沒其他要問的，可不可以讓游崇烈去休息了？」

「哦，可以啊，謝謝。」

「游崇烈，你去跟其他人說，今天練習到這邊，明天早上同一時間集合練球。」

「謝謝總教練。」游崇烈起身後，卻還站在原地。

「幹嘛，還有什麼事？」總教練納悶地看向游崇烈。

「那個，總教練，我剛剛跟學弟說，你叫我去，一定是要請大家喝飲料，今天那麼熱，總教練人最好了。」

總教練一聽，笑了出來，「你要請大家喝飲料你就請啊。」

「我要演那個常常被總教練罵的游崇烈啊，怎麼可以請大家喝飲料？當然是球好心更好的總教練請才對。」

「囉唆！」總教練笑罵著，從口袋掏出皮夾，拿出一千元，「拿去啦。」

游崇烈伸手要拿，結果放到他手上的，卻是顆棒球，他一臉狐疑。

「這個球你幫我簽一下，我鄰居的小孩子想要，簽好看一點哦。」總教練下巴抬了一下，隨口說著，呂昭邑在一旁看了覺得有趣，跟著微笑。

「啊要畫圖嗎？」

「可以畫啊，反正弄漂亮一點，還有，找的錢明天記得還我，這是我的零用錢，很珍貴的。」總教練這才把那張一千元遞出去。

「教練，現在手搖茶都很貴耶。」游崇烈還在討價還價。

「誰叫你們喝那種東西，又甜又沒營養，喝運動飲料就好啦，去！」

「謝謝總教練，檢察官、檢事官再見！」出門前，游崇烈一樣自帶大聲公的洪亮聲音。

總教練看著他離開房門口的背影，臉上仍帶著笑意。

「你們不要看他這樣，其實這小孩，心思滿細膩的。」總教練說：「他很孝順，我剛說那瑪夏那個小孩，就是他。他後來沒有跟美國簽約，選擇留在臺灣，就是擔心山上的爺爺。」

總教練動手清理茶具，按下熱水壺，似乎又要再沖一泡。原來，剛剛的游崇烈也有美國球隊有興趣。

呂昭邑順著話問下去，「他也打得不錯嗎？」

「很好啊，我覺得不比劉翰翔差喔，職業球隊從他高中就在問了。」

「所以他現在的計畫是什麼？」

「上個月已經跟臺灣的職業球隊簽好了，這學期結束就會去報到。」

「方便透露哪支球隊嗎？」呂昭邑追問。

總教練說出了隊名，是上季的總冠軍球隊，聽說簽約金也挺優渥的，還要呂昭邑先保密，媒體都在打探，但還是要讓球隊公關宣布。

「這種情況多嗎？」

「你是說哪種情況？」總教練問

「就是大學生還沒畢業，就被職業球隊簽走。」

「很多啊，只要你有實力，對方當然希望你早點加入他們的農場，畢竟運動員的職業生涯就是那幾年，有的人會覺得越早開始越好。」

但這種情況如果常發生，大學球隊的主力陣容不就常常會改變，尤其是好球員更容易被挖角，呂昭邑心想。

「這樣你們不會很困擾嗎？」呂昭邑問。

「當然困擾啊，但是怎麼說呢？這是我們大人要去承擔的。像我自己是球員出身的，能夠理解他們的狀況，職業球隊來問，我也不太會攔他們，畢竟加入職業隊是他們一輩子的夢想，而且可以立刻改善家裡的環境，你讓他早一年處理家裡的債務，有時對他們的家庭差很多。」

「所以，游崇烈比劉翰翔好在哪裡呢？」呂昭邑好奇。

「這個噢，看你的球隊需要什麼樣的人。劉翰翔是標準你可以託付的先發投手，你要他壓制對手，他可能就會做到，他會把他的工作做到最好。但你要贏球，可能就需要游崇烈這種會讓全隊有精神，就算落後也還會笑的球員。」

感覺得到游崇烈可能是全隊的開心果，靈魂人物型的領袖，還會跟總教練要錢請隊友喝飲料。

「講一個好笑的，你知道他是二刀流嗎？」總教練突然笑著講，看來他真的很喜歡這個游崇烈。

「什麼意思，跟大谷翔平一樣嗎？他不是捕手？」呂昭邑納悶，一般二刀流都是投手並且會打擊，這個游崇烈似乎不太一樣。

「有一次比賽時投手出狀況，一直投不進好球帶，游崇烈喊暫停，作為捕手的他走向投手丘跟投手溝通，但投手還是不行，接連保送了四個人，擠回來一分，這時還無人出局，滿壘。沒想到游崇烈又喊暫停，上去投手丘跟投手溝通，教練也上去了。突然，他開始脫掉護具，全場都不知道發生什麼事。教練伸手跟投手要球，把球交給游崇烈，他就當起投手，開始熱身投球了。」

「啊？那捕手呢，誰蹲捕手？」呂昭邑聽得入神，急著追問。

「教練叫替補的捕手上來呀。結果游崇烈站在投手丘上，轉身向全隊喊話，叫大家冷靜下來，接著，竟然把後面三個打者都處理掉，化解了危機，然後再下一局，自己打一支全壘打追平比賽後，再下一局策動雙殺，防止對方超前。」

「等一下，總教練，要是他是投手，怎麼策動雙殺？」

「他又回去蹲捕手啊，他知道救援投手還沒熱身，因為比賽才剛開始，先發投手就失常了，牛棚的投手根本來不及準備，他是上去救援救援投手的。」

「救援救援投手？」呂昭邑第一次聽到這個詞。

平常不苟言笑的林檢事官笑了出來，這應該是自己跟他共事以來，第一次看到他笑。

呂昭邑繼續問：「這是最近的比賽？」

「不是，是他高中時候的，我聽Mark講的，那年我就找他和劉翰翔，給全額的獎學金，學雜費也全免，還有宿舍住。」

林檢事官突然開口，「去年拿全國大專盃冠軍主要的兩個功臣，就是劉翰翔和游崇烈。」平常沉默寡言，原來還有在關心大專盃比賽。

「我們運氣不錯啦，比賽籤運也很好。」總教練微笑，但多少還是可以看到過去的沙場老將對比賽榮譽的在意。

「總教練，你覺得游崇烈真的和劉翰翔沒有聯絡嗎？」呂昭邑順著問。

「嗯，這個我也不知道，他們小朋友感情是很好，如果沒有聯絡是很奇怪，但游崇烈是天主教徒，除了比賽時欺敵，平常幾乎不太說謊的。」

「抱歉，剛剛忘了跟他要聯絡方式，總教練這邊方便提供嗎？」

「嗯，我也只有他的ＬＩＮＥ，來，你們自己加。」總教練從口袋拿出手機，遞給呂昭邑。

「我也順便加總教練的，方便嗎？」

「可以啊，你弄。」總教把手機交給呂昭邑後，就起身去給熱水壺加水。

呂昭邑接過手機，打開軟體，果然看到傳給流汗翔的訊息呈現未讀狀態，總教練沒有說謊。林檢事官看了一眼，也點點頭。

他找到游崇烈的帳號，發現他傳了張照片給總教練，是個老人的照片，笑得挺開的，背景是棟南部常有的透天厝，陽光燦爛，看起來很舒服，總教練回了個「很好」的訊息。

呂昭邑用總教練的手機加了自己，也傳了游崇烈的帳號資訊後，遞給林檢事官。

總教練剛好走回來，呂昭邑再次追問，「總教練，請問一下，劉翰翔在臺灣沒有親人了？」

「嗯，我知道的是沒有啦。」

「那游崇烈的爺爺現在應該好多了吧？」

「對啊，他拿到一筆簽約金，就把他爺爺從山下接下來，請了個看護，住在旗山，有傳爺爺照片給我看，好像還不錯。」

「他真的滿乖的噢？」

「對啊，他說要是去美國就無法照顧爺爺，現在爺爺有什麼狀況，至少他在臺灣，搭高鐵三小時內，一定可以到醫院急診室。」

不知道為什麼聊到後來都在聊游崇烈，不過呂昭邑的辦案習慣是，讓當事人盡量說，對方越自在，越會講出原本不知道的事。

「檢察官，我看也中午了，我帶你們去吃個飯，你們如果還有要問的可以慢慢來，邊吃邊講。」

「還好啦，我們也差不多了，還要回辦公室開會。」呂昭邑順勢起身，林檢事官也把總教練手機遞還。

「不過總教練，我請問你噢，你覺得Mark這個人怎麼樣？」

「非常好，基本上，這個球隊是他在帶的，我信任他，球員也很信任他。」

「那你覺得他為什麼會說劉翰翔潑酸？」

「Mark說劉翰翔跟他說的，說真的我也不懂，劉翰翔平常非常沉默寡言，比較常跟他說話的，除了游崇烈，就是Mark了。」

「嗯……」

「你們可能要再問問看Mark吧？」

「我們之前跟他談過了，謝謝總教練。欸，主祕不知道去哪裡了？」

「沒關係啦，他可能很忙吧，其實球隊的事他也不太清楚，聽Mark說，有一次他還問Mark說那個棒球要打氣是從哪邊？」

「啊？什麼意思？加油打氣嗎？」

「不是哦，他是說這個棒球要怎麼打氣。」總教練拿起桌上的一顆棒球。

「棒球是硬的……不用打氣啊……」實在難以想像，在臺灣竟然有人會問這麼奇怪的問題。

「所以我才說，他可能不太清楚。他跟Mark為了球員的事還起過衝突，吵到不行。」

「知道為了什麼事嗎？」

「好像是球員的釘鞋有紅土，他覺得很髒。」總教練一臉無奈。

「這樣啊。」呂昭邑看了一下手錶，「那今天謝謝總教練，也謝謝你以前為我們國家的付出。」

「不客氣啦，有空再來泡茶。」

呂昭邑轉身要走，發現林檢事官還站在原地，正覺得奇怪，突然看到林檢事官從黑色公事包拿出兩顆棒球，又從口袋拿出一支黑色簽名筆。

「不好意思，麻煩總教練幫忙簽個名好嗎？」林檢事官恭敬地遞出球和筆，這應該是他第一次看到林檢事官對案件關係人最大的敬意吧，平常連對什麼部會首長、高階將領或有錢富豪都沒這麼恭敬過，這幾天真的看到這人好多平常不曾展露的一面。

「喔，沒問題啊。」總教練毫不以為意，自然地接過去，粗厚的手掌抓著球，快速地龍飛鳳舞起來，白色的球上多了許多黑色的線條。這大概是總教練簽的第幾萬顆球了吧。

謝過總教練，兩人走出體育組，球場外的天空湛藍，大太陽下，紅色的球場上，練習的球員都已經離開，但遠遠的樹蔭下有個身影晃動著，主祕似乎正在激烈地講電話，桶狀的身材成了個剪影。

呂昭邑和林檢事官一同走過去，炙熱的風吹來，主祕一手拿著手帕，一手拿著手機，臉上滿是汗水，神情有點狼狽。

「是，是，我知道……我會注意。」隨著走近，聲音清晰了起來，似乎正在被電話那端的人交代兼訓話，感覺這主祕也不好當。

呂昭邑過去只是想打聲招呼，但看來主祕正無暇他顧，於是呂昭邑用手勢比了個抱歉，接著指指自己和林檢事官，示意要離開，點頭致意。

主祕眼神淩亂，只是點點頭，轉過身去，繼續聽著電話那頭，大概對方來頭不小，得專心應付吧，也可能不想被呂昭邑聽到電話內容，這也很尋常，畢竟，檢察官的身分對一般人來說，都稍稍敏感。

上了車，林檢事官搖下車窗，好讓車上的熱氣散去，轉身向呂昭邑遞出棒球。

「檢察官，這給你。」一貫冷靜的口吻。

「噢，你幫我要的啊，謝謝。」呂昭邑很驚喜，沒想到檢事官會幫他準備棒球要簽名，「你也喜歡這位總教練啊？」

「我猜你喜歡。」林檢事官打了方向燈，車子緩緩開動，「臺灣長大的男生，誰會不喜歡棒球？」

「有啊，那個主祕啊。」呂昭邑嘴裡喃喃回答，透過車窗玻璃盯著那在球場顯得格格不入的黑色身影，慢慢變小、遠去。

4

過了一週，完全沒有新進展，呂昭邑也只好暫時把力氣花在別的案子的文書工作，畢竟，每個檢察官手上都有幾十個案子同時在進行，不可能把所有時間都花在一個沒有線索的案子上。

這個案子無法太快有突破點，與其乾著急，不如多點耐心。只是，呂昭邑心裡一直懸著某件事，模模糊糊的，說不上來。

那天找總教練和選手問話時，在那當下好像想到什麼，但又一下子就消失了，那彷彿藏在迷霧裡的東西是什麼呢？眼看著離案發時間越來越久，恐怕許多物證都已經消失，這個案子，辦得令人有點疲憊。真希望太陽一出來，霧就會散去。

那位胖胖的主祕後來有打電話來道歉，說那天有個難纏的家長，臨時得處理，沒有好好陪同，十分抱歉等客套話。話雖說得客氣，總給人一種油膩感，對案子本身也沒什麼幫助。

為了更了解劉翰翔，呂昭邑請林檢事官跟捕手游崇烈聯繫，希望能再約一次，對方卻說回去旗山陪爺爺了，可能得等回北部再說。

眼看毫無往下發展的機會，實在有點煩悶，簡直就跟疫情時被迫得暫時隔離一般。

對，「隔離」，一般案情調查過程中，本來幾個重要關係人周遭就會被設下許多阻撓，這也沒什麼，只是卡關的感覺，總是不佳。

再請林檢事官聯絡棒球教練Mark，原來Mark現在也請了位律師代表他，對方要求就算是協助調查，律師也一定得在場，目前還在協調時間。

看著棕色皮革筆記本裡，自己寫下的文字，藍黑色墨水，不藍也不黑，跟這世界一樣毫不純粹，沒有誰是真的單純的。

桌上的電話突然響，呂昭邑急著把手上的鋼筆放下，拿起話筒，「喂～哎呦。」一下子動作太大，筆差點滾了出去，趕快抓回來，把筆蓋轉上，要是摔到筆尖就糟了，他的聲音稍稍慌亂。

「檢座，還好嗎？」電話中的林檢事官，連關心的語氣都很冷靜。

「沒事，只是我的筆差點掉了，怎麼了？」

「樓下法警說，被害人的兒子拿東西來，要找檢察官，檢察官現在方便嗎？」

「現在嗎？」

「對，方便嗎？還是我跟對方說東西留給我就好？」

「沒關係，我現在可以，麻煩請他到我辦公室來。」呂昭邑趕緊掛上電話，轉身就按下熱水壺的開關。

他曾經讀過一篇文章，當人走進一個有咖啡香的空間時，會有種安心感，談事情也比較容易打開心房。於是他找出了音樂播放軟體，選了蕭邦的一張專輯，是鋼琴家巴倫波因在一九八二年的錄音，經過了新技術，以杜比和保真壓縮的方式，音質非常好，幾乎可以說是現代數位技術重現當初現場的細節，蕭邦的〈夜曲〉也是如臨現場。

他用磅秤量了量豆子重量，水滾時，門上響起敲門聲。

他朝門口喊：「請進。」

林檢事官領著一個矮胖灰白髮男子走入，他輕聲說：「請坐，我正在沖咖啡。」他手上動作沒停，淋濕濾紙，將磨好的咖啡粉放入，同時說：「這支豆子是音樂家系列蕭邦，搭這音樂剛好，請稍等我一下。」他按下電子磅秤的計時器，開始繞圈澆入熱水，香氣開始瀰漫整個房間，和鋼琴音相映襯。

他拿起剛用熱水溫過的咖啡杯，酒紅略帶褐色的液體流入雪白的杯中，迎面衝出蒸騰的熱氣，像蒸氣浴般籠罩他的臉。

希望待會的對話可以順利，他在心裡暗暗許願。

他端著裝好三杯咖啡的托盤，示意起身要幫忙的林檢事官坐下，觀察沙發上略顯不安的男子，三七分的西裝頭，白色襯衫沒有打領帶，西裝外套有點時間了，大概五十中段年紀的肚子。

呂昭邑在對方的桌前擺下咖啡杯，「孫先生您好，請用。」

「孫先生，我介紹一下，這位是目前案子的承辦檢察官呂昭邑。」林檢事官介紹了兩人，「檢察官，跟您報告，這位是孫文武先生，是孫冀東先生的兒子。」

呂昭邑示意對方拿起咖啡，自己也捧了一杯，香氣撲鼻，「不好意思，請問今天找我有什麼事？」

「我想賣房子，正在整理時，發現我父親的抽屜有封信。」他動作緩慢地從身旁的黑色尼龍包中，拿出一張折疊的信紙，遞出給呂昭邑。

是傳統的十行紙，有段時間沒看到了，上面藍色原子筆的字跡龍飛鳳舞，很有個性。

該死的王八蛋，我一定要讓你知道厲害。

不要以為這件事就這樣可以了了，你一定會後悔的。

上面的文字都是情緒性字眼，也沒有指名道姓。是恐嚇信嗎？刻意要讓對方恐懼，又好像在發洩情緒，雖然沒有明確說出會有什麼報復行為。

「這是令尊寫的嗎？」

「應該是。」

「請問你知道令尊跟那個棒球隊有什麼關聯嗎？」

「我不太清楚，他這幾年都自己住，作息也滿單純的……」孫文武遲疑了一會，似乎欲言又止，調整了一下臉上的眼鏡「不過，不算是個特別好相處的人。」

「怎麼說？」

「他對很多事都看不順眼，偶爾，嗯，也會跟人起衝突。」

「不好意思，雖然對老先生不好意思，但為了案情釐清，想多請教一點，他有跟誰發生衝突嗎？」

「我是沒有聽說，不過鄰居之前打電話跟我抱怨，說我爸拿他們的盆栽。」

這之前倒是沒聽說過的。

「結果呢？」

「我只好從外地趕回來，結果一問，那盆栽也沒幾塊錢，我爸也不知道在想什麼，被鄰居發現後還動手打人，拿起來就砸對方的頭，我賠了很多不是，在警察局一直道歉。」

「有到警察局去？」

「對，後來我說要和解，我爸還氣沖沖地不肯，說什麼不就是個爛草，擺在那也不知道誰要。」孫文武講到一半，突然停住，大概也發現自己說了故人的不是，表情僵硬，似乎有點懊悔。

呂昭邑趕快安慰他，「辛苦你了，伯父性格比較剛烈噢，這什麼時候的事？」

「幾年前了吧。」

「後來鄰居呢？」

「去年就過世了，聽說是車禍。那鄰居還比我年紀輕，聽說下班遇到車禍，後來那一家也搬走了。」

這條線是之前不知道的，可能還是要問看看，呂昭邑眼神示意林檢事官記下。

「我今天來主要是因為之前的檢察官問我爸有沒有跟人結怨，我說沒有，這兩天整理東西，想一想，好像也不完全是這樣，想說還是把找到的這封信，拿過來給你們。」

「了解，謝謝你願意來，我們一定會盡力調查下去的，這封信就留給我們，我們也會進一步調查看看。咖啡你喝，溫度高和涼了後，風味不一樣。」

孫先生道謝後，就舉杯大口喝下，大概是剛剛說話口乾舌燥吧，看得出似乎鬆了一口氣。

「不好意思給你們添麻煩，我爸過世一陣子了，我想說也做個了結，沒有想要什麼，只是希望事情趕快落幕，不好意思，不好意思。」

「您別這樣說，這本來就是我們該做的，只是之前比較缺乏線索，我們會繼續辦下去，希望趕快給你們家屬一個交代。」

林檢事官發現孫先生的杯子空了，起身到一旁，另外倒了杯開水。

孫先生接過水後，又一飲而盡，下了決心般，「不好意思，耽誤你們辦公了，我先離開。」他手抱起黑色尼龍包，起身就走。

要走出門口時，突然又轉身，對呂昭邑補了一句：「我後來有看到那盆栽，是青蔥，我猜我爸想要拿來做菜。」

呂昭邑陪孫文武走到門口，示意林檢事官送孫先生離開，自己站在窗邊，看向遠遠的地檢署門口，孫文武彎腰跟林檢事官鞠躬，轉身離開，背影看起來很落寞。

現在看來，孫冀東也不是一個普通的老人，雖然八十歲了，可是活動力強，也會與人爭論，甚至為了幾根蔥和鄰居起衝突，雖說死者為大，一般家屬通常不會想提起這些事，但孫文武大概也是覺得，再多隱瞞，案情會更無法辦下去吧。

也許，這就是一直找不到的動機。

只是當時沒想到，事情會往另個方向去。

5

「搞什麼鬼！」

砰地一聲，厚重的木桌被更厚重的拳頭捶下，發出巨大的聲響，跟行刑時的槍聲很像。

呂昭邑看到身旁的主任身體跳了一下，落下時，在原地的椅子上，頹靡。

「我非常不滿意，這本來是cold case，現在變媒體頭條，有沒有搞錯？我們是在演藝圈嗎？上什麼頭條啊，而且還不是破了案？莫名其妙。」檢察長吳建德氣到額頭的筋都浮現，拳頭緊握，感覺隨時會再敲桌子。

檢察長辦公室裡，呂昭邑和主任檢察官李廷軒正經歷著檢察長震怒，並理解那震怒的震，是震動的震，不，是地震的震。

週刊雜誌刊出，標題是檢方約談棒球隊總教練。

檢察長曾經拿過大專盃柔道金牌，是少數非警察大學出身卻在運動項目表現傑出的選手，連一些警察前輩都知道，據說當時外號「人肉絞碎機」，比賽時不只壓倒性獲勝，他的過肩摔還讓對手受傷。粗獷的外表看起來比很多刑事組的，更江湖味，更有震懾力。

有一種說法，「強壯的身體才能支撐強壯的腦袋」，聽說是他受邀在某國立大學畢業典禮上講的，他也確實把上個城市的黑道大哥掃蕩到監獄裡，還因此挨了三槍，卻奇蹟式地生還。可說是法務部的看板人物，執法悍將的代言人。去年因為襯衫案件，法務部長趕緊調動涉入關說疑雲的檢察長，把這位吳建德從高檢署調到這個地檢署來當檢察長，吳檢察長馬上啟動大規模的掃黑肅貪，奇蹟式地挽回了媒體上的頹勢。有種說法是，黑道現在可能會覺得監獄還比較安全。

不過，不要以為檢察長是個粗線條，他是德國法學博士，公費留學回來後擔任檢察官。

「我不是說過，你們要利用媒體，不要被媒體利用。」

聽到檢察長訓示，主任直點頭。其實呂昭邑也覺得檢察長真的講得都很好，很值得拿來寫成文字，只是講的對象要是自己，就不太好。還有，主任頭點得那麼用力，而且頻繁，會不會造成運動傷害？

「總之，媒體就是愛捕風捉影，加油添醋，還連結到什麼過去的職業棒球簽賭案，這種聳動卻毫無根據的事，要是真有，我早就發新聞稿開記者會了，你說是不是……」

主任繼續奮力地點著頭，很像常擺在車子擋風玻璃下的小玩偶，美國大聯盟很常把球員做成的那種玩偶，那個叫什麼，啊對了，搖頭娃娃，可是現在明明是在點頭呀。

從剛剛到現在，應該已經半小時過去了。

呂昭邑開始覺得頭有點痛，因為檢察長好像沒有要停下來的意思。運動員的毅力真不是開玩笑的。自己彷彿快要靈魂出竅了。一旁的主任檢察官繃著臉，繼續點頭，之前喝的咖啡似乎已經失去了香氣，好想現在來一杯果酸強烈的啊……

「所以……」

聽到「所以」，應該是要做結論了，呂昭邑立刻打起精神。

「我的意思是，你們辦案一定要小心，不要被利用了，廷軒、昭邑，好嗎？」最後語氣突然溫柔，好像比賽前教練的喊話。

檢察長喜歡強調親和，叫人都以名字相稱，不愛使用官職，說這是一種現場的凝聚力，這時檢察長的目光落在主任身上，直視著，充滿光芒，凝聚力十足。

「是，謝謝檢察長指示！」主任的聲音堅定有力，同時轉頭看呂昭邑。

他趕緊也跟著補上一句：「謝謝檢察長！」雖然慢了一拍，但意思應該到了。

「昭邑，你有沒有什麼要補充的？」

「報告檢察長，沒有。」

「好，辛苦你們，你們可以走了。」檢察長講完，寬厚的雙手一拍，撐著膝蓋，俐落起身，走向自己的大辦公桌。

＊

呂昭邑跟在主任身後，走出檢察長辦公室，發現主任的白髮不少，左腳的皮鞋跟也磨損了，正若有所思，突然聽到檢察長的聲音從後面傳來。

「呂檢察官。」

「是。」他趕緊轉身回答，誰會想背對一隻發狂的熊？

「你身上的T恤滿好看的，是尤達嗎？」檢察長面帶微笑的問，但那微笑看來有點可怕。

「報告檢察長，是。」
「你在哪裡買的？臺灣有嗎？」
「是我同學從美國幫我帶回來的，檢察長喜歡嗎？」
「我覺得尤達很有智慧，《星際大戰》裡我最喜歡他。」
「我也是。」
「如果你下次還有看到幫我買，你不要送我，我不喜歡人家送衣服。」檢察長好像是在揶揄前任檢察長收受賄絡的襯衫疑雲，但認真的表情又不太像。
「噢，好。」
呂昭邑轉身，發現主任還呆站在門邊，臉上表情有點尷尬。檢察長看了看呂昭邑，突然又舉手對主任喊：「啊，那個廷軒你來一下，昭邑你先去忙。」
呂昭邑點點頭走出，關上門。

*

是誰會刻意走漏消息給媒體呢？
答案很明顯。真正的問題是，為什麼要呢？
沒有光照入的長廊總是黑黑的，兩旁都是厚重木門，壓克力做成的小牌掛在各門口，下班時間為了節電，把長廊上的燈都熄了，一片漆黑，彷彿隧道般，只有遠處透著光。

呂昭邑往走廊深處緩緩走了幾步，突然聽到身後傳來一聲：「昭邑。」一回頭，看到主任檢察官小跑步追上，從褲子口袋拿出手帕，擦擦額頭，呂昭邑正要出聲搭話，主任手一抬，示意他先不要說，又往前方指，就邁步往轉角走去，呂昭邑只好跟去。

主任檢察官在角落等他，一走近，主任急著問：「你那個尤達T恤還有嗎？」

「啊，我還有一件R2D2還沒拆。」

「那賣我。」

「呃，主任你也喜歡啊？」

「喜歡啊，誰不喜歡《星際大戰》，你再拿給我。」

呂昭邑心想，主任之前不是才叫他不要穿T恤嗎？怎麼檢察長一肯定就變了，但還是答應了對方，「好，綠色的，L號喔。」

「好。然後，這案子突然又變熱了，你不要隨便接受媒體採訪，有的話就叫他們找別人，不不不，找檢察長。」

「是，我知道了。」

主任看了看周圍，壓低音量說：「千萬不要亂說話，檢察長很重視公關媒體，你要是惹到他會死得很難看，低調一點，就算沒有進度都沒關係，不要上媒體。」

「可是，主任，我……」

「沒關係，我建議這案子，你可以直接跟檢察長報告，他現在的意思就是這樣。」

「真的嗎？」

「嗯，你好好把握，每位檢察官都是獨立個體，但也必須服膺檢察一體的原則，所以，你直接對檢察長報告，對你也是個磨練。」

「那主任你呢？」

「檢察長剛剛跟我說，另有他用。」主任說完，看了看手上的錶，「好，那就交給你了，我要趕快去接小孩，他今天要上小提琴課。」

呂昭邑站在原地思考著眼前發生的一切，官僚體制裡的應對進退，一直是他不容易適應的。主任拍拍他肩膀，「好啦，是福不是禍，是禍躲不過，我先走了。」

檢察官都是獨立辦案，沒有人可以侵犯這個獨立性，不可以強加任何檢察官意志，必須由他們作出主動的判斷，但是檢察體制對單一案件的見解，也應該盡量一致，避免有巨大的分歧，造成人民對檢察體系的不信任。

不過，檢察體制內怎麼可能沒有分歧，怎麼可能沒有權威？那都是個體必須要面對的。面對巨大組織結構，自己極不擅長也沒興趣，卻也知道許多個體必須耗費巨大時間在這上面。

不過，現在捅到了蜂窩，就表示附近有蜂蜜。

6

前一個夜裡，有點太累。

左邊的背，一路延伸到肩膀脖子，都僵硬疼痛，呂昭邑伸展了一下，稍稍緩解，可是等等大概又要痛了。這大概就是這個工作必要的職業傷害之一吧，大量的文書工作讓人腰痠背痛。

不過，昨晚做的可不是文書工作，是調查。

他按摩脖子，左右擺動，這時，敲門聲響起，規律的兩聲。應該是林檢事官。

「請進。」喊完後，他把剛剛手沖的兩杯咖啡端起，走向沙發區。

林檢事官都很早到辦公室，不，應該說，會比準時早半小時到，剛剛打了電話請他過來討論。

「檢座，你找我。」冷靜的聲音，在早上七點多仍舊充滿力量，只是，為什麼不是問早？

「早，想跟你討論一下案情。」

「是，請說。」

「我發現學校大概分成兩派，這大概也沒什麼特殊的，可以想像。」呂昭邑分享著前一夜的工作成果。

林檢事官點點頭，端起咖啡就口，示意繼續。

「網路是很方便的東西，可以在上面找到你想要的資訊。雖然很多時候，那些資訊就是人家想要你知道的，但這並不妨礙真正的真相，因為人們有衝突，所以同一件事可能會被用不同觀點詮釋，不同觀點拼湊起來的不一定是真相，卻可以看出個別的立場。」呂昭邑喝了口咖啡，「也就是說，人們描述的事物不一定是真的，但從對方描述的方式回推，很有機會知道對方是帶著怎樣的眼光在看，然後知道這人的模樣。」

「檢察官的意思是？」林檢事官面無表情地問。

「那報導裡沒出現的人，可能就是找人來報導的人。」

「就是……？」

「學校的主祕，看他的身材好像不太靈活，沒想到卻會用找媒體這種伎倆，實在是人不可貌相。」

呂昭邑放下咖啡杯，看看自己的手掌，「等等喝完咖啡，就去學校吧。」

「現在？」

「對，昨天上新聞，他們一定以為我們暫時不會再去，不過，你不能穿這樣。」

林檢事官手拿著咖啡杯，低頭看看自己身上的西裝。「怎麼了嗎？」

「要穿牛仔褲T恤，你應該有吧？要去大學就要穿得像大學生呀！而且我們是要去打草好驚蛇，穿著當然要outdoor一點。」呂昭邑開朗地大聲說。

林檢事官點點頭，看著杯中的咖啡，倒映出自己的臉。沒有表情。

*

車窗外，高架橋上，塞滿了通勤的上班車潮。

「林檢事官，我有個問題想請教你。」
「是。」
「你辦公室有衣櫃嗎？」
「報告檢察官，沒有。」
「那，你為什麼可以立刻從西裝變得這麼 outdoor？」
眼前的林檢事官笑而不答，一身釣魚勁裝，上身的米色背心，上上下下都是口袋。
「你知道現在年輕人最流行穿這樣嗎？」呂昭邑微笑問。
「我不知道。」
「雖然我覺得很醜，很像我小時候的爸爸們，也像攝影大哥，但現在就是流行不釣魚的穿釣魚裝，不當兵的穿軍裝，不做工的穿工裝。」
「可是我釣魚。」林檢事官說。
「不要誤會，我的意思是你很流行。」
「謝謝。」
眼前的塞車似乎沒有趨緩跡象，呂昭邑決定把昨天檢察長辦公室發生的事大概分享給林檢事官。林檢事官聽了後，露出一絲驚愕，但又立刻抹去，恢復平淡無情緒。
「檢察官，那我們今天還要去學校？」
「我的想法是，之前我們對這案子完全沒有線索，無法驗證，可是去了學校後卻出現一篇報導，表示有一個點，發揮了作用。」

「哪個點？」

「還不確定，不過昨晚我搜尋了這個學校相關的新聞，發現他們現在可能有一股暗流在底下，不知道跟這案子有沒有關係，但可能可以推動我們前進，我現在是用船的比喻，假裝我們是一艘船。」

「報告檢察官，事實上，我們在車上。」

「我知道你不能接受比喻，所以我才明說這是比喻。對了，你有漁夫帽嗎？」

「有。」林檢事官從米色休閒褲側邊的大口袋，拉出一頂同樣米色的漁夫帽。

「全部同色系耶。」

「我不喜歡不協調。」

「那你跟我工作應該很痛苦，我一直喜歡不協調，跟別人不協調，跟環境不協調。」呂昭邑說。

林檢事官安靜地看著前方，沒有答話，好像在思索什麼。

「檢察官，你跟檢察長熟嗎？」

「不熟啊，昨天第一次開會。」

「那他昨天訓誡了你一頓，你今天還要……」講到一半，林檢事官似乎意識到講得太直接。

「他是對雜誌報導生氣，不是對我，他的指令是不要被媒體利用，如果開記者會要由他開，沒有說不要繼續調查，他說要利用媒體，我現在就是照他的指令做啊。」呂昭邑拿出口袋的手機，點開螢幕看。

林檢事官聽完，表情文風不動，只是盯著前方的車陣，「我是好意。」

「我知道，我也是好意啊。」呂昭邑把手機收起，「別擔心，我剛看Google Map，我們下個出口就下去吧，這個時間點，最短距離最花時間，繞點路比較快到，跟辦案一樣。」

*

早上的大學周邊都是年輕人的機車，有些呼嘯而過，有些帶著低頻的科技聲從一旁飛過，當然是電動機車，但不約而同的，都是面對目標勇往直前，毫不畏懼，這就是青春吧。

「不好意思，我們今天不要開進去，先繞學校外圍一圈。」呂昭邑跟開車的林檢事官說。

經過校門口後，路往左邊轉，沿著學校圍牆繼續往前開，可以看到校園裡的紅磚建築，幾棟大樓比鄰，漸漸地，遠處出現了棒球場，繼續前行，發現棒球場旁有個校門，應該算學校後門吧，附近有幾個店家，做的大概也是學生的生意。

剛好路邊有些停車格，呂昭邑要林檢事官找個離校門稍遠的停車位，兩人慢慢沿著學校圍牆走，越靠近校門越熱鬧，許多早餐店裡都是學生。他們找了間看來生意最好的，當然，也是離校門口最近的。

從店門口等待早餐外帶的一群學生之間穿過，沒有人看到他們，因為每個人都在低頭滑手機，奇妙的是，卻都能輕易用身體反應挪出一條路讓他們通過。呂昭邑心想，這應該是一種時代的訓練吧，讓人可以只用眼角餘光，不自主地回應環境，這是以前的人類做不到的。

找到裡頭的位子坐下，一個方桌，前後桌也都有人，也都在滑手機。

「檢察官，你要吃什麼？」

「蛋餅，咖啡，呃，算了，奶茶好了。」

林檢事官在黃色點餐單上寫著，呂昭邑一看他畫好後，伸手拿過來，「來，給我，我去櫃檯。」

「檢察官，我去就好。」

「沒關係，你看起來，嗯……比較不像大學生，還有，在這裡不要叫我檢察官。」

「那、那該叫你什麼？」林檢事官似乎有點慌，難得出現表情變化。

「呃，學弟好了。」

「是，學弟。」

「有人這樣跟學弟說話的嗎？」呂昭邑邊回答著起身，走向店門口忙碌的櫃檯。

櫃檯當然是連著正忙碌的鐵板，一位中年鬈髮的婦人正快速擺動手上的鐵鏟，一手接過點菜單，大聲朗誦起來：「蛋餅一，奶茶一，紅茶一，蛋餅要不要辣？」

「小辣，奶茶去冰喔，謝謝。」呂昭邑搭配老闆娘的語速，俐落地回答。

付好錢，走出店門口，呂昭邑想說反正要等餐點，不如看看四周環境，他邁開步伐，都是尋常的大學周邊風景，影印行、超商，幾家自助餐還沒開門，再遠一點，一個三角窗是家房屋仲介，一個穿著白襯衫的年輕男子在掃地。

呂昭邑走過去，一開始，那年輕人似乎沒看到，抬頭看到呂昭邑正在看落地玻璃上貼的房屋物件，馬上拿著掃帚走過來，「先生，想看怎樣的房子？」

「喔，沒有啦，隨便看看。」

「這邊環境不錯喔，有學校，綠地多，空氣好，適合運動。」年輕人講得興高采烈，好像立刻就要出發去運動了。

呂昭邑最怕人家太熱情，點點頭就要走，沒想到，一張名片遞了上來，「想要什麼樣的房子，小黃我都可以幫你找，我對這附近社區的大小事都超熟的，歡迎讓我服務您。」

呂昭邑本來要轉身就走，聽到這句，停了下來。「這個大學好嗎？」

「不錯啊，以私立大學來說，算是綜合大學，有幾個科系排名還不錯，如果你要買個小套房投資，保證租得出去，投資報酬率超高的，學生很多啊。」

「聽說他們棒球隊很強？」

「對，去年大專盃冠軍呀，我們在學校後門，離棒球場近，常會看到球員，不過噢，以後還會不會有就不一定了。」

「什麼意思？」呂昭邑興起好奇。

「你看那邊。」年輕人手指著球場方向，「那邊再過去，是不是一片空地？」

呂昭邑順著他的手勢看，果然在棒球場的中間外野方向有道圍牆，圍牆外是一片雜草蔓生的空地。

「我聽店長講，那個地主說有長照機構來跟他談，說想要蓋一個養生村，不過，想要基地更大一點……」年輕人講到這就打住，臉上浮現神祕的微笑。

「所以呢？」

「所以，你沒看到一大片完整的基地嗎？都已經整地整好了，非常開闊方正呀。」年輕人指的方向是棒球場。

說得也是，紅土內野加上綠色草皮的外野，整個棒球場占地十分廣大，要是拿來蓋長照機構，確實夠用，而且和主要的教學區離得很遠，幾乎可以算是一個獨立校區，確實容易分割出去。

「你也知道，現在首都圈最缺的就是空地，而且少子化只會越來越嚴重，學校啊，招生壓力大噢，要是把這裡賣掉，嘿嘿……」年輕人一副深知市場內線消息的得意洋洋貌。油膩感，不舒服。

呂昭邑心想，那你剛剛還叫我買小套房租給學生，不是少子化嗎？租給誰啊？

「可是，沒有棒球場，那棒球隊怎麼辦？」

「又不是職業棒球隊，不會幫學校帶來收入，學校需要錢呀。」

「說得也是，謝謝你噢，不好意思，我要去吃早餐了。」呂昭邑雖然很高興得到新的情報，但實在不想在一天的開始就跟過度油膩的人在一起，尤其是年紀輕輕就很油膩的，讓人尤其不舒服。

「不要客氣啦，先生怎麼稱呼？叫我小黃就好，剛好我也要去買早餐，前面那家嗎？老闆娘人很好。」小黃說著就往前走，似乎完全沒看出呂昭邑的臉色，或者說，完全不在意。「我剛剛跟你說的，你不要隨便跟人家講，我跟你說，這邊房價要再漲一波了，他們學校的主祕很厲害的……」

突然聽到關鍵字「主祕」，呂昭邑不動聲色地繼續聽，但全身神經都繃起來了。

「我也是聽那個地主說的，他說那個財團不管在哪裡做，附近都馬上漲呀，也是因為我平常跟他很要好，才會讓我知道……」

「你剛剛說學校主祕……」

「喔，那個主祕呀，一直想當校長，聽說學校董事會有一派挺他，要是這個案子成，我看就要改叫他校長了。」

剛好走到早餐店前，門口等外帶的學生少了許多，老闆娘低頭在鐵板上翻動著鐵板麵，一抬頭看到呂昭邑，馬上迸出笑容，「同學，你那個蛋餅都要涼了，我想說你怎麼不見了，結果你爸說你可能去旁邊晃晃。」

「我爸？」

「跟你同桌的那個男的啊。」老闆娘指向店裡。

看到林檢事官木然的表情，呂昭邑笑了出來，「那個噢？那是我學長啦。」

「喔，拍謝拍謝，我想說，他長得比較……欸，成熟，穿著打扮跟你也不太一樣。」

「沒有啦，他……他當完兵，去上班後才來讀研究所啦。」

「喔喔，不錯啦，很上進，很棒。」老闆娘笑咪咪地說，突然擠眉弄眼，「那你不要跟他說我講他是你爸哦，我怕他會傷心。」

「老闆娘，厚，妳很誇張捏，把人家學長叫成爸爸。」房屋仲介小黃笑著搭腔。

「沒有啦，我年紀大了，眼睛矇眼睛霧～拍謝啦。」

「沒關係啦，這樣講好像我很年輕。」呂昭邑轉身看向仲介小黃，禮貌性地要道別，「那個黃先生，謝謝喔，那我進去……」

「您用餐、您用餐，需要什麼隨時打給我，我跟你說，你們讀研究所噢，買個小套房，自己住也是投資，不會被可惡的房東賺房租，幫人家付房貸呀。記得我，小黃小黃，帶你去人生的輝煌。」小黃一大早還沒吃早餐就充滿活力，雖然講話有點油膩，其實還算是有趣的人。

只是，剛剛才說要他當房東賺房租，現在又說房東很可惡。

也許，同一件事，從不同角度看，就會不一樣吧。

這樣說來，小黃不是油膩，只是比較懂人生的不同角度。

7

早餐店裡，林檢事官沒閒著，手正快速地在黑色大筆電上來回舞動，呂昭邑走近時，他略一抬頭，伸手把筆電闔上。

「檢……」他檢字一出，看到呂昭邑的眼神，趕緊改口：「我是說，簡學弟，你去哪了？」

「喔，學長，我想說四周晃一晃，結果遇到一個仲介，講了有趣的故事給我聽。」他把小黃的話概略講了一遍，同時邊把蛋餅吃了。

林檢事官邊聽邊皺起眉頭。「學校用地可以轉為長照機構嗎？我查看看。」林檢事官打開筆電，開始查詢。

呂昭邑看看四周的學生，依舊是邊吃東西，邊看手機，多數眼睛都不在食物上，很多同桌的更是眼睛不在對方臉上，沒有任何人在聊天，毫無交談，安靜無比，這就是現代年輕人的一起吃早餐。

「真的有，許多地方有大學因少子化所以退場，原來校舍轉為長照機構，因為一樣是社會公益用途。」林檢事官看著螢幕邊念，感覺像在念論文。

「原來現在社會有這種趨勢，老人比年輕人多，資源運用也跟著改變了。」

林檢事官眼睛盯著螢幕說：「而且這邊有寫，目前臺灣社會老年人的消費能力遠大於年輕人，未來高消費的住宿型長照機構會是新趨勢。」

「以前只想說少子化，老年化，沒想到兩件事是相關的，還會交叉反應。」

呂昭邑發現林檢事官看向他身後，才要回頭就聽到老闆娘的聲音，「你們在討論學校功課噢，那麼嚴肅。」才要回話，又發現仲介小黃也跟著過來了。

「同學，我剛想想不對啊，你都讀這個學校了，怎麼好像對這裡很不熟的樣子，我在講棒球場，你好像一臉很困惑。」仲介小黃手上提著早餐，又從口袋拿出名片遞給林檢事官，「來來來，學長，我是小黃，需要服務，一通電話馬上就到。」

「沒有啦，我們不是這個學校的，我和學長要來論文發表會，提早來看一下環境。」呂昭邑趕緊找了個藉口。

「喔，這樣啊，研討會噢，要論文發表？祝你們順利啊，這邊環境不錯啦，啊，糟糕，我先回去上班了，真的還是當學生好，有機會讓我小黃幫大家飛黃騰達，黃金傳奇哦～」小黃的聲音洪亮又高頻，充滿活力，跟低頭滑手機的學生成了強烈對比，整間安靜的店好像因為他注入了力量。但店內的年輕學生似乎毫不領情，有一兩個還抬頭瞪了他一下。

「那我先走哦。」小黃笑咪咪的扶了一下臉上的無框眼境，白襯衫上的鮮豔顏色領帶，跟他的聲音一樣，突出。

「好啦好啦，你趕快回去，不然又要被你們經理念。」老闆娘推著小黃出去，手還揮了揮，臉上倒是滿滿的笑容。

「這個小黃很認真啦，雖然有點吵，不過他其實是被主管要求要這樣講話的。」老闆娘笑著說：

「他以前多閉思啊，點個早餐，講話聲音有夠小，我都還要問一遍，他以前就是讀這間的，畢業後就在這附近找工作。」

「老闆娘認識他很久了？」

「有五、六年了吧，他從鄉下來，整個人多害羞啊，跟人講話頭低低的縮成一團，我說你要抬頭挺胸，人家才會信任，他們那個店長更誇張，逼他站在路邊跟每個人大聲問好，第一天喊到要哭出來，他覺得很丟臉啊，我就安慰他，把說話當作一種表演啦，自己站在舞臺上，要拿出專業來，他才慢慢克服，啊現在還是天天挨罵啊。」老闆娘邊說邊整理圍裙上的油漬。

沒想到自己嫌惡的油嘴滑舌，竟然是某個年輕人被迫學會的專業素養，呂昭邑心裡有點過意不去。老闆娘手在圍裙上擦，厚實的手上，一點一點的圓形，應該是被油燙傷留下的痕跡，每個行業都有各自的辛苦在。

呂昭邑想到一開始來的目的，自己也該盡盡這個行業的義務了，不能只有別人在努力。

「老闆娘，我看那邊有棒球場，你們這邊會有棒球隊的來嗎？」

「有啊，他們都嘛早上練完球中午來吃，一大群人，很會吃哦。」

「妳開到中午噢？」

「還不是為了他們，等他們吃完，我才能休息。」

「妳都認識嗎？」

「沒有啦，他們一大堆，不知道名字啦，不過看到臉都知道。」

「妳知道劉翰翔嗎？」

「喔，知道啊，很乖呀，都安靜坐在那裡，很有禮貌，去美國了捏，實在不簡單。」

「他很安靜噢？那妳怎麼知道他的名字？」

「那個游崇烈會叫他啊，每天一直叫，不聽到也難。而且他有上報紙，他那個比賽很厲害，他們那時候有指給我看，我還多請他吃一份蔥蛋勒，他還站起來跟我鞠躬敬禮，你看多古意。」

「那游崇烈妳熟嗎？」

「那個游崇烈噢，很調皮啦，每次都來跟我聊天，說什麼我像他媽媽，我說你媽媽跟我長得像噢？他說他不知道，他沒看過，我說那你還說我像你媽媽，他說我每天煮東西給他吃當然像他媽媽呀，有夠愛開玩笑的。」

老闆娘講起球員就興高采烈，好像真的在講自己的小孩一樣，這種緣分在現代社會應該很少見了。

「所以游崇烈比較活潑，劉翰翔比較安靜內向，他們兩個是球隊的臺柱喔？」

「對啊，你對他們怎麼那麼熟？」

「沒有啦，我也是看新聞講的，結果他們現在拆夥了，一個去美國，一個留在臺灣。」

「對啊，沒辦法，游崇烈他們家還有爺爺在，他不放心，我跟他說，你去美國賺大錢，你爺爺也比較放心，他說，沒差啦，美國以後也可以去，爺爺以後不一定還會在。」老闆娘講到一半，笑著說：「你們等我一下。」

老闆娘從前面櫃檯回來，帶著三杯紅茶，也坐下來休息，「來，這個紅茶請你們喝。」

呂昭邑趕緊謝謝，低頭一看，自己剛剛點的奶茶已經不知不覺地喝完了，老闆娘的觀察力很強。

「這個紅茶吼，是我們南部的古早味，有加決明子，我用那個紅茶葉都煮很久，很夠味啦，加的也是紅糖，不是糖精喔，你喝看看，他們也都很喜歡。」

呂昭邑喝了一口，果然是那種南部的醇厚口感，用真正的茶葉下去熬煮的，在北部很少喝得到。

「老闆娘也是南部人噢？」

「我臺南人啊。」

「我也是。」

「你臺南哪裡？」

「我安平區。」

「喔你天龍國耶，我在你隔壁安南區，鹿耳門天后宮那邊。」

「天龍國？怎麼說。」呂昭邑笑回。

「啊你們那裡有安平古堡啊，鄭成功在那邊，而且以前安平就是大港，臺灣最有錢熱鬧的地方，不是還有臺灣第一街？」

「有啦，可是很小一條耶。」

「哈哈，臺南路都嘛很小，但我跟你講，你們安平是跟紐約同時開港的，世界級的大港喔。」

「哇啊，老闆娘這樣一講，感覺就好厲害。」

「沒有啦，我愛開港啦，臺語的聊天啦。」

「哈哈哈，開港，妳好幽默。」

「我們做這個吃的，整天要顧店，哪裡也去不了，只好陪客人聊天。」

「那這附近妳都很熟囉？」遇到健談的調查對象，一定要趕緊隨棍上，感覺可以跟這位老闆娘打聽這地方的勢力。

「沒有啦，就大家喜歡來光顧，疼惜我們啦。」

「妳有聽說這邊要弄長照嗎？」

「這我不知道耶，你是說給老人住的那種？」

「對，長照機構。」

「這邊有需要啊，很多老人都在家裡請外傭，下午會出來。」老闆娘理所當然地回答。

呂昭邑心想，這個長照機構如果是為消費金字塔頂端的長者建構，恐怕就不是這附近的居民住得起的。

「棒球隊和附近的大家關係怎樣？」呂昭邑繼續問。

「不錯啊，他們去年拿到全國冠軍，里長還有去祝賀，我們這邊很多都是做他們學生的生意啦，當然也就與有榮焉啊。」

「那如果，我是說如果，如果沒有棒球隊呢？」

「哪有可能，他們冠軍捏，還有去大聯盟的，不可能啦，而且他們校長那麼支持球隊，總教練也鼎鼎大名，根本我們臺灣英雄啊。」老闆娘一臉不相信，劈哩趴啦地解釋。

「但聽說總教練最近上新聞耶。」呂昭邑故意提起。

「那個噢，都嘛媒體亂寫的，假新聞啦，總教練被約談，沒可能啦，那個總教練很正派，要是有人約談他，那一定是約談的檢察官有問題，被人家騙啦。」老闆娘講得義憤填膺，卻不知道那個有問題的檢察官就在面前。

「假新聞噢？」

「嘿啦，你們年輕人不知道，假新聞很可怕，你看，我這個早餐店電視也沒有開新聞臺給客人看，就是因為我知道有問題。」

「什麼問題？」

「之前有人跑來找我們說要我們固定在一個頻道給客人看，就不收我第四臺費用，我想說免錢的最貴，就沒有答應他。不過心裡會想，那個頻道是不是有問題，不然幹嘛這樣？而且他們也很賊。」

「賊？怎麼說？」

「他會說你開新聞臺，那個下面有時鐘，客人和你們就可以看現在幾點，哼，我想說，要看時間幹嘛看電視，大家都嘛有手機，還有那個新聞臺整天都罵人，我客人看一看心情不好，吃我做的東西也不好吃了啊，我是頭殼爬代去噢？」

「可是我看大家都在滑手機。」

「所以我會跟大家聊天啊，我跟你講，你們年輕人滑手機是因為寂寞啦，很多老人也是，沒有人可以講話啊，我就會過來請大家跟我聊天。」老闆娘講到這，突然聲量大起來，「你們說，是不是啊？」

「是～」突然全店原本低頭滑手機的大學生，全都抬起頭來，一起回答，聲音從四面八方傳來，彷佛競選晚會現場，非常有趣。

「哈哈哈，謝謝啦。」老闆娘笑著環顧全店，每個學生也都笑著望向她，早餐店裡頓時和樂融融，看來這位老闆娘經營人心，頗有一套。

「我跟你說啦，這些小孩都很乖，都是從外地來這裡讀書，我就像他們媽媽一樣，要照顧他們啦，像你這個學長……」老闆娘得意的下巴一抬，朝始終不發一語的林檢事官，「沉默寡言，可是我猜，平常也都是他在照顧你啦。」

呂昭邑驚訝地看向林檢事官，林檢事官扶了扶無框眼鏡，露出少見的微笑。

＊

從早餐店走出來，已經接近中午，老闆娘說，棒球隊應該練球結束了，不知道為什麼今天沒過來吃東西。

呂昭邑和林檢事官並肩走向校門口，路旁的機車停車格停滿了學生的機車，在陽光下金屬發著光，後照鏡更時不時地反射刺眼的陽光到眼上，呂昭邑後悔今天出門沒帶墨鏡，一轉頭，看到林檢事官臉上多了副運動用墨鏡，扁長流線的外型貼合著林檢事官略帶滄桑的臉。

「釣魚用的？」呂昭邑問，雖然早知道答案了。

林檢事官默默點頭，彷佛是再自然不過的事。

「很適合你，你以後要不要考慮上班都穿釣魚裝？看起來充滿活力。」

林檢事官沒有作聲。

烈日下，聊天變得困難，連多說幾句都覺得呼吸不舒服，口乾舌燥，加上林檢事官本來就很難聊。兩人沉默著，但腳步沒停，走向校門口，眼前淺灰色漆鐵製的厚重大門緊閉，小小的警衛亭裡，隔著窗戶，可以看到警衛眼神警戒，盯著慢慢走近的兩人。

呂昭邑知道這時眼神不能閃躲，但也不好直視對方，假裝拿出手機確認資料。

突然，刷地一聲，窗戶拉開，「我們今天校園不開放。」

「啊？」

「你們是做什麼的？」

「呃……」呂昭邑本以為大學校園通常都會對外開放，沒想到會被問，一時沒想到說法。

「我們不接受記者採訪哦。」

「記者？」

警衛朝林檢事官一指，呂昭邑順著看過去，果真像位攝影大哥。

「沒有啦，我們過幾天要參加學術研討會，想說先來看看場地。」呂昭邑想起對仲介小黃的說詞。

警衛眼睛在林檢事官身上來回掃，「喔，這樣噢，好，看他也沒拿攝影機，那你們從旁邊的小門進來。」

正要走進去，林檢事官突然拉拉呂昭邑的袖子，示意遠方慢慢靠近的身影，不，不是身影，是輛高爾夫球車，上面那稍嫌巨大的身影，不是那天見到的主祕嗎？

「啊，我東西忘記拿了，等一下再過來。」呂昭邑趕緊轉身，一句遁辭脫口而出，門口警衛納悶地看了兩人一眼，就關上了窗戶。

和總教練私下的對話會上新聞，怎麼想都跟主祕有關係，記得那天他還假意關心，問說棒球隊教練會有問題嗎，看來是種貓哭耗子，期待棒球隊有狀況，好讓棒球場能被交易賣出去，呂昭邑可不想要今天的明查暗訪又被主祕知道，要是又上新聞，自己恐怕會被檢察長的巨靈之掌捏死。

兩人轉身回頭，呂昭邑看林檢事官拉低了頭上的漁夫帽，還有那遮蔽性佳的運動墨鏡，自己也趕緊把頭別向校門的另一側，希望那主祕的視力不夠好，不會認出他們，不過這說不定是多慮，天氣那麼熱，主祕八成在用手帕擦汗，沒有空理會遠方校門外的兩人吧，果然，呂昭邑偷瞄了一下，主祕正在停下的高爾夫球車上擦著臉。而且，自己之前來是穿著西裝，今天這麼休閒的大學生裝扮，應該不至於在幾十公尺外被認出來吧。

「學弟，那還要進去嗎？」林檢事官問。

「今天先這樣好了，有很多新的資訊量，需要消化一下了。」呂昭邑回。

林檢事官點點頭，兩人走往停車的方向，經過早餐店，發現老闆娘正在鐵板前快速揮動著鐵鏟，臉上汗珠粒粒分明，在這種天氣還要待在廚房的人都很偉大，呂昭邑想到這就覺得佩服，不自覺地，就跟老闆娘打招呼，當然是用南部人習慣的臺語，「還在沒閒噢？」

「嘿啦，啊突然間一堆要外送的，你們去學校看完場地了噢？」

「喔，沒有啦，我忘記拿東西，現在外送的很多嗎？吳柏毅還是熊貓？」

「棒球隊打電話來訂的啦，說總教練叫他們不要出來學校，怕記者在等。」老闆娘一隻手擦掉額頭的汗，另隻手仍不停翻動鐵板上的食物。

「喔喔，那妳忙，我們先走哦，下次見。」呂昭邑跟熱情的老闆娘道別，急著離開，怕碰見來取餐的棒球隊員，那剛剛講的一堆白色謊言就要破功了。

「好！」老闆娘大聲回答，一邊低頭跟鐵板上的食物搏鬥，滿滿鋪滿鐵板的份量不少，看來棒球隊的孩子們肚子都餓了。

往前沒幾步，突然聽到後面有人大喊同學同學，回頭看，是老闆娘，急急忙忙地追上來，毛巾擦著汗，右手遞出一大罐寶特瓶，「來，古早味，給你們帶回去喝，讓你一口回到臺南去。」從透明的瓶身可以看到裡頭的紅茶，結成了冰，艷陽下，跟老闆娘臉上的笑容一樣單純。

呂昭邑突然覺得好愧疚，怎麼可以沒跟這樣的好人說實話呢？而且她用「回」到臺南的字眼，看來就是個思鄉的出外人呀。當下也不知道該回什麼，只能傻笑，呂昭邑有時對自己的檢察官身分也會感到困擾，尤其在無法隨意揭露身分時。

手上結了冰的紅茶，外頭明晃晃的水珠，在陽光下閃耀著，冰涼感傳來，到心裡卻變成溫暖。

8

「是土製炸彈。」

「威力很大嗎？」

「有基本結構。」

「有辦法知道來源嗎？」

「我們要進一步分析，現在還不明朗。」

「所以，算處理完了？」

「暫時沒有危險性。」

「謝謝，辛苦了。」

眼前一身汗濕的爆裂物處理小組指揮官，終於摘下巨大的頭盔，臉上的汗珠一顆顆的，晶瑩剔透。指揮官緩緩左右轉動因高度緊張而僵硬的脖子，幾乎可以聽到骨骼的喀拉聲。

呂昭邑心想，眼下大概也問不出什麼了，向指揮官點點頭，轉身走出房間。

這應該是這個地檢署第一次遇到炸彈威脅，傷腦筋的是，收件人是呂昭邑。郵件在收發室時經過例行的金屬探測，發現異常，電話打上來，是林檢事官接的。

警察防爆小組判斷爆裂物可能具有一定規模殺傷力，擔心無法處理，請軍方協助，陸軍派了一個爆裂物處理小組，防爆車開來，用X光確認裡面裝置，確定是有威脅性的爆裂物，整個地檢署都疏散了，一時之間如臨大敵。

第一次在現場看到軍方遙控以履帶前進的機器人，靠機械手臂將爆裂物夾起，帶到一旁空地，放入防爆桶中，引爆後，就殘骸做分析。搞了四個多小時，媒體也在院區外架滿了攝影機，這下，檢察長不知道又要說什麼了。

才正想著，檢察長電話就打來了，要他立刻到辦公室去。

走上樓梯時，迎面看見林檢事官從另一個房間走出來，應該剛跟警察講述經過結束。

「檢察官，事情有點奇怪。」

「怎麼說？」

「好像有人把我當成你了。」林檢事官難得聲調激動。

「什麼意思？」

「警方說在包裹裡發現有張字條，裡頭寫，『不要以為穿釣魚裝，我們就認不出來』。」

「哇，那你紅了啊。」呂昭邑戲謔地回，想緩和緊張氣氛。

林檢事官沒有回答，臉上表情嚴峻，彷彿呂昭邑講了一個很冷的笑話。想想也是，這炸彈要是爆炸，現在就無法說笑了。

呂昭邑說完也覺得尷尬，趕緊補上一句：「上面署名是給我的，所以他們是針對我，你不要太擔心。」

「我比較擔心你。」林檢事官憂慮的說。

「不會啦，我知道你會幫我，我先去找檢察長，你有進一步消息再跟我說。」呂昭邑拍拍林檢事官肩膀，跑上樓梯，因為檢察長不是很有耐性的人。

他敲了檢察長辦公室的門兩下，隨即聽到丹田渾厚的「請進」傳來，不知為何，每次進檢察長房間都像是去老師辦公室，有點緊張。

一進門，就看到檢察長正面對鏡子在調整領帶，眼角瞄到他，就說：「呂昭邑，你辦公室有西裝吧？」

「報告檢察長，有。」

「你現在就去換，頭髮梳一下。」

「報告檢察長，請問要做什麼？」

「等等媒體訪問，你在我旁邊。」

「報告檢察長，我沒有準備。」

「我有。而且做我們這行，隨時要準備好。」

「是，那我下去換衣服。」

「等一下。」檢察長離開櫃子裡的穿衣鏡，關上門，招手要呂昭邑到沙發區，「我問你，現在掌握多少？」

「我只知道署名是給我的。」

「那，那個釣魚裝是什麼意思？」看來檢察長已經先一步知道字條內容，只是看到那威嚴的國字臉露出好奇的表情，實在有點詭異，比較像是熊瞪大眼要把對手吞掉的感覺，呂昭邑意識到得好好回答，不然自己可能不是死在爆炸，而是熊爪下。

呂昭邑仔細說明之前和林檢事官去大學附近調查，可能被看到了，他當然不忘強調有小心偽裝，沒有打草驚蛇的意思，也解釋了對方或許是把看來較年長資深的林檢事官當成了呂昭邑。

「你的意思是，林檢事官看起來比較蒼老，所以被當成檢察官？」

「可能是，也可能是服裝關係。」呂昭邑在非正式場合總是T恤牛仔褲，看起來較一般司法人員年輕許多。

「也是。聽說你之前去酒店臨檢，管區警察把你當成酒店少爺？」檢察長的濃眉揚起，熊一般的大眼盯著他

「報告檢察長，那是誤會。」呂昭邑不好意思地說。

檢察長聽完，眉頭深鎖，似乎在考慮。

「我多問一句，你覺得這個威脅跟你手上哪個案子有關？」

「我不知道，我們手上案子很多。」

「也是，也可能是過去已經結案的。」

檢察長想了想，應該是在試著釐清目前有限的資訊。

「好，那你確定你穿釣魚裝，不是，是那個檢事官，只有那天出外勤時穿釣魚裝？」

「應該是，他平常都是襯衫西裝。」
「你有上過媒體嗎？」
「報告檢察長，沒有。」
「網路上有你的照片露出過嗎？」
呂昭邑回想了一下，自己從司法官訓練所畢業後就非常低調，幾乎完全沒有照片，「報告檢察長，應該沒有。」
「我們現在不知道對方是誰，針對哪個案子……」檢察長低頭，沉默地摳著自己厚實手掌上的繭，思考著。
呂昭邑在一旁看著他，新時代的打擊犯罪英雄，高大厚實的身體強壯且具有謀略，讓黑道聞風喪膽，上次媒體報導是這樣說檢察長的。光和檢察長在同個空間，就感受到巨大的氣場，說不上來的壓迫感。
檢察長突然抬起頭，「好，我跟你說，你叫那個檢事官等等站我旁邊。」
呂昭邑有點驚訝，一般來說這種公開場合，檢事官不會在鏡頭裡，通常是負責的檢察官和長官們。
「我本來想說你長得不錯，挺上相的，找你一起，現在既然疑犯誤認了，我們就繼續讓他們誤會，將計就計，說不定之後會派上用場。」
「所以，我不用換西裝了？」呂昭邑再確認。
「對，但你要做另一件事。」

「什麼事？」

「發文。」

「發公文給誰？」呂昭邑心想，發公文為什麼要找自己，叫檢事官處理就好了啊。

「給對手。」

「呃，檢察長，我不太懂，我們現在還沒有掌握嫌犯。」

「所以啊，我想請你公開發文。」

檢察長的表情有些得意，只是那笑容有點令人恐懼。

你知道，當一隻熊笑的時候，其他動物都笑不太出來。

＊

媒體採訪，呂昭邑沒有在場，因為他忙著發文。

而且修改了三次。

自從當上檢察官後，很久沒有被修改了，通常檢察官都是獨立作業，公文內容不太需要被長官批改，自己得負責。結果檢察長還修了三次，說語氣要再強烈一點。

這次的發文，不是公文，是在社群媒體上。

他開了一個粉絲專頁，叫「檢察官呂昭邑」，然後發了一篇文，照片放的是張X光片，裡頭呈現的是類似炸彈的機械裝置。當然，不是這個案子的，下面還附註非偵辦中相關案件照片。結果文一po上去，一個小時內就有十多萬人瀏覽，分享次數上萬。

檢察長說，很好。

呂昭邑自己倒是無法判斷，畢竟，寫嗆聲的話不是自己擅長的，感覺很中二。但千萬不能讓檢察長知道他這樣想。不過，至少發文效果不錯，短期內不會讓檢察長找他囉唆，他可以好好思考下一步。

電視螢幕裡，林檢事官穿著西裝站在檢察長旁，一言不發的樣子很上相，剛好襯托檢察長高大身軀的雄壯威武。

他們站在地檢署門口，一旁就是引爆炸彈的空地，地上還殘留一大片黑色的痕跡，圍起的管制線，那黃色的布條顯眼地飄著。

面無表情的林檢事官，呈現出冷靜自制的形象，適切地烘托出檢察長激昂熱情的演講，畫面振奮人心，媒體反應很好，成功轉移了地檢署被炸彈威脅的窘態。

不過，到底是誰，會做這麼誇張的事呢？

這才是真正該思考的事。

比起發文。

9

呂昭邑連著幾天被炸彈案調查小組找去詢問，畢竟他是炸彈收件人，只是他能給的資訊實在有限，還得重複回答相同問題，雖然知道問話的想要什麼，對方也很客氣，但自己幫不上忙，感覺有點累。原來，這就是當事人的感覺。

不過，地檢署的氣氛雖然有些肅殺，卻不見低迷，也許炸彈威脅反而成為刺激，呂昭邑覺得是這地檢署幾年來少數有活力的時候，跟這位新來的檢察長可能也有關，運動員領導的氣質，彷彿地檢署是個學校裡的體育社團，噢不，更像健身房，教練會一直鼓勵你，給你目標前進。走廊上，人們走路的樣子不一樣了，會有人小跑步趕著去下一個調查庭。也許這個刺激是好的。

那篇網路貼文，後來有許多地檢署粉絲專頁轉載，接著，連媒體也開始報導分享，累計按讚人數竟然到十萬，連許久不見的高中前女友都傳訊息來。

「你還好嗎？」

「還好。」

「我看到同事分享你的文章，我還不知道你開粉絲頁。」

「就工作需要。」

「很棒，充滿正能量，我第一次對我們的司法體系有信心。」

呂昭邑看了訊息，只能苦笑。

結果，一般民眾對這個巨大且嚴肅的組織信心的拉抬，竟然是靠一篇社群媒體上的貼文，就算自己是作者，都還是覺得汗顏。

另一個讓自己感到稍稍不安的是，檢察長說後來發現那炸彈只是虛張聲勢，沒什麼實際爆炸的殺傷力，頂多算是個空包彈。這樣自己豈不是發了個廢文？算了，有拉抬起地檢署的士氣，至少不算是件壞事，呂昭邑這樣安慰自己。

辦公室的門響起敲門聲，呂昭邑回：「請進。」進來的是林檢事官，身上又是釣魚裝。

自從檢察長當面稱讚林檢事官的這套釣魚裝，具有功能性，適合外勤時穿著，他就常穿。地檢署裡也開始看到有人這麼穿，彷彿是新型態的外勤服裝。

「學長，你這個有幾套？」從那天之後，呂昭邑就喜歡叫林檢事官學長。

「什麼？」

「我是說釣魚裝。」

「背心三套，褲子兩件。」林檢事官扶了扶眼鏡，正經地回答。

「顏色款式都一樣？」

「都一樣。」

「都一樣幹嘛買三套？」

「特價，兩件再打八五折。」

「是喔，那為什麼多買一件背心？」

「因為那是第一件啊，買來穿了覺得不錯才再買。」

「嗯，很有邏輯，真不愧是學長。」

林檢事官嘴角不自然地抽動，大概也覺得這話題太瞎，想笑卻又忍住。看了看手錶，「檢座，時間差不多，我們該出發了。」

*

高鐵上，林檢事官閉目養神，呂昭邑則是一直想著案情，睡不成眠，終於快睡著時，就聽到車廂廣播終點站左營到了。

他們要去高雄的旗山。

向學校棒球隊要游崇烈南部老家的地址，總教練委婉拒絕，理由是，上次談話時，游崇烈還沒離校，他對球員還有約束力。現在游崇烈已經離開學校棒球隊，就不方便提供。

總教練也算是滿有膽識的，在被媒體報導後成了焦點，還敢拒絕檢方的要求，呂昭邑也沒打算施加壓力追問，心裡暗暗覺得，總教練確實是個有擔當、願意照顧球員的長輩。

不過案子還是要查，所以他請林檢事官聯絡了游崇烈加入的職業球團，對方一聽到是地檢，馬上繃緊神經，畢竟是上市公司底下的分支，對檢調相對敏感。呂昭邑還要求林檢事官特別說明，只是請游崇烈協助調查，為避免球團過度擔心，影響對球員的信任，請球團別作不必要的揣測。

出了高鐵站，林檢事官到租車處取了車，外面風光明媚，太陽感覺是北部的兩倍。車內高溫悶熱，他們趕緊把車窗打開，林檢事官從釣魚裝口袋拿出運動墨鏡戴上，彩虹色的反光鏡片，十分搶眼。

路上，睏意襲來，高速公路上無車，林檢事官開車沉穩又寡言，呂昭邑不一會兒就睡著了。醒來時，脖子僵硬，呂昭邑緩緩轉動的同時，看到車窗外的景象，已經下了高速公路，可以看到許多蕉園。

林檢事官找到鎮上一個超商，暫時停車休息，呂昭邑在櫃檯點了三杯咖啡，林檢事官也順便打電話通知游崇烈。

「對，我們剛好公務來旗山，法律常識宣導啦，想說去看看你，聊聊天……」

呂昭邑轉身喊：「啊你問他爺爺要不要喝冰咖啡？」看林檢事官沒回應，可能沒聽到，他直接跟櫃臺小姐說：「不好意思，改成四杯冰咖啡……」

超商離游崇烈的家只有十五分鐘不到的車程，但從鎮上轉了個彎，就是一片片蕉園，綠樹環繞，住家不多，轉進一條產業道路後，兩旁更是只有青翠的綠意，沒有太多建築，少了都市的喧囂氣息，是個平靜的農業小鎮。

「他剛剛反應還好嗎？」呂昭邑問起。

「還好，沒有很驚訝，只不過他爺爺這兩天化療，比較累，他得照顧，可能不能跟我們聊太久。」

「嗯，大概球團那邊有人跟他說了吧，他爺爺癌症嗎？什麼癌？」

「不清楚。」

「沒關係，等等問他。」

產業道路越走越窄，到後來只剩一部車的寬度，林檢事官還再查了一下導航，差點就錯過要彎進的小路，轉進去，迎面就是棟兩層樓的房子，前面有個大空地，一隻黑狗馬上對著他們拚命吠叫。下了車，狗的吠叫聲夾著山林間的蟲鳴，拴在狗屋上的鐵鏈被黑狗緊繃地拉直，身子整個抬起，繼續叫著。游崇烈的笑臉從玻璃落地滑門後探出來，運動短褲加上背心，顯露出線條明顯的手臂肌肉。

「不好找噢？歡迎歡迎。」聲音依舊開朗。

「不會啦，你們這裡環境很好耶。」呂昭邑的語氣也沾上了當地的陽光。

「我們鄉下就是好山好水好無聊啊，來，請進。」

兩人脫了鞋，跟著游崇烈踏進門，地板十分冰涼，相較於外面的高溫，裡頭明顯舒服許多。

游崇烈摸著自己的頭，不好意思地說：「我爺爺剛剛聽到有人從臺北來，很高興，不好意思，要麻煩你們跟他打聲招呼。」

「喔，那是一定要的。」呂昭邑趕緊回話，跟在游崇烈身後走，穿過簡單擺設的客廳，是個小房間，大概是南部常設計給行動不方便的長輩住的一樓房間，通常叫作孝親房。

簡單擺設的房裡，一位老人躺臥在一張醫療用床上，床邊一把老籐椅上坐著一位外籍看護，看護見到他們走進房，立刻起身微笑。

「爺爺，他們來了。」游崇烈輕聲說。

老人聽到聲音，睜開眼，虛弱地笑笑，「你們好呀。」

「爺爺你好，我們是游崇烈的朋友。」呂昭邑趕緊回話。

「謝謝啦，謝謝你們在臺北照顧他。」老先生聲音很輕，感覺得出是努力想表達謝意，只是可能搞錯了對象。

「沒有啦，教練比較照顧他。」呂昭邑趕緊回。

「謝謝你們，真的很謝謝，他功課不好，又吃很多，實在很不好意思。」

感覺老人似乎把呂昭邑當成棒球隊的人了，這也無妨，看老人似乎想要起身，呂昭邑趕緊靠近，「爺爺你不用起來，你休息。」

「崇烈啊，你跟餐廳點幾道菜叫他們送過來。」老人轉頭跟游崇烈吩咐，接著露出歉意的表情跟呂昭邑說：「我們鄉下地方沒有什麼東西，咳咳……可以招待，中午隨便吃吃，不好意思啊。」

「爺爺，不用啦，我們還要趕去別的地方，下次再跟你吃飯。」其實檢察官不能給一般民眾請吃飯，但這話當然不好跟爺爺說。

「這樣啊。」老人露出失望表情，「我還想說你們難得來，我可以喝兩杯。」

「什麼兩杯，一杯也不可以。」游崇烈突然出聲制止，老人臉上只是不好意思的笑。

「你的肝現在是我的耶，你要好好照顧啦，醫生說不可以再喝酒了，要小心肝。」游崇烈靠在老人耳邊說，神情十分關心。

「我這麼老了，還叫我小心肝，好害羞噢。」老人講完，自己先笑了出來，儘管在病痛中，卻還有幽默感，實在很可愛，呂昭邑也跟著笑了。

「啊，崇烈，你拿香蕉給他們吃。」老人費力地舉起孱弱的手臂，對呂昭邑比出讚的手勢，「我們旗山香蕉是奧運香蕉喔，奧運選手村都用我們的。」

「好，好，爺爺，那我們出去吃香蕉，你休息。」呂昭邑跟外籍看護點個頭，轉身走出房間時，看到林檢事官手上還捧著四杯冰咖啡，連忙拿過一杯，又回頭問：「啊，爺爺要喝咖啡嗎？」

「噢，不好意思啦，我不喝咖啡了，這個世界喔，太清醒我不敢面對啦。」堆著笑臉的爺爺又在說笑。

「那，我方便給這位嗎？」呂昭邑轉頭詢問游崇烈，手示意要給外籍看護。

「喔，可以呀，娃蒂，這杯給妳喝。」游崇烈向站在一旁微笑的圓眼看護示意。

呂昭邑往前一步拿給看護，「謝謝妳照顧爺爺。」

「不客氣，謝謝先生。」娃蒂的中文雖然帶點腔調，但說得滿好的。

「爺爺，那我們先出去喔。」呂昭邑揮手微笑，隨游崇烈走出房間。呂昭邑心想，爺爺臉上的笑容跟游崇烈很像，都有陽光氣息，會印在人心上。

10

「你們先到客廳坐，我去拿一下香蕉。」游崇烈丟下這話，就轉身往屋子後方走。

「噢，好。」呂昭邑邊走向客廳邊想，游崇烈開朗的聲音就像太陽一樣，充滿感染力，連自己的答話聲似乎都往上揚了起來，難道這年輕人的人生都沒有陰影嗎？不，當然有，他不就是因為生病的爺爺放棄去大聯盟的機會嗎？只是，他選擇把陽光照到的那一面示人吧。

和林檢事官走進客廳，這才仔細端詳，一臺大尺寸的平面電視，一套簡單的黑色皮質沙發，三人座加一個單人座，牆上掛滿了獎牌獎盃，還有些照片，都是游崇烈不同時期的比賽照。呂昭邑站著仔細看那些照片，游崇烈大大的圓眼，開心的笑臉，在每張照片裡都很搶眼。

那些獎牌有好幾個是代表臺灣參加國際賽事，拿到冠軍回來，還有一個是大會ＭＶＰ，頒發的是ＩＢＡＦ，看英文應該是世界青棒錦標賽之類的，看來他從高中就已經在為國爭光。

不過有張照片，不是球隊全體一起拍的，而是三個人，其中有劉翰翔、游崇烈，還有一個沒見過的年輕人沒有穿球衣，站在場邊跟他們合照，膚色明顯比他們兩個白皙。看游崇烈身上的球衣，應該是大學時期了，難道是他們的大學同學？

呂昭邑拿出手機快速地拍照，身後傳來腳步聲，他趕緊按掉螢幕，收起手機。

「來，請出香蕉，旗山出香蕉，出完香蕉跟猴子一樣厲害。」游崇烈故意把「吃」說成臺灣國語的

「出」，手上那一大串黃橙澄的香蕉搭配開心的聲音，讓香蕉看起來更漂亮了。

難道他不會好奇檢察官找上門是要做什麼，之前說回臺北再約，突然出現在他家，大概也會有戒心吧，呂昭邑在心裡提醒自己要試著卸下對方心防，才有機會問到更多線索。

「這香蕉好漂亮。」呂昭邑真心讚美眼前黃澄澄的臺灣水果之王。

「來，請坐，請坐，我們鄉下地方沒什麼好招待的，鄰居送的，但這真的是奧運等級的，不是五星級，但是五環級。」游崇烈摘下一根遞給坐在沙發上的林檢事官，也遞出一根給呂昭邑。

呂昭邑接過後，立刻剝皮，香味馬上傳出，「臺灣水果真不是蓋的。」

「對啊，跟我們的棒球一樣，都國際級的啦。」游崇烈笑回。

「聽說你本來也要去大聯盟，因為爺爺才留下來。」呂昭邑假裝不經意地閒聊。

「沒有啦，那個簽約金也還在談，剛好爺爺生病，我就拿來當理由了。」

游崇烈說得輕描淡寫，聽得出是在謙虛，可能也不想給爺爺聽到，覺得自己拖累了孫子。

「那時候是哪一隊找你？」

「洋基啊。」

「哇，洋基耶，可以當王建民的學弟。」

「對啊，可是好遠噢。」游崇烈手還比了一下距離，動作很好笑。

「欸，那劉翰翔就不怕遠？」呂昭邑還是馬上切入了正題。

「對啊，他在臺灣沒有家人了。」

「我那天跟你們聊完，沒想到隔週就上新聞，對總教練很不好意思。」呂昭邑抱歉地說。

「沒關係啦，總教練他見過大風大浪，應該沒問題啦。」游崇烈不在意的又咬下一口香蕉。

呂昭邑一直仔細觀察他的表情，雖然沒有任何理由，但總覺得他知道的比他說出來的還多。

「你們後來不是還有去早餐店？」游崇烈一副滿不在乎的模樣。

「你怎麼知道？」呂昭邑心頭一驚，那天幾乎可以說是偽裝去的，結果怎麼搞得天下皆知。

「老闆娘有說啊。」

「老闆娘？」

「對啊，因為我拿到球團簽約金，想說請學弟吃一個月的早餐，那天要跟老闆娘結帳，她講的啊。」

「不對啊，老闆娘怎麼知道我們是……」呂昭邑想起老闆娘好意送的古早味紅茶，更加不好意思，沒跟老實人說老實話，實在有點過意不去。

「你說她怎麼知道你們是地檢署的噢？她就在笑說，哪有那麼老的研究生啦。」游崇烈看著林檢事官笑，林檢事官低頭看著自己的香蕉，沒有回應。

「她當場就看出來了噢？」呂昭邑問。

「沒有啦，她當場只覺得有點奇怪，也不確定啦，她說你是臺南人，喜歡南部口味。」

呂昭邑心底的愧疚又浮了上來，「她還有說什麼？你們怎麼聊到我們？」

「還不是因為你們被放炸彈開記者會，她看到了才認出來的呀。」

「喔，原來是這樣。」

「不過，她以為老的是檢察官啦，哈哈哈，我也沒多說什麼。」

「嗯，因為我沒有去記者會。」呂昭邑心想原來那記者會還真的有人看。

游崇烈拿出手機晃了一下，「我有看到你的臉書貼文哦，寫得很好耶。」

「喔，謝謝。」

游崇烈好像把這當成一個趣談在聊，只是呂昭邑一直有奇怪的感覺，似乎話題一直環繞在自己身上，而不是游崇烈和劉翰翔。

「後來，劉翰翔有跟你聯絡嗎？」

「沒有啊。」

「那你有沒有什麼建議？」

「建議？」

「建議我們啊，我們現在完全沒有線索。」呂昭邑心想用問的好像問不太到，不如姿態放低，用拜託的。

「你是說那個炸彈還是劉翰翔那個？」

「都可以，我們都有點搞不清楚了，到底怎麼回事？」呂昭邑繼續示弱，心想也許反而可以得到新資訊。

「我哪會知道炸彈的事啦。」游崇烈手指摳著掌心上因為練球長的厚繭。

「那劉翰翔呢？我們要怎麼找他？」

「我也不知道，你們應該有問球團了吧？」

「他們沒有回信。」

「那美國那邊的經紀人呢？」

「經紀人？」呂昭邑反問。

「職業球員都有經紀人呀，你們沒有問嗎？」

「我們不知道他的經紀人是誰。」

「是噢。」游崇烈微微一笑，看不出含意。

呂昭邑發現話題雖然在劉翰翔上，但仍然是在既有資訊上繞，他決定，掀一張牌試試看。

呂昭邑看向牆上的照片，裝作不在意的問：「我剛剛看到你的照片，有一張是和劉翰翔拍的。」

「應該不只一張吧？」沙發上的游崇烈手伸向茶几上的那串香蕉，又拔下一根。

呂昭邑感覺自己可能問到了重點，否則為什麼游崇烈會迴避目光，明明剛剛在談經紀人時還都看著他們兩個。呂昭邑瞄向林檢事官，林檢事官用眼神微微示意。

「有很多球隊獲勝的照片，但有一張是你和他還有另外一個同學的。」呂昭邑眼神集中，望向正在剝香蕉的游崇烈，「那是誰？」

11

游崇烈剝香蕉的手停下，看向牆上照片的方向，微微一笑，「你說拜倫噢？」

「拜倫？」呂昭邑問

「那是劉翰翔的國中同學啦，他要大家叫他拜倫。」

「國中同學？所以，不是你們大學的。」

「不是啦，怎麼可能，他們家哪可能讓他打棒球。」

「他跟劉翰翔很要好嗎？」

「很要好啊。」

「那你之前怎麼沒說？」

「什麼意思？」

「我之前在總教練那邊問你誰跟劉翰翔要好，你說除了你就是狗啊。」呂昭邑有點動氣，覺得游崇烈有所隱瞞。

「你問的是球隊裡誰跟劉翰翔比較要好。」游崇烈絲毫沒有被呂昭邑的語氣嚇到，語氣依舊平緩。

難道是球場上比賽的關係，讓他抗壓性較一般人好，呂昭邑知道這時必須再施壓，指向另一面牆上，「你是基督徒嗎？」

游崇烈順著呂昭邑手勢看去，牆上掛著個木質造型簡單的十字架，「對啊，我和爺爺都是。」

「那你是基督徒，怎麼可以說謊？」

「我沒有說謊啊，你問的是球隊。還有，那不是基督徒就可以說謊嗎？」游崇烈淡淡地反駁。

被搶白的呂昭邑一下子答不上來，眼角還瞄到林檢事官露出一絲微笑，他瞪了過去，林檢事官趕緊低頭，假裝在做紀錄。

「那這拜倫到底是誰？」

「就劉翰翔的好朋友，會來找他，也會來看他比賽。」

「我是說拜倫叫什麼名字，總不會真的叫拜倫吧？」呂昭邑語氣有點急。

「拜倫是他的英文名啦，中文叫蔡明言。」

「你覺得拜倫和案子有關嗎？」

游崇烈沒有回答。

「你之前怎麼不說？」呂昭邑停了一下，心想照游崇烈的邏輯，他不會說謊，只是自己當初沒有問對問題，「好啦，我知道你又要說我之前沒有問。」

游崇烈臉上浮出淡淡的微笑。呂昭邑想起那天在總教練的房間，游崇烈也露出這個微笑，這是他的習慣嗎？有話想說但還沒說時的表情。

這個年輕人真的不像只有二十出頭，彷彿對很多事都有自己的看法，反應也很淡然，不太有激烈的情緒波動，這就是頂尖運動員嗎？呂昭邑一邊想著該怎麼繼續往下問，之前讀過文章，捕手是球場上唯一綜觀全場的位置，也可說是場上的指揮官，現在自己感覺就像在面對一個了解整個賽局的指揮官，而不是一個小孩。

「每個人都有自己的角色，我不會主動去妨礙別人的角色，但我也不會說謊。」游崇烈好像看出呂昭邑正在盤算的。

他講出的這段話也太超齡了，是因為從小沒有父母照顧，得自食其力，還是球場上的戰爭養成的呢？呂昭邑望向旁邊在牆上的照片，最大的一張是游崇烈抱著爺爺，兩個笑臉滿滿地占滿相框。是為了照顧爺爺才這麼早熟嗎？

「啊，不好意思，我答應老師今天要去幫忙。」游崇烈突然起身，伸了伸腰。

「幫什麼忙？」

「你們有時間的話，可以一起來看看呀。」游崇烈又浮現大大像太陽一樣的笑臉。

這樣的年輕人，你實在無法拒絕他。

＊

車子開了十幾分鐘，游崇烈感覺心情很好，哼著歌，車子照他說的路線，沿著來的原路回到鎮上，是當地的社區服務中心，林檢事官小心翼翼地在路邊停車格把車停好，畢竟是租來的車，擦撞到得要賠的。

游崇烈笑咪咪的在後座說：「我先進去，你們進來就會看到了。」接著門一開，一溜煙就跑進服務中心。

呂昭邑透過車窗看，外面太陽很大，照在綠色的行道樹上，眼前橘紅色的建築，看起來應該完工沒幾年。這條街可能是鎮的中心，艷陽下，街上行走的路人不多，但沒幾分鐘就有汽車經過，服務中心前是個相較附近來得開闊許多的廣場，一旁停了幾部機車。

為什麼談到拜倫，游崇烈會帶自己來這地方，但現在又需要他的情報，只好跟著走一趟。兩人穿過廣場，地上幾片樹葉在陽光下又黃又綠，剛剛一路上車窗外的山景，滿眼都是綠色，至少這一趟路對眼睛保養來說也很不錯。

往前幾步，開始傳來喧鬧聲，夾著些笑聲，一聽就知道是小孩子們，越近越大聲，難怪游崇烈說進來就會看到，但其實是先聽到，順著聲音轉過一個弄堂，迎面是一間間的教室、辦公室，走廊上擺了幾個長桌，一堆孩子圍著大人，卻又依序排隊，這種看似無秩序的有秩序，是孩子的專利。

在幾個大人中間，可以看到游崇烈正笑咪咪地發送餐盒，遞出時好像還講了什麼，孩子跟他都笑得開懷。

突然，有個小男孩一下子爬上游崇烈的背，簡直像小猴子，游崇烈笑著轉身，把他從背上抓下來，搔他癢，男孩大笑著跑開。

看他們在忙，呂昭邑和林檢事官走到一旁，看到中庭亮亮的綠色草皮，有個巨大的斜坡，樣子很是奇特，幾個小孩衝上衝下。走過去看，真的很奇妙，高約三公尺的斜坡不知道怎麼來的，往旁邊看，還有個帶點時間感的階梯，用紅磚鋪成，斑剝之外也稍稍崩塌了，順著走上去，發現有個簡單的說明牌，原來這裡以前是蓄水池，後來有段時間還是游泳池，說明牌裡一張黑白照片裡的孩子咧著大嘴笑，跟一旁現在衝上衝下的孩子笑臉一樣，只是隔了幾十年。

＊

看看遠處的走廊，陰影裡，游崇烈大概已經發送完餐盒，正在跟一位中年女子說話，呂昭邑走下階梯，穿過草地往那方向走去，突然，呂昭邑手肘被撞到，一低頭，是個小男孩「哈哈哈」的笑著快速跑過，另一個女孩追過去。好開心的地方。沒有人不是在笑的。

一走近，游崇烈眼角瞄到呂昭邑，馬上揮手，同時介紹那中年女子，「這位是陳老師，這是我的朋友，北部來的呂先生和林先生。」

「你好，你好。」眼前的中年女子，穿著桃色ＰＯＬＯ衫，偏瘦的身材，大概五十多歲，臉上笑笑的。

「陳老師做這個課輔班，讓附近的小朋友放學可以來吃飯，然後教他們功課。」

「哇，真了不起。」

「主要是陪伴啦，他們都有各自的家庭挑戰，我們能做的實在不多。」

「以前我小時候在山上，陳老師就照顧我很多，後來她退休了，就到這邊幫忙。」

「崇烈很棒啊，他很孝順，爺爺有他真的很幸福。」

「這些小朋友都跟我一樣，家庭功能比較不完全，需要一些協助。」游崇烈指著在中庭草皮上奔跑的孩子，突然對那方向大喊，「羅苑，妳跑慢一點啦，等一下跌倒。」

一個小女孩睜大圓眼睛，停了一下，吐個舌頭，大笑後又轉身，用力跑去。

「調皮蛋，等下跌倒，我就笑妳。」游崇烈笑著大聲回。

「崇烈都會來陪這些孩子聊天，最近協會很多費用也都是他幫忙的。」

「沒有啦，我也只有放假才能回來，小朋友需要的是穩定的陪伴，不是我這種蜻蜓點水的。」

「崇烈很懂小朋友的心理，他們都很愛你。」陳老師拍拍游崇烈的肩，臉上滿是欣慰。

「因為我自己就是這樣長大啊。」游崇烈手上沒停，開始收拾那些餐盒的袋子，「喂，你們都有分類好噢？」轉頭對一群小朋友喊。

呂昭邑看到旁邊幾個小朋友吃完餐盒，正排著隊輪流把菜渣、餐盒和垃圾依序放入桶中，其中一個小女孩蹲在地上，把骨頭倒進菜渣桶裡，抬頭就喊，「我們都嘛有，崇烈哥哥，你還沒吃，好慢噢。」

「我要跟我的朋友去旁邊吃啊。」游崇烈笑回，轉頭跟呂昭邑說：「有多幾個餐盒，一起吃吧。」

「不好意思啦。」呂昭邑趕緊回，林檢事官也跟著搖頭。

「沒有啦，我們都會多叫，因為有的小朋友食量大，可能會吃兩個，如果還有剩，就讓他們帶回去給家裡的長輩吃。」游崇烈笑著捧起飯盒。

「對啦，不要客氣，以前崇烈還可以吃三個。」陳老師也跟著說。

「老師，不要跟他們說我的祕密啦。」游崇烈把頭靠向陳老師撒嬌，傑出的運動員卻做出這樣孩子氣的動作，真的很好笑。

呂昭邑看向遠處，那個叫羅苑的小女孩還在跟同伴追來追去，陽光下黝黑臉龐，笑的牙齒晶亮，不知道她的家庭狀況如何，未來又會怎麼樣。自己在地檢署常常受理許多案子，未成年的青少年受家庭弱勢因素影響，若被詐騙集團吸收，常常就被叫去當車手，那只是幾千元的金錢報酬，對一般人來說一點也不值得，可是對他們來說，卻是筆不小的金額。

更別提，成長階段的孩子要是沒有完整家庭的溫暖，難免感到寂寞，於是為了找到同儕，感受到被照顧，就很容易加入幫派，自己就遇到一個未成年男孩，對他說：「幫派有什麼不好，老大很照顧我啊，我被欺負都可以跟他說，他也會請我吃飯，還會陪我聊天，不然，這世界上有誰理我？」

呂昭邑正想著，被游崇烈的聲音打斷思緒，「我們去那邊吃比較涼。」捧著三個餐盒的游崇烈，笑容跟那小女孩一樣。

「臺灣不是每個地方都偏鄉，但弱勢真的不少。」游崇烈打開餐盒，「劉翰翔跟我狀況差不多，臺灣的棒球員，不少出身背景，跟我們一樣。」

孩子的嘻笑聲間雜著鳥叫，樹蔭下確實陰涼許多，涼風徐徐吹來。

「為什麼呢？」呂昭邑好奇地問。

「家境不好時，身體就是你唯一擁有的資源，不怕苦、努力，就會有機會。」

游崇烈放下餐盒，起身活動腰部，接著高高伸展手臂，應該是在把背部肌肉伸展開，嘴裡吐氣後說：「想翻身，就要動。」

呂昭邑抓到機會，就單刀直入了，「拜倫也是嗎？」

「不是，他跟我們剛好是光譜的另一邊，他喜歡打棒球，但家裡不肯讓他打，聽說他以前打二壘，很靈活。」游崇烈看著遠處的小孩，大大澄澈的眼睛，真誠卻彷彿也經歷滄桑。

呂昭邑夾了口飯，知道這時要安靜，讓對方說，假裝專心吃飯是個好方式。

「拜倫的爸爸要他讀醫學院，還要他重考。」游崇烈輕聲說，好像因為談論別人隱私而刻意放輕聲量。

呂昭邑點點頭，示意他繼續說。

「聽說，劉翰翔的奶奶那時候生病，需要做免疫療法，沒有錢，拜倫他們家有幫忙。」

「然後呢？」呂昭邑輕輕地問，感覺和案子有關係，但又怕逼太緊。

「我們窮人家的小孩是選擇比較少，但有錢人家的小孩有時是看不到自己的選擇。」游崇烈低頭看自己的手掌，也許是在看手上的生命線吧，還是，命運是掌握在自己手中的？

「拜倫活得很辛苦。」游崇烈停了一下，「剩下的我也不是太清楚，你們可以去了解看看。」他明亮的眼睛依舊望向遠方的小朋友，但似乎眼睛蒙上了點憂愁。

游崇烈彎腰撿起一片葉子，摸一摸後，放到嘴裡，吹了起來，高高的聲音，和著孩子的笑聲，飄往藍藍的天空去。

12

棒球教練Mark跟球隊請長假，要出國了。

呂昭邑回到地檢署，就收到律師主動告知的文，說教練Mark要出國探親。之前他也已經配合調查，沒有任何新事證，沒有任何可以留他的理由。

「妨礙司法呢，他不是有準備那個藥水在家，影響調查啊？」林檢事官有點心急。

「那個報案是我們地檢的法醫報的，Mark只是在家放著而已，沒有主動妨礙調查的事實呀。」呂昭邑坐在辦公桌後，轉開手上的鋼筆筆蓋。

「那用請他協助調查案情的理由呢？」

「人家也沒有不配合，而且，我們也已經找他來談過了。」

「可是，我們案情現在只有他一個人證啊。」

「他其實也說不上是個強力的人證，只是說了一個故事，現在證明他那故事版本的時間點也不太對。」呂昭邑拿著手上的鋼筆在本子上亂畫，藍黑色的墨水在米色的本子上，畫了一圈又一圈的圓圈，一團團的，像謎團。

林檢事官低頭看著手上的文，頗為苦惱，「檢察官，對不起，我之前應該更強硬地請他過來，至少應該申請出境管制。」

「沒有啦，我們確實沒有理由管制對方出境，申請了大概也不會過。何況，我記得他有美國護照，沒有確切的犯罪事實，我們擋不下來的。」呂昭邑很清楚現在是個法治國家，人權勢必要被照顧到，這也是自己投身這個工作的原因，只有人權被妥善保護，才有真正的正義。

林檢事官默然不語，似乎頗挫折。

「沒關係，不要氣餒，我判斷，Mark 教練就算來，頂多也只是重複那個故事而已。我們還是要找到確切證據補強，現在就專心一點把我們最近拿到的東西往下查。」呂昭邑講完，繼續在筆記本上畫著。

林檢事官點頭，從口袋翻出一條手帕擦拭無框眼鏡。

「你來幫我調查他。」呂昭邑把筆記本朝檢事官方向，拿起來。

「這是哪位？」

「看不出來嗎？拜倫啊。」呂昭邑回。

筆記本上畫了個外國長相，鬈髮的人臉。

*

林檢事官原本就是商學院畢業的，對產業界動態十分熟悉，據說之前曾在四大會計師事務所工作過，對財務報表嫻熟，對大企業違法逃漏稅的狀況深惡痛絕，才來當檢事官，由他來調查了解蔡家應該是個恰當的安排。

呂昭邑回想著林檢事官的背景，啜飲手上的咖啡，這支是咖啡館相贈的，說試喝看看，衣索比亞柯貝雷產區的耶加雪啡，說莊園在海拔兩千公尺，喝得到檸檬萊姆、茉莉花香，倒是包裝說明寫說還有嫩薑的味道，自己卻感受不到。

因為自己本來就不吃嫩薑啊，但嘗不到，不能說並不存在。有些東西一直都在，只是你感知的能力夠不夠而已。

想起游崇烈的欲言又止，對於拜倫，也是呂昭邑主動提起才透露的，這個人物一直都在，但沒有人談起，說不定，這才是關鍵人物。畢竟，總教練和早餐店老闆娘口中的劉翰翔，安靜乖巧，不像是會對老人潑酸的孩子。

就好像拼圖一直對不上的感覺。

拜倫是私立醫學院的一年級生，劉翰翔都大三了，明明是國中同學，應該是有重考。他的資料不多，但父親的資料就不少了。呂昭邑讀著林檢事官收集來的資料，一看有點嚇一跳。

蔡明言的爸爸蔡毓嵐是全國商界協會理事長，做很多生意，最近也涉足醫療事業，房地產出身的他，政通人和，一直有很多事業觸角在擴張，十年多前曾被調查漏稅，雖然後來不了了之。不過一般來說，就是手段變更加高明，結交更多政界人士了。

有傳聞說，蔡明言是到十三歲才經過DNA判定，回到蔡家的。

十三歲，不就是國中時期？

記得游崇烈說過，拜倫是劉翰翔的國中同學，喜歡棒球但家裡不同意他投入這項運動，時間點是吻合的。是因為要回到蔡家被迫放棄棒球嗎？有錢人家的孩子，就沒有了自己選擇的權利？還是因為家世不能在外拋頭露面？這種權貴子弟的人生，也是難為，無論如何，十三歲那年對於蔡明言來說，人生的變化不小。

呂昭邑不會害怕蔡家巨大的權勢，只不過面對這種家庭，調查就得做更多準備，不能隨便叫來訊問，免得打草驚蛇，一個案子一不小心就被搓掉了。

拜倫是個被寵壞的富家子弟，沒有社會倫理觀念，所以才會對八十歲的老人潑酸嗎？

也許，該從他的背景了解看看。

*

呂昭邑和學長約好約在地檢署附近的咖啡館午餐，自己要遲到了，他加快腳步，走出時，手上的識別證卻因為太急，甩到了地上，蹲下去撿時，抬頭發現，馬路對面一輛黑色車裡，駕駛座有個光閃了一下，仔細看，應該是相機的長鏡頭，反射了太陽光。奇怪，是記者，還是調查人員？

呂昭邑假裝沒事起身，記下了車號。

最近身邊好多不尋常的事，雖然做這工作難免，但這陣子頻率有點高。真煩。

呂昭邑往前走了十幾步，望向天空，左手假裝壓著Power Cord，右手在看不見的電吉他上刷了六下。

這是他的護身符。

謝謝你讓我的每個願望和平相處。

She Walks in Beauty

by Lord Byron

She walks in beauty, like the night
Of cloudless climes and starry skies;
And all that's best of dark and bright
Meet in her aspect and her eyes;
Thus mellowed to that tender light
Which heaven to gaudy day denies.

One shade the more, one ray the less,
Had half impaired the nameless grace
Which waves in every raven tress,
Or softly lightens o'er her face;
Where thoughts serenely sweet express,
How pure, how dear their dwelling-place.

And on that cheek, and o'er that brow,
So soft, so calm, yet eloquent,
The smiles that win, the tints that glow,
But tell of days in goodness spent,
A mind at peace with all below,
A heart whose love is innocent!

第三部

1

呂昭邑上了樓，沿著走廊跑，一轉過轉角就看到林檢事官站在辦公室門口。他拿出鑰匙開門，兩人進門。

林檢事官冷靜地說：「我們從他們系辦那邊問到手機號碼，我打過去，客氣地問他，方便來協助調查嗎？」

「他怎麼說？」

「他先問我是不是詐騙電話。」

呂昭邑笑出來，反詐騙幾乎是國民運動了，「你怎麼說？」

「我說不是，也提供了地檢署電話，供他查證。」

「他就願意來了？」

「沒有，他說現在很多詐騙集團已經可以更改來電顯示號碼，連地檢署的號碼都有人盜用。」

「他這麼關心時事噢。」確實發生了詐騙集團冒用地檢署電話，成功騙到多起被害人，呂昭邑想，這也才上個月的事而已，雖然新聞有披露，但還不是每個人都知道。

「我說，那拜託他走一趟地檢署，建築物總不會是假的。」

「結果呢？」

「他說好，明天兩點過來，我看你行事曆上是空的。」

呂昭邑把筆記本和鋼筆拿出，旋開筆蓋，「那我們趕快來討論一下。」

兩人把之前得到的線索重頭順過一次，也擬了問案策略，來回模擬了幾次，等覺得比較心安時，發現已經過了午夜，呂昭邑跟林檢事官道歉，請他趕快回家陪家人。

沒想到，隔天發生的一切，都不在他們預想之中。

＊

隔天早上，呂昭邑仍忙著研究案情，直到林檢事官想起兩人都沒吃東西，趕緊請人幫忙外帶回來。他把手上的大腸包小腸囫圇吞下，這家在廟口前賣的炭烤味十足，雖然有點涼了，微溫還是非常好吃。

下午一點五十分，他開始準備咖啡。

熱水在咖啡粉上繞圈，香氣充滿整個房間，請人順便買回的花插在窗邊的花器上，陽光灑在金黃色的花瓣，是枝太陽花，房間裡因為這個明亮的黃，跟著有了生氣。

兩點整，林檢事官開門，一個白皙纖瘦、身材高大的男生走入，秀氣的臉龐，精緻的五官，麻黃色的中長髮，整個人散發出細膩的質感。

不知道是不是看錯，呂昭邑發現他走路似乎有點跛。不就跟那個詩人拜倫一樣？而且他身上帶著個香味，應該是某種精油的香氣，雪松之類的。

「請坐。」呂昭邑微笑說。

瘦高的年輕人點個頭坐下，呂昭邑發現今天天氣很熱，對方卻穿著長袖襯衫。

「我猜你喝咖啡，這支是巴拿馬的瑪瑪卡特莊園，水洗處理，味道不錯，試看看。」呂昭邑遞出咖啡的同時，把自己的名片擺在一旁桌上。

「謝謝。」年輕人的聲音很細，非常有禮貌，把名片放進襯衫胸前的小口袋，拿起咖啡杯後，放到鼻尖，仔細嗅聞後點點頭，輕嘗一口，放在口中，閉上眼，不急著吞下，停留，感受片刻後，才順著喉嚨嚥下。又繼續閉眼，停留片刻，應該是在思索，終於，睜開眼。

呂昭邑在桌子對面看著，有點出神，好久沒遇到有人這麼認真對待咖啡，有點感動。倒是一旁的林檢事官毫無表情，只盯著桌上打開的記事簿。

「茉莉、佛手柑、水蜜桃、柚子，還有一點茶香，大吉嶺那種香氣。」

「你好厲害。」呂昭邑忍不住讚嘆眼前充滿質感的年輕人。

年輕人沒回答，只是點點頭後，就低頭望向桌面。

「蔡明言同學，你好，我是呂昭邑檢察官，今天請你來是想請你協助我們了解劉翰翔在孫冀東案中的角色。」

「跟劉翰翔沒關係。」依然低著頭的蔡明言，聲音細細的，「還有，我不喜歡那個名字。」

呂昭邑狐疑地問，「哪個名字？」

蔡明言指了指自己。

「你是說，你的嗎？」

低著的頭輕輕地點了一下，麻黃色的頭髮微微顫動。

「那要叫你什麼？拜倫？」

低著的頭再度點了一下，麻黃色的頭髮又動了一下，同時傳出一股草本清香。眼前這害羞的男孩子，似乎很害怕跟人說話。

呂昭邑有點驚訝，從沒在工作裡遇到否定自己名字的人，接著想到個技術性問題，要是問案的名字不對，未來可能會影響到供詞的證據效力。

不過，等之後再煩惱好了，先把案子的來龍去脈問清楚。

「好的，拜倫。」呂昭邑頓了一下，看到對方微微點頭，呂昭邑突然想到用你做代稱，這樣在紀錄上就不會有「拜倫回答」這種奇怪的文字了。

呂昭邑開口：「你剛剛說，劉翰翔跟這個案子無關，請問你怎麼知道？」

拜倫突然抬起頭，麻黃色瀏海間射出堅定的目光，「做的人自己知道。」聲音小小的，可是很清楚。

呂昭邑轉頭看向林檢事官，對方也難得露出納悶的表情。

室內出現短暫的寂靜。就在這時，突然響起敲門聲，奇怪，問案的時候，怎麼會有人來打擾？還在盤算要怎麼回應時，門倏地打開，呂昭邑正想開罵，沒想到探頭進來的是主任檢察官，而且頭馬上縮了回去。

從門外傳來主任的聲音：「檢察長，這裡。」

主任檢察官走了進來，站在一旁，表情有些異樣，後面隨即出現檢察長巨大的身軀，環視著室內。

「啊，在這裡聊天啊，你們好。」

呂昭邑起身，心想明明是問案，什麼聊天，但意識到氣氛怪怪的，就先不說話，看檢察長要做什麼。

檢察長大大的圓眼輪流看著呂昭邑和低著頭的蔡明言，以及起身站在桌邊的林檢事官，語氣平穩的開口：「呂檢啊，我介紹一下這位。」

檢察長手往後揚，同時轉動厚實的身體，大家這才發現檢察長身後還有一個人，瘦長的身軀，一套貼合精緻剪裁的西裝，金邊眼鏡下有銳利的眼神，大約五十多歲的男子。

「這位是我們那一屆的榜首，簡律師。」檢察長手勢一轉，「這是呂檢察官，是我們地檢署的明日之星。」

簡律師看了呂昭邑一眼，點點頭，不發一語。

「簡律師說他的委託當事人來我們地檢，我說有嗎？結果真的有啊，應該是在聊天吧。」

呂昭邑實在不懂檢察長的意思，但看他語氣也跟平常不一樣，明顯是在說場面話，就也先按捺著。

簡律師一個跨步走近蔡明言，拍拍他肩膀，低頭湊在耳邊說了兩句，接著朝檢察長微微一笑，「沒事的話，我先帶蔡明言先生回家，他父親在等他。」

呂昭邑再也忍不住憋在心中的一股氣，「什麼沒事，他才剛要開始說。」

簡律師露出似笑非笑的表情，「說什麼呢？」

呂昭邑仔細回想，剛剛蔡明言只有說跟劉翰翔沒關係，做的人知道，還沒說怎麼做的，等於只有一句語焉不詳的「做的人自己知道」。現在委託律師來了，更不可能開口了，實在沒有任何請對方留下來的理由，更別提拘留。

「他剛說，做的人自己知道啊！」儘管知道機會微乎其微，呂昭邑還是想再激看看，他刻意拉高聲量，面對混亂的場面，不大聲不行，也許，拜倫會不小心又透露些什麼。

簡律師臉色微微一變，但不愧是見識過大風大浪，停了一秒後，連轉頭看呂昭邑也沒有，直看向檢察長：「我以為這句話只是個直述句，陳述一個大家都知道的道理呢，是吧，同學？還是你們地檢的想亂押人？」

檢察長左手微抬，看向簡律師，笑笑地回：「沒有啦，我剛不就說，聊聊天啊。」

簡律師一把拉起坐著的拜倫，「那蔡同學現在要回家和他父親聊天了，告辭，各位有什麼事，歡迎跟我聯絡。」

簡律師放了張名片在會議桌上，轉身拉著瘦弱的蔡明言就往門口去。

檢察長往前踏一步，寬厚的身子擋住了門口。「這麼急？」

簡律師突然被擋住去路，一手拉著蔡明言，另一手正想動手推檢察長，但看到那幾乎是自身兩倍大的身軀，似乎又猶豫了。

「不喝杯咖啡？」檢察長邊說邊笑，但那微笑，皮笑肉不笑，有點可怕。

「不用，我很忙。」簡律師左手抬起假裝看錶，手上的名錶，價錢應該比呂昭邑五個月的薪水還多。

「好吧，本來想拜託呂檢請你喝杯好喝的咖啡，他在我們地檢是有名的懂咖啡。」

「我以為檢察官應該要懂辦案。」簡律師依舊嘴上不饒人。

「他當然懂，不然怎麼會讓你這簡大律師急匆匆地趕來我們地檢。」檢察長真要說酸人的話，反應也很快。

簡律師沒答話，只是冷笑。

「你有空要多運動啦，做點重訓，手臂那麼細，手銬那麼重，很容易受傷喔。」檢察長盯著簡律師，微微讓開出去的路，但臉上笑容依舊掛著。

「謝謝關心。」簡律師冷回一句後，拉了蔡明言就要走。

「不好意思。」一個小小的聲音響起。

所有人的動作都停了下來，一起望向聲音的主人，蔡明言。

蔡明言抬起頭看向呂昭邑，眼神從麻黃色瀏海間透出，「我沒喝完。咖啡很好喝。」

呂昭邑一時之間也不知道回什麼，只好說：「沒關係，拜倫。」講完，眼角瞄到檢察長那雙圓瞪的眼睛，似乎對他講拜倫兩字感到莫名其妙，只好趕快補上一句，「呃，我是說，蔡同學。」

簡律師出門前又回頭瞪了林檢事官一眼，林檢事官不動聲色，但呂昭邑看到了，感到納悶。

瘦高的蔡明言垂著頭，像具小木偶般，肩膀垮下縮成一團，被身型較矮的簡律師硬拉著帶走，這情景在地檢很常見，但通常拉人的是警察，不是律師。拜倫垂下雙肩的背影，就像個戰敗的拳手。

他之前眼裡閃過的光，是想為自己戰鬥嗎？呂昭邑思考著。

2

「呂先生，您好，我這裡是太邦銀行。」

「噢，我不需要貸款，謝謝。」

「不是，我要通知你，你的銀行帳戶被凍結了。」

「啊？」有沒有搞錯？呂昭邑心想，詐騙集團的電話打到檢察官身上來，不過，對方是亂槍打鳥，怎麼會知道打電話的對象是誰，現代詐騙如此盛行，自己作為一個電信號碼用戶，沒道理不會接到。

「我們是要通知你，你的帳戶涉及不法活動，所以被凍結。」對方是個冷靜的女聲。

「妳接著是不是要我跟地檢署的檢察官聯絡？」呂昭邑忍不住回。

「嗯，警方應該會主動跟您聯繫。」

「好，那就先這樣囉，掰掰。」呂昭邑感到煩躁，懶得多說。

「很抱歉造成您的困擾，祝您今天順心。」

有禮貌的詐騙集團，至少，餘味不致於不佳。

正拿著啞鈴氣喘吁吁運動時，突然有電話，接起後卻是這種浪費時間的東西，全身濕透的呂昭邑苦笑一聲，鋪好瑜珈軟墊，繼續做HIIT高強度間歇運動。

今天休假，雖然人在運動，心裡還是掛著案子，不時想起幾天前的情景。

拜倫看起來確實像犯案當事人，呂昭邑見過好幾次嫌疑人的這種表情，想把話說出來，讓心頭的重擔卸下，把那個藏在心裡的祕密公諸於世。有些人在自白後，臉上線條反而舒緩許多，甚至有人會謝謝檢察官幫他把事情做個了結。

呂昭邑也很想幫拜倫，如果他真的犯案，壓力對於纖細敏感的他來說，應該不會太小。

只是，恐怕家中並不允許他直接面對。

後來打聽了一下，原來那位簡律師和檢察長同期，當完主任檢察官就申請轉任法官，在幾年後又改任律師，呂昭邑自己沒有交手過，不過據說現在是業界收費最高的律師，許多企業家在遇到刑事案的第一人選。看來這次遇到強勁的對手，熟悉檢察司法體系，手腕多樣，而且期數高，恐怕很多人也都會賣他面子。

門鈴響起。

自己一個人住，幾乎沒有任何訪客，會是誰呢？呂昭邑拿起運動毛巾，跨過啞鈴，擦著汗走向門口。

是林檢事官，依舊一身卡其色釣魚裝。

「你要找我去釣魚噢？」

林檢事官看起來有些緊張，往身後左右張望後說：「方便進去講？」

「可以呀，要不要喝咖啡？」呂昭邑從沒有在休假日見過林檢事官，不知道對方有什麼事。

準備咖啡時，呂昭邑用眼角觀察，林檢事官似乎心神不寧，坐在沙發上，一會兒發呆出神，一會兒又拿出手機焦慮地滑著。從沒見過他這樣，非常不尋常。

「怎麼了？」呂昭邑假裝沒事的問，手上繼續動作。

「我這陣子覺得好像被跟。」

「被跟？」

林檢事官臉色憂慮，「好像有人在跟我，我今天要帶家人出去玩，結果發現後面一輛灰色廂型車。可能真的很急，平常條理分明的林檢事官講話有點混亂，但大概不會是兒子在對方車上唱歌，否則那時我兒子還在車上唱歌。」現在不會還坐得住。

「我小聲跟我老婆說，就繞一圈後把他們載回娘家，想說對方可能已經知道我的車了，就搭計程車來找你。」

「你覺得他們知道你住哪裡了。」

林檢事官沒回答，只是點頭。

對於在地檢署工作的人而言，住所被知道是很危險的事，因為不知道哪一個案子的當事人會找上門來，尤其是有家庭的，更會感到威脅。呂昭邑單身一人，為省麻煩就住在檢察官宿舍，除了省下一點費用，主要是有警察站崗，還有人可以幫忙收包裹。但檢事官並沒有配發宿舍，印象中，林檢事官一家是住在公寓。

「什麼時候開始的？我是說，你覺得從哪時候有這個感覺？」呂昭邑覺得自己有義務關心。

「從上個月開始，在公司附近就有被跟的感覺。」林檢事官語調很急，跟平常完全不同。

「公司」是他們平常在外對地檢署的代稱，避免旁邊的人聽到感到奇怪，尤其是在外用餐時，要是提到地檢，很多人馬上耳朵都會豎起來，甚至投以異樣目光。

「我上禮拜也有看到一輛車，裡面有人拿照相機在拍，等一下，我有記車牌。」呂昭邑馬上掏出手機，翻找備忘錄，「你看，是這輛嗎？」

林檢事官馬上把頭湊過來，看了那車號說：「跟我那個不一樣，我記一下。」

呂昭邑看著林檢事官低頭輸入號碼的動作，才發現對方頭上的白髮多了不少，不知道為什麼自己每天跟他相處，卻從沒認真想過他也有家人，想到他為家人擔憂，就想安慰他一下。

「我覺得你先別急，應該沒事啦，從沒聽過有人在跟檢事官的。」呂昭邑試著安慰。

林檢事官點點頭，似乎有點心安，他端起咖啡，但喝得有點急，小小嗆到，呂昭邑趕快拿張面紙給他。

「說不定是你看錯，也說不定只是誤會，不管怎樣，應該不至於對你的家人有威脅啦，沒有必要啊。」

「怎麼說？」林檢事官問。

「誰會找檢事官家人的麻煩？那一點也沒道理。」呂昭邑放下咖啡杯，「我的意思是，案件調查起訴與否，都是檢察官的權力，跟檢事官沒有關係。」

「我也這樣想，只是和家人一起時，突然看到，還是會嚇一跳。」林檢事官講完，突然從沙發起身。

「欸？要走了噢，不陪我聊天？」呂昭邑看他急著離開，想說開開玩笑讓他放鬆一點。

「我想早點回去陪家人。」

「那當然，我鬧你的啦。你們本來要去哪？」

「也沒去哪裡，想說帶他們去逛街走走，吃個飯。」

「那不然你去買個大餐外帶回去。」呂昭邑給了個提議，雖然自己也不知道對方該點什麼好。

林檢事官點點頭，「嗯，我也這樣想，謝謝你的咖啡，不好意思打擾你運動。」

「不會啦，有空常來呀。」呂昭邑送林檢事官出去後，從窗戶往下看著他的身影，卡其色釣魚裝，遠遠走向門口的警衛亭，呂昭邑其實有點擔心，到底是誰會想跟蹤林檢事官呢？

一去大學就上了週刊，地檢署外有人在跟，甚至炸彈威脅，現在還跟到檢事官家去。到底是誰？目的又是什麼？

3

陽光灑在窗臺上，金色的光幫盆栽裡的葉子勾邊，拉出的影子透過玻璃，投在地板上。比起太陽本身，有時候，呂昭邑覺得光帶來的影子，線條更美。

他坐在沙發上喝著咖啡，看著那小小的葉子被陽光照到，拉出的影子卻是原來的好幾倍，如果只看那個影子，一定會覺得好巨大，難以撼動。就像某些人會畏懼巨大的財團組織，害怕他們的惡勢力，可是如果仔細看他的本體，常常也就是一個人，一個跟你我一樣平凡的人。

這個案子，感覺背後有很多不確定的勢力，可是，死了一個老人是事實，就算再怎麼恐懼，還是該盡力去看清楚真相，總不能所有人都只看著被影子籠罩的世界，卻不去探究本體吧。

等一下，好久沒幫窗臺上的小盆栽澆水了，虧它還能活。當初搬到這個辦公室，就發現雖然小了點，但採光不錯，窗戶外剛好有個小小的平臺，就去旁邊的菜市場買了個小盆栽，擺在那給空間帶來點生氣。

呂昭邑打算用手上剛喝完的咖啡杯，幫盆栽澆點水。他裝好水，推開窗戶，很少開的窗臺有點卡住，讓他得把杯子放下、雙手用力推，費了一番工夫，總算打開了。

盆栽是長型，幾株小小的植物，自在的在裡面恣意伸展。澆了水後，他發現離自己最遠的盆栽有點澆不到，土看來又特別乾，於是伸長手臂，發現還是澆不到。只好又去加了些水，用力往遠處潑出，沒想到，不小心水卻濺到了自己，身上的T恤和褲子濕了一片。

實在很白癡。

還好只是水，也還好，暫時沒有要開會。

呂昭邑低頭看著身上的水漬，手拿著咖啡杯，突然想到一個可能。

本想找林檢事官幫忙，但他請假，他從那天之後請了個年假。這樣也好，緩和一下，陪伴家人總是件好事。

呂昭邑也很習慣自己撥電話找警察交辦工作，反正以前也不是有那麼足夠的檢事官人力，通常幾個檢察官才分配一位檢事官，很多事還是得自己來。

電話接通，交代對方幾句，要對方去各大醫院問，時間區段也給出去，雖然不知道有沒有機會，但至少是個方向，新方向。

打完電話後，突然一種空虛感襲來。辦案時常會有各種情緒，一再被拒絕、事與願違的挫折感，找不到迷宮出口的迷惘感，而最強而有力的感覺，則是無力感。

有時候，也會想要喝別人沖的咖啡。

他下午請了假，想出去走一走，也好想清楚目前的案子變化，太多旁邊的雜音，讓人有點抓不到和弦裡的根音。根音要是清楚，另一個只是高八度而已，就能夠掌握，現在好吵鬧，他喜歡的是搖滾樂，不是噪音。

開了車往西邊去，就可以一路到海邊，海浪的聲音很複雜，卻是協調的。

今天的海有很多情緒，白色的浪花在岸邊綻放，而從遠處那一直線連接天空和海面，就有一波一波小小的波紋，往眼前衝來，逐漸變大，逐漸膨脹，直到岸邊，發出巨響的同時，綻放成花朵在空中落下。

咖啡還沒上來，就著窗邊，拿出鋼筆和筆記本。

目前知道的狀態有什麼呢？

一位老人在公園附近死亡。

報請解剖老人過程裡，法醫所長認定死因無可疑，建議不解剖，檢方在法醫堅持下解剖，發現為強酸潑灑造成死亡。

棒球隊教練Mark相信球員劉翰翔涉案，因而接近法醫歐陽安，並試圖用酸液擾亂辦案。

學校主祕想賣掉棒球場給長照機構，好藉增加學校收入，獲得上位校長的機會。

球員游崇烈似乎知道隱情，帶出劉翰翔的好友拜倫似乎有牽連，而拜倫的父親為大財團老闆。

週刊報導棒球隊總教練被檢方約談。

地檢署遭到炸彈恐嚇。

林檢事官被跟蹤。

「您好，您點了這支巴拿馬巴魯火山，波奎特產區的花蝴蝶，算是瑰夏種，水洗的是嗎？」穿著白色衣服的女咖啡師，長髮盤在腦後，推著推車過來。

「對。」呂昭邑回答的同時，挪動桌上的水杯，好讓咖啡師有地方作業。

「謝謝，請先聞咖啡粉的香氣。」

咖啡師遞出小小的玻璃瓶，呂昭邑掀開上面的透明蓋子，一股濃郁的香氣衝出，他稍稍靠近鼻頭，在強烈的水果香外，還可以嗅聞到淡雅的花香。

他把玻璃瓶遞還給咖啡師，微微一笑，「很香，謝謝。」

咖啡師接過後，秀麗的雙眼看著呂昭邑，兩手握著咖啡瓶快速地在掌中轉動，「這款咖啡豆的層次分明，在溫度上升後，可以有更不同的香氣感受。」接著又把聞香瓶遞給呂昭邑。

呂昭邑一聞，確實，香氣更加濃郁了。

咖啡師笑著接過玻璃瓶，「接著幫您手沖，請稍候，享受美好事物到來前的時光。」充滿儀式性的說法後，咖啡師開始將香氣四溢的咖啡粉放到濾杯裡的濾紙上，提起手沖壺用熱水緩緩繞圈，澆在咖啡粉上，香味整個爆發出來，呂昭邑看得出神。

溫度上升，就比較會聞到味道。要讓主要的味道顯露出來，需要增加一點溫度。

突然間，呂昭邑有個想法，也許可以試著加溫，讓案情的主要味道散發出來，讓根音更明確。

這也要謝謝昨天的那通詐騙集團電話，給了他這個靈感。

仔細再想想，應該不會有人因此受傷，但會讓事實早一點顯露出來。

只是，要在哪個時間點用呢？

4

林檢事官回來上班了，看起來神清氣爽，呂昭邑跟他分享最近的案子進度，林檢事官睜大眼睛，一臉不可置信。

「檢察官，那接著怎麼辦呢？」

「看看囉，我們要有點耐心，等香氣飄出來，也許要過個幾天吧，反正目前也沒有別的牌。」呂昭邑手沖著咖啡，微笑回答。

「你今天回來上班，我有個小禮物要送你。」

「謝謝檢察官。」

「你還不知道是什麼就先謝我噢？」

林檢事官搔搔頭，不好意思地笑，經過這個休假，他的表情變得比較多人性了。

「我也還沒收到，據說是日本釣魚冠軍推薦的釣竿，記得捲線器是叫什麼SHIMANO的，我是不懂啦，但他們說很厲害。」

「謝謝。」

「不用謝我，檢察長出了一半的錢。」

「檢察長？」

「對啊。」
「他應該還會找你，你準備加薪記功。」
「什麼意思？」
「我那天很生氣，立刻叫人查那個車牌，那個林組長馬上去查，結果是租賃車。」
林檢事官點點頭，「嗯，我知道，那個上網就可以看到。」
「然後，我就叫林組長直接找那車主，後來，他拿了張名片來。」呂昭邑從抽屜拿出來，「給你。」
林檢事官念出名片上的字：「略懂傳媒，記者李天勝。」
「他們想要做個地檢署專題。」
「地檢署專題？」
呂昭邑放下手沖壺，「哎呦，就是檢察長想說要改善形象，請媒體幫忙，結果這個記者異想天開，說要用狗仔的角度報導，主題是地檢署的一天啦，讓人家知道我們有多辛苦，然後照片拍得像在偷拍那樣，說這樣的風格是現在讀者喜歡的，人家才會想看，不然傳統的新聞稿、記者會沒用。」
「那可以跟我講一聲啊。」恍然大悟的林檢事官微弱的抗議。
「所以我才說他異想天開，他覺得講了才拍會不真實，所以就偷拍，還跟檢察長說被偷拍的人不會發現，沒想到我們都很有警覺，不，應該說你很有警覺性。」呂昭邑也跟著埋怨。
「我不懂，你那時不是也說怎麼會有人跟檢事官？那記者為什麼要拍我？」林檢事官想到這個奇怪之處。

「我也覺得奇怪，就叫那個記者來問，你記得你不是跟檢察長一起開記者會嗎？所以他們把你誤以為是我了。」

「啊呦，怎麼這樣？」林檢事官一臉不可置信，喝了口眼前的咖啡，發現杯裡已經空了，有點慌亂。

呂昭邑端起一旁的水瓶幫他倒水，「我跟檢察長報告，他也說對你不好意思，就說要送你個禮物賠罪，也慰問你這陣子的辛勞，那個記者本來也想當面跟你道歉，我說你還在休假，等你回來再說。不過也因為這樣，我想到一個可能的突破點。」

「什麼？」

「好意。」呂昭邑說著，拿紙把桌上的水漬擦乾淨。

林檢事官一臉困惑，不懂他在說什麼。

「我的意思是，那個記者原本是好意，要幫地檢署做一個公關專題，沒想到弄出了一個事件。棒球隊教練也是好意幫劉翰翔，那天你也看那個拜倫，感覺就是他也跟案件有關，游崇烈也是，這群人的好意，讓我們看不清楚案情，辦不下去。」

林檢事官喝了口水，扶扶眼鏡，望著呂昭邑，等他說下去。

「不過，我們要有耐心，一定會有突破點，在那之前，我想更多了解周圍有什麼。」

＊

「小黃，你好，上次沒有自我介紹，我是檢察官呂昭邑。」

「等一下，不是他才是檢察官？」小黃指著一旁的林檢事官。

林檢事官低頭，拔下眼鏡，拿出眼鏡布，仔細擦拭著。

「沒有啦，讓你誤會了，不好意思。」呂昭邑微微一笑，看來大家都誤會了。

「我們在那個記者會有看到他，站在檢察長旁邊，那個檢察長好魁梧，跟隻熊一樣，好恐怖，而且你比較年輕，他比較老，大家都以為他是檢察官，你是助理。」很久不見的房仲小黃，一見面一樣嘰哩呱啦，停不下來。

「熊就在樓上哦，要看嗎？」呂昭邑對小黃開玩笑。

「不要不要，謝謝。」小黃著急地揮著手，動作很大，看起來很好笑。

請仲介小黃來，是因為呂昭邑仍然好奇對學校周遭的關係。會議室裡飄著咖啡香，呂昭邑剛煮的咖啡正用奇幻的分子型態，充滿整個空間。他手拿咖啡壺，在小黃面前的杯子緩緩注入。

「不好意思，我們在外面必須低調一點，所以沒有多說明。今天請你來是想借重你，多了解一下那個大學附近的狀況。」

「檢察官你要買了嗎？我跟你說，公教人員還有貸款低利率，不管自住投資，都非常值得啦，啊，不過，你可能自備款都夠，也不需要貸款，但我跟你講，現金留在身邊，還可以做別的投資……」小黃一開口就煞不住，不知道是不是店長給原本害羞的他訓練太過火，似乎害怕任何講話空檔，一定要用話填滿。

呂昭邑連忙打住：「打斷你，不好意思，我沒有要買。我是想知道你上次提到附近有位大地主，還有長照機構要進駐的事。」

「喔，那個啊，我跟你說，你不要隨便跟人家講哦。」小黃看看左右，故作神祕，但現場也只有林檢事官而已，所以這動作看起來格外拙劣，到底有誰會因此被打動呢？呂昭邑心想。

「那個集團很大，老闆事業版圖遼闊，也有建商背景，大概做什麼都會成，你只要搭上這個順風車，就有機會一夜致富。」小黃的語氣得意，還故意用一隻手環著嘴，明明音量還是很大。

「那你自己怎麼不投資？」說出口的同時，呂昭邑就後悔了。每次遇到那種大言不慚、口才便給的業務嘴，心裡就會嘀咕這句，沒想到竟然說出口了，自己還是太年輕，修行不夠。

小黃臉色微微一變，但馬上又恢復熱力十足，「我是南部的窮小孩來北部工作，家裡沒有錢，沒辦法投資啊。」

「那我方便請教那個集團的名稱嗎？」

「呃，我不太懂法律，請問這樣有內線交易的問題嗎？」小黃似乎有點焦慮。

「應該沒有，第一，這不是股市交易，第二，這只是交換意見，而且可能比較接近是市場上公開資訊，並沒有交易行為發生，只是因為我不熟悉那附近的地緣關係，所以跟你請教而已，應該不至於有法律責任。」呂昭邑為了讓小黃提供資訊，說話的語氣刻意平緩，讓對方安心。

小黃喝了口咖啡，抬起頭，嚴肅的盯著呂昭邑，大聲說：「那你要先問過我的律師。」

「啊？什麼？」呂昭邑沒想到，這個小黃突然會使出這個殺手鐧。

小黃突然爆出笑容，「沒有啦，我只是想練習講一下，店長都叫我要看電影，學講令人深刻的對白，好在跟客戶應對時講出來。我哪有律師啦！哈哈哈，開玩笑的。」

呂昭邑忍住想拿卷宗往小黃頭上敲的衝動，因為真正該敲的，應該是小黃的店長，把一個純樸的年輕人教成這樣，實在很不應該，靠這種刻意培養的油嘴滑舌，能取得對方的信任才怪。

小黃終於講出了那個企業的名稱，TRUK控股，呂昭邑和林檢事官一聽，彼此相望，不曾聽過。

原本，呂昭邑只是猜測那位大學主祕，為讓校隊棒球場地提供長照機構使用，替學校帶來收入，好讓自己上位成為校長，因此刻意跟週刊爆料球隊總教練被檢調約談的消息，讓棒球隊難堪。雖然那根本不是約談，主要調查對象也不是總教練，但在媒體渲染下，一定對總教練有造成傷害，甚至已經實際影響了棒球隊的存廢。

呂昭邑疑惑，一個大學主祕哪有那麼大的能耐，能立刻調動媒體並作出報導？更別提這個思考綿密，算是藉檢調手殺人，只怕是更有算計的人才能做到。原本就懷疑主祕背後應該有股勢力，現在看來，還是個大財團。

TRUK控股是什麼企業，可以有這麼大的勢力？目的又是什麼？

還有，跟命案有關嗎？

5

放學時分，背著書包的學生沿著國中校園圍牆三三兩兩地離開，聊天的興奮感跟自己以前一樣，不過，也有很多只是低頭看著手上的手機，不發一語地往前走。

呂昭邑想更了解這案子裡的幾個年輕人，於是約了劉翰翔的國中輔導老師，老師說，等放學後來比較方便。

眼前的孩子，拜現代營養充足所賜，身形已經距離成人不遠，但心理呢？回想自己以前，應該正處於許多困惑吧。宛如幼獸，正要經過換毛成為成獸，骨骼發育了，牙齒堅固尖銳了，但可以咬嚙得下這個殘酷的世界嗎？還是因為長多了些紮實的肉，在可怕的對手眼裡成了豐美的食物，而讓自己處在一個相對危險的位置。

呂昭邑想起自己的慘綠少年時期，搖搖頭，學生陸續都已經離開，校門口變得冷清無比。他下車走到校門前，曾經，自己覺得國中學校的大門彷彿張開的血盆大口，把孩子吞噬下去，連作夢都會害怕。

那時自己怨恨的數學老師，聽說幾年前癌症過世了，年紀不大，也才五十多歲。雖然那位老師真的很會教數學，但那些惡毒的話語卻比教學技術更印象深刻。就算自己不是被直接傷害的對象，光是坐在那教室裡，聽老師的惡意話語對付著什麼也沒做、只是成績較差的學生，就對世界感到晦暗無比。

記得那時每天光想到要走進學校大門，都很憂鬱。雖然呂昭邑成績好，常是全校第一，可是光看別人被羞辱，自己都難受得要命。回想起來，也不過十多歲，剛脫離小學生，卻要接受那麼殘忍的話語，實在可怕。

現在回頭想，當時那個老師可能心理也有些狀況，否則學生的成績如何，一點也不會影響他的生活，又何必讓自己總是處在一種暴怒狀態，還要吐出那些酸不溜丟的話呢？

當時的畫面從腦海溢出，光想都覺得不舒服，矮小的男老師手高舉著拿藤條，抽打趴下的女學生屁股，有一種不言而喻的侵犯感。而所有的大人，都是共犯，一起讓這樣的事發生。

那時候所學的數學，如今在生活裡一點也派不上用場。一整天下來，你什麼時候要解聯立方程式呢？但你因為那聯立方程式，卻得看見女同學的裙子被往上掀起，露出雪白的大腿和深藍的運動短褲，在剛剛發育的青春初期，對女體的好奇，竟以這樣奇怪的方式連結，真要說起來，自己搞不好都算是PTSD創傷壓力症候群。

那時國中的輔導老師，也幾乎從來沒有發揮過作用。至少自己在那幾年裡，一次都沒見到輔導老師，也不知道他們做過什麼。他們一定知道教室裡那些醜陋的體罰，卻只是上班下班，上班下班，看著這些幼獸們被傷害。

如果讓呂昭邑重新選擇，最想跳過的時間，就是國中。連只是要走進校門，都讓他有種反胃感。

現在才意識到，原來自己被傷得那麼重，儘管當時自己幾乎沒有被責罵處罰過，可是待在事件發生的現場卻無能為力，坐視暴行發生，都會在精神上留下傷痕。

跟警衛講了一聲，問了輔導室方向，警衛站在窗後，挺著大大的肚子，望著呂昭邑走入。呂昭邑心想，警衛的工作是保護校園安全，避免外來威脅，但如果威脅是在校園內呢？如果威脅就是老師本身呢？威脅就是校園本身呢？

呂昭邑突然有點後悔沒叫林檢事官一起來，雖然是他自己麻煩林檢事官趕緊去查查那個大財團，自己一個人來跟老師聊聊就好，現在卻意識到自己對國中的恐懼還在。

輔導老師？說起來，以前有些老師自己，也需要輔導吧。

＊

照警衛指示，從一樓穿堂左轉，走到底，在花園旁邊，果然看到牆上掛著輔導室牌子，外頭以粉色系的海報紙做了些布告欄，上頭有幾張海報，反校園毒品、性平教育宣導、反霸凌、個人心理諮商，都算是現在校園常見的問題宣導，希望真的可以給現在的孩子一些實質幫助。

呂昭邑輕輕地敲了敲鑲嵌毛玻璃的深色鋁門。

「請進。」一個厚厚的女聲從裡頭傳來，是有溫度的，不是有威嚴而已。

進門，一位戴著無框眼鏡、身形高佻的三十多歲女子迎了上來，長髮柔順無比，身穿牛仔褲與簡單線條的粉色上衣，一笑，眼睛都瞇起來了。

「你好，請問有什麼事嗎？」有厚度的聲音透著真正的關切。

「你好，我是呂昭邑，跟李懷瑾老師有約。」

「我就是，檢察官你好，你好年輕啊，來，請坐，我弄壺茶，很清香，咖啡因不多。」

「不用麻煩。」呂昭邑趕緊婉謝。

「沒有啦，不麻煩，我自己也想喝。」李老師溫暖的笑容讓人不好意思拒絕。

李老師領著呂昭邑到旁邊一個沙發區，三人座加上兩張單人座，呂昭邑選了其中一個單人座，布質沙發，坐下時覺得軟硬適中，麻料的布面，安定的米色，給人一種放心的感覺，應該有用心準備的，跟方才學校那種生硬的氣氛，不太一樣。

旁邊的小茶几上，一個木質色的精油噴霧器正緩緩冒出白色煙霧，氣味應該是迷迭香，可能還有些柑橘，說不定，還有天竺葵。

圓形霧面的茶几上有盞小檯燈，造型很特別，底座是用木頭做成的方盒子，可以收納東西，燈的主結構是用水管做的，最後頭是水龍頭，水龍頭下方卻是盞燈，燈罩是陶燒成的，上面似乎用毛筆畫了張人臉，幾筆簡單線條畫，勾出一個孩童單純的笑容，下面的是愛迪生燈泡，裡頭的鎢絲正散發暖黃色的光。曾聽朋友講過，點上一盞暖黃色燈泡，再小，都會給人一種返璞歸真、被家包圍的感覺，可能因為那波長接近火光，人類上萬年的演化中，火代表了平安，不會被黑暗和野獸侵擾。

自己回去是不是也該在空蕩的家裡，添這樣的一盞燈？每天的工作實在很消耗，在犯罪和犯罪裡疲憊不堪，嗯，應該擺在哪裡？客廳的角落，讓自己有個可以安心讀書的空間，還是臥室床邊，讓房間變得更可親，可以放心休息？呂昭邑自然地在腦子裡想像這盞燈擺上的模樣，換了幾個不同的場景，把燈擺上後，再把自己放入。

在這黃色調空間裡，心慢慢地平靜了下來，這才意識到背景有淡淡的音樂，應該是類似冥想、瑜珈時的New Age，剛進門時沒有特別意識到，可能是刻意放低音量，也許理性的大腦沒有特意把這訊號放出來，身體卻有感知，仔細聽，好像還有森林裡的鳥叫，很細微，要安靜下來才會聽到。

此刻，可能是今天呂昭邑最舒緩的時刻。在這烏煙瘴氣的世界。

在放鬆的氣氛下，呂昭邑也不自覺地出了神，思緒飄向遠方。等到終於拉回了意識，才發現坐在對面的李老師，笑盈盈的看著他。

「不好意思，我竟然恍神了。」呂昭邑趕緊跟李老師賠罪。

「你最近滿累的喔？」李老師的聲音很溫暖，似乎把呂昭邑當成心理輔導的對象了。

「不好意思。」

「不會，茶葉剛好泡開，來，請用茶。」

「謝謝，我今天來是想請教劉翰翔和蔡明言就學時的狀況。」

「他們怎麼了嗎？」

「沒有，只是要拜託他們協助調查。」

「如果是這樣，我可能沒辦法幫上太多忙，因為牽涉到他們個人的隱私。」李老師淡淡地微笑，眼神卻沒有要妥協。

呂昭邑的職業生涯裡，知道這種講話柔軟的對手才相對難纏，不慍不火，格外堅定，不容易說服。

「應該說是想更了解他們的在學情形，當然是在不侵犯個人隱私下，請老師分享對他們的印象。」

「好，那我請教一下，他們是被害人嗎？」

「嗯，請原諒我，案件在偵辦中，司法人員不能透露詳細案情。」

李老師臉上的微笑瞬間消逝，取而代之的是認真的表情。

「我沒有要請你透露案情，只想跟你確認你對我輔導的個案對象是採取怎樣的立場。」李老師拿起手上的茶杯，喝了一口。

沉默降臨，等待著呂昭邑的回應。呂昭邑遲疑了一下，這有點棘手，清楚知道接下來的回答將決定李老師的態度。跟這樣重視隱私的人打交道，可不能用騙的，一旦失去了信任基礎，就會從此失去從他身上得到任何資訊的機會。

「嗯，不太算得上是被害人，以目前的偵辦方向來看，他們是一個案子的可能嫌疑人。」

「就像我剛才說的，今天你是來調查他們，你代表的是國家，要偵查他們，我當然不會把這當成是要宣揚他們的良好事蹟，我會站在保護他們的立場。」李老師目光炯炯，銳利且堅定，彷彿一位女戰士，似乎要為了自己守護的孩子拚命，這是一種母性嗎？

「老師，我有個觀點，妳聽看看。」

「請說。」李老師臉上的線條依舊嚴峻，像亞馬遜女戰士持著弓箭正對敵人的樣子。

「假如今天你可以提供我們更多他們的正確資訊，就可以避免在不完整的資訊下進行偵查，減少對他們的日常生活干擾，我很清楚，各種偵查手段，就算再怎麼小心，對當事人而言都會是困擾，但我會盡力保持客觀立場，不侵犯他們的權利。」

呂昭邑說到這，停了一下，看李老師似乎正在思考，大概自己的話正在對方腦中發揮作用。

「那你想知道什麼？」李老師提問，語氣彷彿正在啟發學生思考。

「就是一些背景資料，四、五年前的事。」

「四、五年前的事，跟你現在辦的案子有關？」

「確實也會有前輩質疑我這樣是在浪費時間，但我覺得人之所以為人，都是因為過去。身為檢察官，我希望不要只是片面的評斷人，真要說起來，我是在思考犯罪的人之所以犯罪的原因，不，也許用『犯錯』這個詞可能更正確。人都會犯錯，有些錯是環境造成，那就會成為我的心證，未來在量刑上面比較有利。」

李老師沒有回答，但炯炯有神的眼神緊緊看著呂昭邑，跟一開始溫柔充滿愛的眼神完全不同，似乎正在評估呂昭邑的態度有幾分真實。

呂昭邑通常是評估人講話真偽的那一方，沒想到自己也有被評估的一天。不過，他知道，這時候，正大光明地迎著對方的眼神是最有效的。

因為，自己也是用這方式判斷。

「老師，我就直說好了，過去的人生經歷不會改變眼前我偵辦的犯罪事實，但如果，我是說如果，在日後起訴了，卻有機會成為法官斟酌減刑的機會，也就是說，只有好處，沒有壞處。」

輕淡的音樂繼續流動著，只是此時聽來，有一種寂寥感。多希望這音樂原本讓人願意掏心掏肺把內心苦惱說出來的功能，也在李老師身上有相同的作用。

呂昭邑覺得時間好像靜止不動，面對眼前看似溫柔實際強悍的心靈，一股巨大的迫力，正往自己身上壓來，不，時間不是停止不動，而是以一種緩慢無比的方式前進。

「你先喝口茶吧，這是滿好的茶。」李老師的臉上線條又從嚴峻變為柔和，似乎回到一開始呂昭邑走入這空間時的慈祥。

*

「劉翰翔一直都很乖，球打得好，但都安安靜靜的。」

「有發生過什麼讓妳印象深刻的事嗎？」

「沒有，他幾乎沒有任何狀況，頂多是家境問題，比起他，我們更關心他家裡。」

「他家裡怎麼樣？」

「就偏鄉孩子常有的故事，父母不知去向，奶奶年紀大了，身體有些狀況，他很乖，很擔心，不過，我們其實也不太能幫上忙。」

「是需要錢嗎？」

「我們很容易以為偏鄉需要的是錢，當然錢可以買到很多東西，但募款捐錢通常只是一次性，其實需要通常是長期的，不必一次很多，但要持續。那時，他奶奶自己在家，中風了，劉翰翔很擔心，請假回去照顧，可是也不能照顧一輩子啊，球隊需要他，他也需要球隊好繼續升學，住院需要醫藥費，後來想到可以申請一些社會緊急救助服務。」

「是老師幫忙申請的嗎？」

「劉翰翔自己去的，他的老家遠，我們只能幫他找資料給建議，不過後來聽他說，蔡明言的媽媽有幫忙。」

「蔡明言的媽媽？」

兩個人的家庭在這裡有了交集。之前聽游崇烈的說法，只以為劉翰翔和拜倫是要好的同學，但兩人的家庭經濟狀態懸殊，應該沒有什麼連結性。沒想到，兩人的家庭也有關聯。

「蔡明言的媽媽應該是有幫忙，但不知道是什麼方式，他沒有講得很清楚，但可以感受到他滿感謝的，因為他只有一個奶奶，把他從小拉拔到大，劉翰翔又很乖，一直很感恩他奶奶。」

「那拜倫呢？我是說，蔡明言。」

「你也知道拜倫這名字啊？嗯，他的生命，挑戰比較大。」談起蔡明言，李老師的語調明顯有點遲疑。

「怎麼說呢？」

「很抱歉，我只能給你一個大概的輪廓，因為我得尊重他的隱私。」

隱私的字眼出來時，呂昭邑心中一涼，表示李老師很有可能不再往下談。

這幾年，人權觀念抬頭，對於呂昭邑的工作確實增加不少偵查難度，但從法治角度來看，其實是好事，表示大家開始知道要尊重別人的私領域，這是一個國家進步的表現，更別提任何人都有機會成為被討論的對象，這時你會希望不要有人過分的刺探，因為有些談論帶來的傷害，將會是一輩子。

看到李老師對自己的學生如此關懷謹慎，顯見現在的校園也跟著進步了，跟過去自己讀國中時有很大不同。這應該是件好事吧？

「沒關係，李老師，我相信妳有妳的堅持，這些堅持也來自妳的專業，想保護妳的學生，我完全尊重，不過也要請妳思考，這是重大刑事案件，從社會整體利益來看，盡快讓我們釐清事實會比較好。」

「你需要釐清的應該是案情吧，何必來挖這些孩子的過去？」李老師的反問，也算是給了個軟釘子。

「從效率的角度來看，可能真的對很多人是沒必要的，我搞不好還會被上級長官念，但我是真的想搞清楚背景，我相信，過去會影響現在。」呂昭邑才說完，忽然感到口袋一陣震動，他伸手按掉手機，眼睛依舊沒有離開李老師，他必須說服李老師，其他的暫時都不重要。

要用什麼說動李老師提供資訊呢？可是還沒有明確證據，貿然的透露案情，對當事人不好、也會對偵辦有影響。難道自己選錯了詢問時機嗎？

就在呂昭邑還沒決定好下一步時，李老師突然開口。

「你知道拜倫這名字的由來嗎？」她眼裡透出光采，左手摸著右手的銀戒，似乎正懷念起往日。

「我不知道。」呂昭邑急忙回應，現在當務之急就是讓李老師繼續說下去。

「蔡明言會寫詩，而且寫得不錯，以當代孩子的語文程度來說，甚至可以說是很好，他的感知能力很敏銳，常常能精準地把人所處的困境用比喻表達得很好，我那時鼓勵他，未來可以往文學的路子前進。」李老師的眼睛望著檯燈，懷想過去帶過的學生，眼睛跟檯燈一樣散發著溫暖的光。

「後來我才知道，他當時也陷入困境……」李老師語速緩慢。

「什麼困境？」呂昭邑謹慎地催促李老師往下講。

口袋裡的手機又震動了，呂昭邑再次不動聲色地按掉，還好李老師正看向檯燈，他可不希望李老師因為這通電話而停止分享。

李老師望著檯燈，停了一會，才轉頭看向呂昭邑，「檢察官，你一直知道自己是怎樣的人嗎？」

呂昭邑一下子沒有反應過來，接下來是要談玄學還是心靈雞湯嗎？

他只好先回：「不清楚，還在認識。」

「那你有遇過很早就搞清楚自己是怎樣的人嗎？你覺得他們在團體裡會如何？」李老師的眼睛透著熱切的光，「他們會活得比較辛苦，如果很誠實面對自己的話。」

呂昭邑想起拜倫纖細的五官。

「妳的意思是，拜倫被霸凌嗎？」

「霸凌，你知道，在我和你小的時候並沒有這個詞。有時候我都會想，現在的孩子會不會因為有了『霸凌』這個名詞，而學會霸凌……」

李老師盯著呂昭邑，彷彿要望進靈魂深處，那麼堅定，那麼強大，好像在控訴，控訴他對拜倫的緊追不捨。

呂昭邑好像被那眼神所牽引，也掉進某個深淵，有種身不由己的感覺，無法動彈，什麼也無法做。又傳來一陣小小的低頻，一開始還沒有理解是什麼，直到李老師的眼神鬆動，才意識到。是手機，呂昭邑趕緊伸手按掉。

「我覺得對方可能很急著找你，你要不要先接一下？」李老師語氣平緩地說。

呂昭邑接起電話的同時，瞄到李老師的表情，看來有點失望。

而自己不知為何，卻有種得救的感覺。

「喂。」

「呂檢，我是林檢事官。」

「什麼事？」呂昭邑急著回，想知道到底是什麼事要連續打電話來。

「我發現，蔡明言的媽媽正在住院。」

「哦？」

但這無法解釋對方為什麼一直打電話來，有那麼急嗎？自己都快問到關鍵了。但林檢事官一向冷靜，一定有大事，只是還沒說出口。

林檢事官講了一個醫學教學中心的名字，印象中，是許多政商名人會去的醫院。

「她住在高樓層的貴賓VVIP病房。」

呂昭邑不太懂為什麼要特別強調高樓層，而且貴賓病房不是很合理嗎？記得他們家是大建商。

「通常安寧病房，會放在高樓層。」林檢事官彷彿知道呂昭邑的疑惑，立刻補充解釋。

「原來如此。拜倫的媽媽身體很不好嗎？」

「詳細狀況還不清楚。」林檢事官語氣有所遲疑，似乎還有什麼沒說。實在不太像他。

「還有什麼其他的？」呂昭邑決定直接問。

「開始有網路媒體在談論地檢署近期狀況很多，語多批評，有些是針對你……」

「嗯，沒關係，我知道了。」

「但他們放的是我的照片。」林檢事官聽來有點苦惱。

「又來了，他們都沒有在認真查證噢，傷腦筋。」呂昭邑覺得這大概是林檢事官困擾的地方，「那你是不是先休個假，我幫你跟檢察長說一聲，沒問題的。」

「我確實還有些年假沒休。」

「對啊，那你放心在家休息，有什麼事我們再聯絡，沒事啦，你多陪家人。」呂昭邑刻意用爽朗的語氣，鼓勵檢事官。有家庭的人不停被媒體錯誤報導，真的很困擾。

站在走廊的呂昭邑留意著辦公室內的李老師，看起來好像正在收拾東西，應該是要下班回家了，看來得趕快攔住李老師。

呂昭邑快速結束這通電話，「那就先這樣，你辛苦了。」

再次走進輔導室，李老師正往肩上背起包包，抬頭看見呂昭邑，「還要喝茶嗎？我看你也滿忙的。」

「對啊，李老師要走啦？不再聊一下嗎？」

「不好意思，我朋友正在等我吃晚餐，下次，好嗎？」

一道界線清楚地被畫出，雖然有禮，但非常堅定。這麼優雅迷人的氣質，卻又有堅定的一面，不，也許是因為那個堅定畫出了界線，讓她的優雅更加吸引人。這種人應該不容易被情緒勒索，呂昭邑心想，今天再死纏爛打大概也問不出什麼來，不如留個餘地，下次可能可以更多收穫。

「當然，您趕快去吧，不好意思，耽誤您那麼多下班時間。」呂昭邑刻意在語調裡多一些抱歉，希望對方可以感受到誠意。

「不會啦，我們平常陪孩子，也是要花時間的，希望你們也可以對我們的孩子有點耐心。拜倫是很容易受傷的孩子，我相信他不會主動傷害人。」李老師仍舊沒忘了替她的孩子們爭取，但那其實不是她的孩子，是別人家的孩子。

「可是，目前的調查結果跟這不太一樣。」

「就算如此，我也相信他是被迫的，你遇過雨天車下淋濕的小貓嗎？當你伸手過去，可能會被牠抓傷，那是因為牠被壓迫，非常害怕。」

呂昭邑只好點點頭，表示知道了，一邊往門外走。

「你也是人家的孩子。」李老師溫厚的聲音又從身後傳來。

身上一陣震動，原來是手機，他趕緊從口袋掏出，但心裡還在那句話的餘韻裡，什麼意思，我也是人家的孩子，是說我也需要被幫助嗎？

李老師倒是從一旁快步經過他，頭也沒回的揮了揮手，一種瀟灑的模樣，留下呂昭邑站在原地。風從走廊吹過來，突然覺得很沁人，好舒服，這就是春風化雨嗎？多希望自己的國中時期，可以遇到李老師呀，自己會不會因此變成一個更好的人呢？不過，在這個時候遇到她，不也是一件好事？

低頭一看手機，好心情，沒了。

有個約得赴。

6

在去的路上，點開奧茲・奧斯本（Ozzy Osbourne）的專輯，當唱到〈Crazy Train〉時，呂昭邑忍不住跟著唱，不，是大叫，實在很不想面對等下要面對的，根本是搭上一輛瘋狂列車，從以前讀書時就很討厭這種身不由己的感覺，剛剛李老師講的話又跑回腦中，每個人都是孩子，都是受傷的靈魂啊，在這瘋狂的世界裡，只是你有沒有藏得好而已。

等一下，剛剛的對話裡，似乎有個東西怪怪的。但一下子想不出來。

連媒體也有種被操作的感覺，自己好像成了靶子，倒霉的雖然是林檢事官，可是，這再怎麼樣也不應該發生才是，說不定，連媒體都是被掌控的。記得以前曾經聽過一個前輩說，房地產廣告占了媒體收入很大一部分，所以常有機會掌控媒體風向，甚至比政府部門還厲害，因為錢能移動一切，越想越覺得這真的很不恰當。

腦子還在亂七八糟的想著，導航開口，目的地就在右手邊。

想到了，為什麼剛剛呂昭邑說要問劉翰翔和蔡明言的事，李老師最後卻幾乎都在談蔡明言，還加上一句蔡明言不會主動傷害人。明明也沒有特別提到蔡明言有涉案嫌疑。他發生過什麼事嗎？

不過，現在得先放下剛剛的對話，專心面對接下來的事，要面對自己不想面對的人，並且從對方身上拿到自己想要的，雖然很不想跟這樣的人打交道，但，這也是工作的一部分。

比較不喜歡的那部分。

*

對方約在科技園區邊緣，想到待會要是遇到下班車潮，就覺得很不舒服。

但更讓人不舒服的是，來約的人。

簡律師。

實在無法隨意婉拒，畢竟對方說有重要的事要談。也許跟案子本身有關。至少得聽對方說看看，否則依對方的習慣，應該會直接找檢察長講了，自己反而失去後面行動的主導權。

這間葡萄酒吧開在科技園區，周遭都是上市大企業，也有許多科技新貴在附近工作，大概這就是選址的原因吧。自己平常是不會去這種地方，而且還是白天，雖然也不是說白天就不能喝酒，只是覺得，白天就開始喝酒的人有一種超乎尋常的餘裕。也許，簡律師就是這樣的人。

走在人行道上，發現路上的車開始增多了，聽說有些公司為了避免上下班通勤車潮，會採取彈性上下班時間，四點多就能讓員工下班。聽來很好。但也表示許多員工可能早上六點多就會出門了。那他們的孩子呢，得幾點去學校？

酒吧裡光線不亮，照明設計很靈巧，有種特殊的平靜感，成排木質直達天花板的巨大結構裡，一支支酒瓶平躺著，只露出圓形的頸部，讓人聯想到膠囊旅館裡沉沉睡的人們。

呂昭邑從室外進來，還得讓瞳孔稍稍適應一下，環視一圈，沒看到有坐著的客人，心想，會不會自已早到了。

吧臺後的整面牆都是酒瓶，底下的間接照明映照出一位三十多歲的女子，走近一問，女子抬起冷漠的臉，茫然地望著他，好像在思索什麼，突然手一抬，指向店內深處。

看過去，靠著窗有幾個座位，但座位依然空無一人。他只好走過去，一路到底，發現窗外是個庭園，綠意盎然，透過巨大葉片與葉片的間隙，隱約有個人影。他這才看到落地窗旁有個門，於是走入寬大的庭園，那背影轉頭，是簡律師。

「來啦？請坐。」

簡律師一身昂貴西裝、翹著二郎腿，桌上幾個高腳杯、水杯、一盒雪茄、一個立式打火機，一個冰桶蓋著白布立在座位旁。他自在地左手掌一攤，示意呂昭邑坐下，右手夾著支雪茄，邊緣焦黑還有些灰白，應該是抽了好一陣子。

「氣泡水，可以嗎？」

呂昭邑點頭，簡律師伸出左手從桌上拿起那瓶綠色玻璃瓶，銀色袖扣反光，閃到了呂昭邑的眼睛。

「你們現在上班都可以穿T恤啊？」簡律師把雪茄往口中放，深吸一口，尾端冒出些紅光，又慢慢消退，棕色的雪茄像支木頭。

「找我什麼事？」

「這麼急？白酒可以嗎？」簡律師指了下桌上的白酒瓶。

「我開車。」

「沒關係，等等叫代駕，我也可以請司機送你回去。」

「不用麻煩，與其那樣，方便幫我個忙嗎？」

「什麼忙你說，我一定盡量幫。」簡律師露出有興趣的眼神，或者說，充滿企圖的眼神。

「可以幫忙一下，有什麼事快點說嗎？我很忙。」呂昭邑實在忍不住，面對這種人真的會捺不住性子。

「噢，你們地檢確實很忙，不過，難得休息一下，放輕鬆點嘛。」簡律師把雪茄在桌子中央一個裝著咖啡渣的圓盤內彈了兩下，雪茄上的煙灰落下。

呂昭邑沒有回話。也許自己在對方眼裡，也只是煙灰。不，說不定，只算是承接煙灰的咖啡渣。

「有人不希望你們出手。」簡律師輕描淡寫地開口。

「這是重點案件。」呂昭邑馬上嗆回去。

「被害人家屬有什麼要求嗎？有找過你們嗎？」

「有。」呂昭邑回答的同時心想，該不會他們已經找過孫文武了？

「他有說什麼嗎？」

「我不方便透露。」呂昭邑實在懶得再多說。

簡律師冷笑，看著手上的雪茄，「你可能不太清楚對方的狀況，他們雙方都不會想要高調，所以想請你幫忙。」

「我不知道我可以幫什麼忙。」

「或者，反過來說，你需要他們幫什麼忙，也可以想一下。」

「我不需要。」

「我記得你不是臺北人噢。」簡律師看向呂昭邑，眼神饒有深意，緩緩地說：「出門在外，都會需要幫忙的。」

呂昭邑沒回答。真討厭這種前輩。

明明本來不認識，可能這週才開始調查呂昭邑的背景，偏偏要用「記得」這種字眼，好像跟他很熟一樣，這種老一輩的人，不知道為什麼，都要耍這種語言上的心機，以為裝熟就可以怎樣嗎？不知道這聽起來有多荒謬？

簡律師看向庭園裡翠綠的草地間幾株往上拔揚的樹，「你知道白蟻嗎？」

呂昭邑知道對方其實並沒有要他回答的意思，就也不開口。

「白蟻是種強大的集團，由蟻后率領，裡頭分為工蟻和兵蟻，可以散布極大的範圍，潛藏在許多人家中，也許你看不見，但其實每個房子裡都是，他們會決定要不要讓你知道。」

「我討厭蟲。」呂昭邑回的同時，看著桌上被光線穿透的水杯，在桌面發出虹彩，範圍很小，但看得到。

「比起討厭，你應該要怕才對。蟲的數量很驚人，他們的執行力更驚人，沒有任何遲疑，不帶感情、更沒有恐懼，靠的是化學物質散發的氣味，只要蟻后一下令，瞬間就會一湧而上，改變那個地方所有的樣貌。」簡律師說話時，臉上的法令紋會跟著抖動，某些人應該會覺得那是種權威，「許多人以為白蟻吃木頭，其實不太精確，是工蟻把木頭咬回去，由蟻后消化後，再餵養他們，所以他們都是靠蟻后在活的，完全聽命行事，沒有個體意志。每塊土地都有白蟻。」

簡律師隨手拿起桌上的打火機，一按壓，藍色的火光噴射而出，他好整以暇地將雪茄靠近，旋轉，讓邊緣均勻受熱。呂昭邑不知為何有種聯想，這是哪個案子的受害者呢？被簡律師纖細不曾勞動的手玩弄在股掌間，身不由己，被火焰炙燒，卻又無法擺脫。

「我想要伸張正義。」呂昭邑話剛出口就後悔了，在對方世故老練的眼中，應該只是一句幼稚的宣言而已。

簡律師笑而不答，那笑，淡淡的，有種輕蔑。

「我記得簡律師當過法官。」呂昭邑想反擊，刻意點出簡律師的過往經歷。

「所以呢？」

「我相信你對正義一定也曾有憧憬。」

「誰的正義？正義是種相對概念，對個體的正義，和對群體的正義未必一致。」

呂昭邑有點聽不下去，直接嗆：「所以說，簡律師是兵蟻嗎？」

「我？你搞錯了，我跟你講白蟻的事，跟我一點關係都沒有，我頂多只是個在旁邊觀察的生態學家。」

「生態學家？」呂昭邑搞不懂簡律師講這些屁話是為了什麼，想故弄玄虛嗎？

「而且，你知道兵蟻是會發出聲音的，整片一起會產生共鳴，轟轟轟，很嚇人的。」簡律師又開始自顧自的分享生態小知識。

「所以，講完了？」呂昭邑的語氣毫不客氣。

「看你有沒有什麼想說的啊。」簡律師拿起白酒，微微轉動手腕，那金色剔透的液體閃爍著光芒，彷彿毫不掩飾炫耀的氣息。

呂昭邑深吸一口氣，要講這種垃圾話誰不會，跟在打籃球一樣。

「我朋友的老家出現白蟻，請了業者來處理。結果業者說有兩種方案，一種是噴藥，這個立刻見效，白蟻就會死掉，沒死的會跑掉，但跑掉的可能會再回來，應該說回來的機率很高很高，也就是失敗的機率很高。另一種是給工蟻食物，讓它帶回去蟻巢給蟻后吃。」

簡律師臉上的顏色變化很快，瞬間漲紅，是因為酒精的關係嗎？

「然後呢？」簡律師聲音裡透出怒氣，眼神裡有火。

「然後，蟻后死了，整個蟻巢就會瓦解了。」呂昭邑講完後，立刻起身，轉身的同時，突然覺得口很乾，喉嚨很緊，很想喝桌上那杯冰涼的氣泡水。

但不行。

自己得是個能忍住誘惑的滅蟻人。

7

媒體對地檢署的報導只維持了兩三天就失去熱度，彷彿不曾發生。這一週，尋常的開會、出庭，一切無事，呂昭邑感到一種平靜。但自己知道，平靜是假象。

一種規律底下的焦躁，因為每個丟出去的線，都還沒有確切回應，只能繼續處理文書工作，把每個該結的案子趕快結一結。每個月新收案約七十到八十件，意思是一個月平均有八十個案件要結，否則就會不斷累積。每個檢察官手上大概都有一百多到兩百個案子，雖然許多是小案子，可是起訴書、不起訴書仍得清楚載明理由，每件都得認真做，畢竟都是人家的人生，不可怠慢。

只是，有時覺得自己花在寫作文的時間，比調查案子的時間多，這應該也是許多公機關的問題吧，每件事都需要文書作業，而文書作業在組織越來越龐雜時，工作量甚至會大過這組織原本設立的主要目的。

這就叫作沒效率吧。呂昭邑哀怨地想著，但只能加快手上的動作，因為沒效率，所以要更有效率。

又完成兩件後，呂昭邑轉動脖子，想著要不要聽一首搖滾樂，舒緩一下煩躁的心情，拿出手機，才發現之前開庭關機後，回來辦公室都還沒開機。一開機，發現林檢事官打了六通電話。

「什麼事？」

「呃……沒有，檢察官剛剛去開庭嗎？」林檢事官聽起來有點慌張。

「對，怎麼了？你找我？那怎麼不打辦公室電話。」

「我在查那個長照機構，很奇怪，它在臺灣營業，但登記的竟然是海外的控股公司，那個金流也有點複雜，感覺裡面有些文章。」

「這樣啊，辛苦你了，你休假怎麼不休息？」

「嗯，我在家找資料，不然小孩去上學，我也沒事做，嗯……」林檢事官又遲疑了一下，「另外有件事，不過……見面談比較好，檢察官週一早上會進辦公室嗎？」

「會啊，不然到時見面討論。」

「好，你在外面要多小心。」林檢事官補上了一句。

非常奇怪。

從來沒聽過林檢事官用這語氣說話，還提醒呂昭邑要小心。不過，這陣子，真的很不一般，連機器人般的林檢事官似乎都出現設定問題了。

到底怎麼回事，有種山雨欲來的感覺，卻又不知道那烏雲在哪裡。

呂昭邑突然想到，林檢事官這麼急著找他，為什麼在通上電話時又不直接說清楚？

除非，電話裡講不清楚。

呂昭邑有個衝動，想直接打去問林檢事官，到底什麼事不能趕快講清楚，手機都拿起來了，突然想到，不能在電話裡講清楚，會不會是另一種可能，不能講太清楚？怕有人在聽？

呂昭邑心裡有個警鈴在響，難道林檢事官又遇到什麼騷擾了？上次他也緊張的直接跑到呂昭邑住的地方，這次又遇到什麼事，逼得他一直打電話。

會是恐慌症發作嗎？上次讀到一篇報導，講說現代人在長期壓力下，很容易有恐慌症，只要發生過一次，就很容易再被不同事件觸發，上次林檢事官滿頭亂髮站在門口的樣子，在腦中鮮明的浮現，若是這樣，要用什麼方式鼓勵對方去尋求專業幫助呢？

還是叫林檢事官去找李老師？去拜訪李老師前，他做過簡單的背景調查，發現她有諮商心理師的專業執照，說不定那溫暖厚實的聲音，可以給林檢事官一些幫助。

不，這想法太瞎了，怎麼可以讓法務人員去找案件關係人諮商。不過，李老師應該不算案件關係人，她並沒有牽扯進這案子才是。

離開辦公室時，只覺得自己的頸肩酸痛到快斷掉，一種強烈的靈魂出竅感。

看了一眼窗外的盆栽，夜裡頭，葉片不再翠綠，比較像是深黑色。

對了，上次因為幫盆栽澆水想到的可能性，刑警也還沒有進一步的消息回報，可能人力不足吧。

呂昭邑決定下週再問看看，不要在週五下班前問對方，這樣有種逼人家加班的意味。這個週末就好好休息，什麼都不想，在家彈電吉他就好。

呂昭邑正要關上辦公室的燈離開，突然手機響起，瞄了一眼，是個陌生電話。

「喂，請問呂檢察官嗎？」是個溫柔女聲。

「請問您哪裡找？」這是標準的回應方式，得先了解對方是誰。

「我是民興國中的輔導老師李懷瑾。」

呂昭邑好像又聽到那長髮女子溫柔的說「你也是人家的孩子」的聲音。奇怪，明明之前不想多談，怎麼突然打來？

呂昭邑盡量專業冷靜地開口：「李老師妳好，我是呂昭邑。」

「呂檢察官，你現在有空嗎？」李老師的聲音有點急切。

「有，怎麼了？」

「那你方便來接我嗎？」

突然聽到年輕女子這樣說感覺有點怪，雖然是週末，但呂昭邑很清楚絕不會是那種浪漫邀約。

他打斷胡思亂想，認真回答：「好，妳在哪？」

「我就在你們地檢署門口，法警說要有人下來帶。」

「好，等我一下。」

果然，不是，自己都快笑出來了，不過到底是什麼事呢？

*

呂昭邑準備沖咖啡，李老師坐在會客用的椅上，朝室內環看一圈，應該是在觀察環境。

李老師突然對著呂昭邑沖咖啡的背影開口：「你們為什麼要這樣針對孩子？」

「他們不是孩子，他們成年了。」

呂昭邑想提醒李老師，這案子已經不是可以用少年犯的方式處理了。

李老師聲音明顯地更高了，「你知道拜倫有多討厭他爸爸的錢嗎？他真的被那些錢給害慘了。」

呂昭邑沒有回答，繼續手上的動作，緩緩轉動著咖啡壺，讓水流注入。

李老師有點激動，「拜倫真的很可憐。」

呂昭邑點頭表示理解，把咖啡壺端起，帶了兩個咖啡杯，走向沙發區。

「他爸那年來找他和他媽媽，一開始對拜倫來說，生命似乎有了個男性角色可以依靠，結果他爸處理得很差，只是想要把他接回去家裡，沒有考慮到拜倫的交友圈。」

呂昭邑看著眼前的李老師，自己端起了咖啡，示意可以喝，但看來對方完全沒有意識到。

「你知道他被他爸壓迫得多厲害，真的快喘不過氣來，他爸要他放棄打棒球，把時間拿來補習功課，要他學英語，要他各科都滿分，因為目標是要培養他成為醫生，你有聽過這麼誇張的爸爸嗎？過去十幾年不相聞問，一見面卻只會情緒勒索，還對他的個人氣質有很大意見，要他講話要大聲，對人要霸氣，什麼霸氣，這是什麼落伍的暴發戶想法！」

呂昭邑喝著咖啡，想起那個纖細的孩子，幾乎完美的細緻五官。

李老師看起來如此激動，顯然很在乎拜倫，「他那時在學校被霸凌，整張桌子被用立可白寫滿娘娘腔，學長會在走廊上嘲笑他，有人還從後面推他，問說是誰，附近的人都說不知道、沒看到，趁他上廁所潑水，說是不小心的，他爸給的建議，居然是去揍對方。」

「他不是有打棒球，應該可以保護自己啊？」呂昭邑小心翼翼的問。

李老師不以為然的回：「就是棒球隊的同學先起的鬨，那種過份強調雄性特質的環境，對一個孩子造成了多大傷害，你知道嗎？」李老師美麗的大眼睛內滿是擔心，「他的桌子被同學畫滿了罵他的話，還有那種私下的惡毒耳語，你很難想像孩子們殘忍起來有多可怕，拜倫難以承受，壓力大到自殘，甚至差點從學校走廊跳下去，當時連我們處理的張力都很大。」李老師講完，似乎一陣口乾，終於拿起咖啡喝了一口。

「你們有找蔡同學的媽媽談嗎？」呂昭邑追問。

「有啊，但他媽媽看起來也只能聽他爸的。最糟糕的是，他爸的處理方式，竟然是找一些兄弟來學校，釀成很大的風波，搞到後來，拜倫也只好轉學，稱了他爸不讓他打棒球的意。」李老師的眼睛充滿怒氣。

「原來有這段過去。」呂昭邑喟嘆。

「那孩子很不容易，從極貧到極富，本來就需要調適，加上青春期的自我性傾向理解，周遭的壓力，都影響了他性格的塑造，請你能夠理解，多多體諒他。」李老師的聲音清淡但有力量。

「我們還是得如實調查。」呂昭邑說這句話的意思，是不希望對方有錯誤的幻想。自己也該畫下一道界線。

「我知道，但就像你上次說的，應該去探究事件的核心，我不知道拜倫現在出了什麼事，也沒有要你放過拜倫，只是請你務必把這些背景考慮進去。」李老師說完就起身，似乎準備離開。

「我知道了。」呂昭邑點點頭。

「謝謝你的咖啡。希望你對待人跟你對待咖啡一樣細膩。」李老師留下一句話，餘韻跟咖啡的香氣一樣留在空間裡。

＊

李老師離開後，呂昭邑到茶水間清洗著咖啡用具，心裡仍舊想著李老師的話，手機突然響起，趕緊擦乾手，是警察局謝組長打電話過來。

「住了一週才出院？」呂昭邑興奮地對手機說。

這通電話確定了呂昭邑之前的猜想，才半天時間就查到了，非常有效率，因為有明確的時間和該問的對象。

「好，謝謝，辛苦了。」呂昭邑掛上電話，握緊拳頭，總算有些方向了。這下幾乎可以確認嫌疑犯的身分，雖然還不知道動機，但已值得安慰自己。

興奮之後，他開始苦惱是不是要往上報，想到主任囑咐他直接回報檢察長，他端著那一堆咖啡器具走回到辦公室，撥了桌機。

「喂，我是呂昭邑，請問檢察長在嗎？」

祕書回：「檢察長今天下午到法務部開會，需要留言嗎？或者檢察官要撥他手機？」

呂昭邑看了看手錶，已經過了下班時間，於是回答：「噢，沒關係，那我週一再跟他報告好了。」

關上燈，下週要開始忙了。

8

走進地檢署時，每個人都看著他。只有眼睛，無法分辨那些臉孔。

長廊變得很長，越走越暗，一下子，找不到自己的辦公室，只好繼續往前走。一直走，一直走，腳步聲，是自己的，但走到後來，卻覺得似乎有別的腳步聲，疊合在一起。

於是，越走越快，越走越快。但也越走越黑，越走越黑。

奇怪的夢。

夜裡，醒來，天空是黑的。口乾舌燥，起身下床喝水。時鐘是四點多，看著窗外，天空是濃厚的藍黑色。

乾脆不要再回去睡了。今天得去上班呀。

盥洗完，按下熱水壺的圓形鍵，調好溫度，訂在攝氏九十四度，咖啡豆是尼加拉瓜米耶瑞義家族檸檬樹莊園的花語水洗處理，有時候覺得這落落長的字很囉唆，但又覺得這不就是一個人的出身嗎？似乎每個字都有意義，每個字都決定這豆子展露的模樣。

電鈴響的時候，他正在拿磅秤。週一早上五點多，一定有事。

只是，是什麼事。

沒想到，是自己有事。

速度很快，幾乎跟平常他工作一樣快。

門一開，都是沒見過的人，沒有多餘對話，應該是標準作業程序。他被帶到屋外，有些鄰居聽到聲響探頭出來看，他跟帶隊的講了兩句，就被帶到車上。因為他不想一直被看。

原來，是這種感覺，未審先判。

他心想，自己做錯了什麼？

不，一定是做對了什麼，才會有這些狀況。

那，是哪一個呢？是哪一個動作，觸發了這一切？

他坐在車子後座，駕駛座坐著一個一言不發的調查官，車內的沉默令人難受，但也因此讓他可以好好思考。

要怎麼解釋眼前的事件，沒有確切證據他們是不會動手的，但他們是哪來的證據？要找律師嗎？找誰呢？

如果理性評估，當然要找簡律師，業界沒有人比他更熟悉檢察事務和刑事攻防了，找他的話，至少立於不敗之地。可是從情感的角度，怎麼可能找簡律師，那不是一種諷刺嗎？

而且說不定，這一切都是簡律師搞的。

前座門突然打開，聲音洩了進來，是早晨的鳥叫聲，是那種起床後高興的雀躍嗎？在這住了一陣子了，從沒仔細聽過早晨的鳥叫，沒想到是在這種情況下聽到。

一個平頭中年男子縮著身子進來，坐上副駕，跟駕駛座的點個頭後轉向後座說：「呂檢察官，我們現在要麻煩你協助進一步的調查。」

車外的鳥叫聲，聽起來好自由，聽起來好遙遠。

＊

「就像之前所說的，要麻煩呂檢座來協助我們調查。」空無一物的小房間裡，只有一張桌子，平頭男的華語有些腔調，臉上掛著淡淡意味不明的微笑，平頭裡參雜了不少白髮。

呂昭邑不發一語，靜靜看著桌子對面的中年男子。

「您知道為什麼我們要麻煩您來嗎？」平頭男子的語調有著刻意的客氣。

呂昭邑搖頭，一次。

「主要針對您的戶頭有五十萬元的匯款，想麻煩您提出解釋。」

五十萬，怎麼來的？而且是誰通報的？為什麼會通報？

平頭男子應該看出呂昭邑心裡的疑惑，「銀行依照洗錢防制法主動通報。」接著又問：「您方便說明這筆錢怎麼來的嗎？」

呂昭邑搖頭，一次。

「是不願意說，還是不知道？」

呂昭邑搖頭，再一次。

「你要行使緘默權嗎？」平頭男原本愛笑不笑的臉突然換成嚴厲神情，髮梢好像遇到靜電，豎了起來。

您變成了你，語氣也變了。

呂昭邑搖頭，再一次。

平頭男臉上又快速冒出笑容，語氣變和緩，「您如果可以協助說明，我們可以更快讓您回去，不好意思，這麼早打擾，但這也是我們的標準程序啦，請多包涵。」

小時候讀過的「涎著臉」，應該就是這個意思吧。

呂昭邑搖頭，再一次。

「您也知道，我們很少對檢察體系的長官請求協助，實在要請您大大包涵，大大協助，請您給我們一些指示，麻煩了。」

呂昭邑搖頭，再一次。

有一個心理學上的做法，就是靜默不說話，對方會因為不如他原本的預期，拚命想填補話與話之間的空檔，因此透露出更多訊息。但眼前桌子的另一方，一定也受過這樣的訓練，所以可以看成對方現在說的每一句話，應該都是沙盤推演過，可以讓他知道的資訊。

無論如何，目前還是應該保持緘默，因為自己現在就是那個需要資訊的一方，自己說的每一句話，都有可能對自己不利。

平頭男停了一下，笑說：「其實五十萬也不多，就當代社會也只是筆小錢，想買什麼也買不到，呂檢座也不必太擔心，就跟我們分享一下這個來源就好了。」

這種說法，自己並不陌生，就是把那罪行的金額以輕描淡寫的方式描述，讓對方不自覺的放下戒心，甚至，因此在不經心的狀況下承認罪行。可是無論金額大小，公務員都不該有不恰當的收入啊。就算只是一塊錢，都是貪汙。

呂昭邑搖頭，再一次。

「這樣說好啦，我想這應該只是一場誤會，只要說明一下就好了，我也很想趕快回家，您趕快說一說。」平頭男刻意地打了個哈欠。

如果對方預設的看法只是誤會，就不用大費周章派那麼多人，一大清早直接到家裡來。而且這句話透露了對方應該一整晚沒睡，都在討論該如何進行，那更不可能輕易放過自己了。

對方一定是見獵心喜，以為可以辦到檢察官，會上媒體版面，把這當作十年難得一見的大案。換句話說，對方一定有一些自認很穩固的證據還沒提出，就如同底牌一樣，不會掀開，一直在問這筆錢的來源，會不會是因為他們掌握了其他消息，想讓呂昭邑自己說出口，好強化犯罪事實。

那些講出的話，會反過來抓住他。

呂昭邑彷彿看到對面是隻蜘蛛，正在蜘蛛網上望著他，好整以暇的等著被困住的他犯錯。

呂昭邑搖頭，再一次。

「這真的是件小事，您要喝咖啡嗎？聽說您喜歡咖啡，我有叫人準備了，奇怪，怎麼這麼久，不好意思，我們同仁動作慢，實在是怠慢了您，不好意思呀，您先跟我說明，我叫他們馬上給您送咖啡來好不好？」

這應該也是充分研究過的，他們知道呂昭邑有喝咖啡的習慣。有喝咖啡的人通常早上起來都會有個儀式，在手沖咖啡後，開始一天的生活，也許跟那咖啡因的攝取有關，也許跟每天的行為模式有關，無論如何，當這個行為被打斷，又被放置在一個陌生的環境時，就會渴望恢復這個平常習慣的行為，好讓自己增加一點點安全感，好讓自己在未知的狀態裡，可以抓到一個原本生活裡的東西，就好像在水裡載浮載沉、不知何時要滅頂的人，就算只是一根稻草，都會願意付出任何代價去抓住，就很容易瓦解心防。

好想喝咖啡呀。

但，不行。

呂昭邑搖頭，再一次。

門打開，一個大約三十歲的女子面無表情地走入，留著簡潔短髮，白色襯衫、黑色的俐落褲裝，拿著托盤上有一個透明的咖啡壺，兩個咖啡杯。

平頭男看向年輕女子，碰地一聲桌子一拍，站了起來，劈頭就碎念：「搞什麼，泡個咖啡這麼久，不知道我們檢座在等嗎？莫名其妙！」誇張的動作、巨大的聲量，彷彿在演舞臺劇，怕後排觀眾看不到。

年輕女子面無表情地站著，手上拿著托盤，即使平頭男的聲音那麼大，威嚇的模樣也頗嚇人，但年輕女子身子一動也不動，似乎不被影響，甚至有種輕鬆感。

「好啦，出去啦，連個小事都辦不好。」平頭男口氣很不耐煩。

年輕女子對平頭男點個頭，把托盤放到桌上，看了看呂昭邑，點點頭，轉身出去。

平頭男又對呂昭邑冒出巨大且刻意的笑容，拿起咖啡壺，往杯子裡倒咖啡，「來，呂檢，您邊喝咖啡邊聊，不要客氣，我們年輕人不懂事，但對豆子蠻講究的，所以動作慢了點，您包涵……」

呂昭邑搖頭，再一次。

咖啡香氣立刻充滿整個房間，被平頭男放下的咖啡壺是日本HARIO的，從簡潔透明的壺身，可以看到裡頭的咖啡色澤極美，有人以紅酒形容那顏色，白色、寬平口的咖啡杯，也映襯了裡頭的咖啡。

假如把這些都當作道具，就可以理解。

透明，是為了讓呂昭邑看見，看見那裡面的咖啡，好在視覺上吸引他。

寬口，是為了讓咖啡的香氣，更快速地散發出來，好在嗅覺上吸引他。

而且，使用器具的講究，也是要確保呂昭邑可以意識到，這會是一壺精品莊園咖啡。

「來，這杯給您。」平頭男把咖啡杯擺在他面前，氣味直衝他的鼻頭。

光那散發的味道就讓他的唾液開始分泌了，口腔似乎也已經準備好接受那長久下來已被習慣的酸苦帶出的甘甜味。

呂昭邑搖頭，再一次。第十次。

可以了。

讓對方理解自己不是處在完全驚慌的狀態，用拒絕回答的方式，有可能讓對方原本的準備稍稍被擾亂，並且創造一個似乎無法從他這邊得到資訊的印象。

不合作，不是為了拖延時間，而是打亂對手節奏。但對方可能也早有預期，所以招式也不能用老，否則也可能形成一種負面的心證，認定自己有犯罪事實。

不合作，要呈現的不是不畏罪而已，而是不接受這樣的指控。讓對手清楚自己的態度，有時候也是攻防的重點。接著，是要套出更多資訊來，但這也只是一個期待，遇上老手，很多時候也只能臨機應變，不能期待對方露出破綻。現在的資訊實在太不足，完全無法反擊，只能繼續捺著性子，尋求更多情報。

倒是昨天林檢事官欲言又止的，就是這件事嗎？他是不是聽到什麼風聲？可惜，慢了一步，不，應該已經慢了很多步。現在也不可能聯絡他了。只好靠自己了。

好，開始了。

「我想請教你，你們怎麼收到這案子的？」呂昭邑緩緩地開口，手指在咖啡杯的耳朵上來回摸著。

「我不方便透露，而且現在是我們請你協助調查，怎麼變你問我們問題？」平頭男語氣不是很客氣。

「我確實想要協助你們調查，所以才會提醒你們思考看看。」呂昭邑射出凌厲的目光。

「那檢座有什麼指教嗎？」平頭男語氣裡仍透著點高姿態。

「我想先弄清楚一些基本資訊，比較好下判斷。」

「判斷可以由我們這邊下。」平頭男志得意滿的回答。

「沒問題，我想請教關於我的帳戶問題，確定有五十萬轉入嗎？」

平頭男拿出一張銀行對帳單，遞給呂昭邑，「你看看，是不是你的？」

呂昭邑看了一下，是自己幾乎沒在用的銀行戶頭，應該是學生時期爸媽幫忙開立的，後來也沒留意，裡面就只有一千多元，後面突然多了個五十萬的匯款。

確實是自己的戶頭沒錯，只是，怎麼會有這筆錢？

「現在知道匯款的帳戶是誰的嗎？」呂昭邑發問。

「這不就是我們要請教你的嗎？」平頭男不客氣地回。

呂昭邑不發一語。對方一定知道，至少有留一手，不可能不曉得，卻發動這一切。

「那我方便請教，你們有什麼情資，讓你們這樣大費周章？」

「這我同樣不方便透露。」平頭男果然還是久經江湖，聲音立刻恢復平緩。

看著對帳單上頭的日期，突然，呂昭邑想到幾個月前讀到的事。但有點不懂，這是為了什麼。

他看向平頭男，對方沒有察覺到這嗎？

那表示他是共謀，或只是見獵心喜呢？

＊

中間休息時間，給了一個便當。

隨手扒了幾口，但其實沒什麼食慾。接著會被送到地檢署嗎？大概不會是自己任職的地檢署，這是慣例，避免同事情誼的干擾。

現在的問題是，誰把錢匯給自己的。

不，與其去證明自己沒有收賄，也許去證明這是一個構陷，是一個錯誤的檢舉，會比較容易。是嗎？

那個便當被送進來，配一罐礦泉水。

便當應該有特別用心挑，不會太糟糕，沒有那種油餿味，只是，就也只是如此，稱不上多美味營養均衡。是那個之前沖咖啡被罵的年輕女子一言不發的送來便當，點個頭就出去了。

「檢察官，您用過餐了噢？」

平頭男聲音從後面傳來，這傢伙，連進出門都沒什麼聲息，實在是個有點詭異的傢伙。

「就像我之前說的，這一定是個誤會，我們也只是想聽聽看這邊的說法。」

也許重複是種美德，在某些調查人員心中。

「如果可以，我也不想管這件事，誰會想要問檢察官啊，擺明吃力不討好，但這是工作啊，我也只是個工作的人。」平頭男語氣有了變化，跟剛剛盛氣凌人明顯不同。

呂昭邑之前沒有回應，因為沉默是資訊最好的朋友，當你沉默，你需要的資訊會從別人嘴裡冒出來。但現在不能再沉默了，因為自己有事要做，不能被困在這裡。

攻擊發起前，應該安靜無聲。

但攻擊發起時，最好一次奏效，並戛然而止，才能在對手面前創造最好的效果。

呂昭邑緩緩地說：「一般來說，洗錢防制法要求銀行在五十萬元以上要通報主管機關，應該在交易完成後五個營業日申報。金融機構對疑似洗錢交易之申報，應自發現疑似洗錢交易之日起十個營業日內，填具申報書，由總行主管單位簽報副總經理或相當職位人員核定後，立即向法務部調查局申報。」

呂昭邑閉上眼，把印象中的條文念出來，也許有些字眼不精準，但意思應該沒錯。

「所以呢？」平頭男有些疑惑。

呂昭邑閉著眼，腦中再確認一次，平頭男是對方的幫手，還是被利用的公務員？把這兩個不同的情境走了一輪後，結論是，對於自己接著要做的事，沒有影響。把發現到的小疑問拋出去，不管對方是哪一種魚，吃了對自己都只有好處。

沒關係，把餌拋出去，然後，看會怎樣。

呂昭邑眼睛睜開，盯住對方。「五十萬這數字這麼巧合，感覺很熟洗錢防制法呢。」

平頭男看到呂昭邑銳利的眼神，迴避了。臉上嚴峻的線條緩緩塌了下來，一道道，彷彿垂下的布幔。

呂昭邑再等了一拍，才繼續開口：「請問，你有留意到時間嗎？」

「時間？」平頭男一臉問號。

「十個營業日內報請副總經理，這個匯款日期看來是三天前，也就是週五，我是不知道一般銀行的效率多高，居然假日還會加班，還立刻通報你們……」

聽到呂昭邑的話，平頭男臉上一陣哆嗦。

「你問我有什麼可以協助的，我自己的經驗，有時候案子來得太容易，我會有警報器響起。」呂昭邑眼睛直視平頭男。

平頭男垂下了頭。不，連那原本豎立的白髮似乎也頹倒了，原本熱烈的眼神緩緩失去了光芒。

「不好意思，我想起有件事要先去處理一下，謝謝檢察官。」

平頭男倏地起身，走出去的時候呼吸急促，腳步快到幾乎要跌倒。

*

過了一個小時、兩個小時，平頭男一直沒有回來。

倒是年輕女子又沖了一壺茶進來，說是阿里山的高山茶，呂昭邑嘗了一杯，味道很清香。

「今天很謝謝您來幫忙。」年輕女子邊說，邊繞到桌子這邊坐下，臉上依舊平靜，零表情。

「我什麼都沒幫。」呂昭邑把茶杯放下，兩隻手掌交叉，擺在桌上。

年輕女子突然擺出手部動作、臉部都很誇張的模樣，「不、不，您太客氣了，您給的指導，我們受益良多，我後面還有會議，不好意思，請人送您回去。」奇怪的是，她一股腦說完這段話後，又恢復平靜的表情。

也太詭異。呂昭邑驚訝地看著這年輕女子，不懂她是怎麼回事。

「剛學長叫我這樣跟你說的。」年輕女子嘴角露出一抹嘲諷的微笑。原來她是在模仿學長的嘴臉。

「那妳學長呢？」呂昭邑轉頭問。

「正在講電話，應該在挨長官念吧？學長剛從另個單位調過來，可能急著有表現，您多包涵。」年輕女子的聲線非常平穩，有點像午夜的廣播節目，「我有位同期今年遇過一個案子，你聽看看，我也只是舉例。有一個人的銀行戶頭被凍結了，他去查證，發現是房客給的租金的關係，原來那個房客轉帳用的帳戶被拿去當詐騙集團的人頭戶，依我們現在規定，問題帳戶轉出的金錢，流入的帳戶也要跟著被凍結，結果那個人就因為幾千元的租金戶頭被凍結，你不覺得很倒霉嗎？」

「所以，有人看到這新聞，想到可以拿來對我做文章？」呂昭邑有點納悶，表示這股勢力很有一套。

「我是這樣猜的，雖然沒把握。所以之前學長在問你話時，我去查了那個戶頭的主人，請那位小姐來。」

「小姐？」

「您知道林秀蓮嗎？」

呂昭邑感到疑惑。「我對這名字沒印象。」

「我想也是，麻煩你看一眼。」

年輕女子打開一直擱在一旁的筆記型電腦，螢幕上是個年輕女子的照片，應該只有二十幾歲吧，但臉上滿是生活的痕跡，不，也許該說是傷痕，眼角有些滄桑。

「三千元。」

「什麼？」

「她把她的銀行帳戶賣給人家，賣三千元。」年輕的調查官淡淡地說

這麼低的價錢？呂昭邑心想，也是個可憐人嗎？

「說她小孩剛出生，先生又失業在家，網路上有人問，她就賣了。」

呂昭邑心想，這樣的人，你又能跟她追究什麼呢？

「問她知不知道五十萬的事，她一聽眼睛都亮起來，說她要是有五十萬就好了。」

「妳的判斷是？」呂昭邑的意思是，這是實話還是謊話？

年輕女子點點頭，「應該是真的，確實，如果她有五十萬元，又何必賣戶頭？」

「那跟她買的人呢？找得到嗎？」呂昭邑追問。

「我們會努力，但現在銀行轉帳都免摺，所以她賣的也只是帳號密碼，對方可能都在網路上處理，我們後續會試著追看看。」

「好，麻煩你們。那我可以離開了嗎？」

「可以，檢座。」年輕女子又從身後拿出一個黑色袋子，從裡頭拿出呂昭邑的手機，「您的手機，辛苦了，不好意思，讓您來幫忙。」

呂昭邑在她面前把手機開機，一打開，馬上一堆未接來電、訊息湧入，都是林檢事官。

「對了，我問過銀行，他們說有通知過你。」調查官客氣的說。

呂昭邑想了一下，「好像有這件事，我那時在忙，以為是詐騙集團的電話。」他邊點開訊息看邊問，「另外，我有點納悶的是，誰給了妳學長這消息。」

「這我不方便透露。」年輕調查官臉上露出抱歉的表情。

呂昭邑起身，活動一下久坐而僵硬的筋骨。

「沒關係，這不是我現在最重要的事。」他望著這位年輕女子，「請問妳叫什麼名字？」

「林晏如。」

「林調查官，方便跟妳要個名片嗎？怕後續需要跟妳請教。」

「沒問題。」女子俐落地遞出名片，奇怪的是，沒看到她掏名片的動作，感覺是早就準備好了。

年輕女調查官開始整理桌上的文件，漫不經心地低聲說：「他說是他以前線人給的。」。

這年輕調查官不認同學長的做法，所以主動從別的方向切入，但她這種做法在這個組織裡，也許以後還是會面臨其他壓力，呂昭邑替她有點擔心，又有些期待。

呂昭邑很清楚，自己也是這樣。只是委屈求全，常常求不到全，只有委屈。面對不合理的做法甚至是打壓，一定得反彈回去，否則就永遠被壓在那裡，無法有改變的進展。

*

一進辦公室裡，林檢事官馬上過來，一臉擔憂地看著呂昭邑，「都還好嗎？」

「還好啦，應該是有誤會。」呂昭邑放下公事包。

「我之前有朋友跟我說，有人想處理你，但我追問是誰，就也沒有情資。」

呂昭邑在位置上坐下，整理桌上文件，「難怪你之前叫我要小心。」

「沒有啦，不好意思，沒有幫上忙。」

「謝謝你關心。」

「檢察長請你進辦公室後過去一趟。」

呂昭邑停下手上動作，抬頭。

比起剛剛調查的傢伙，呂昭邑還比較怕檢察長。

＊

檢察長一言不發，巨大的眼睛瞪視著，不，那已經該稱之為可怕的眼睛了。

那雙眼睛瞪著桌上的那個茶壺，呂昭邑感到幸運，自己不是那個被瞪的茶壺。那巨大的壓迫力，感覺再看下去，茶壺都要裂開了。

「你覺得是怎麼回事？」檢察長終於開口。

「可能是誤報。」

「誤報？」

「也可能是想拖住我。」呂昭邑簡短的回答，因為太多不確定因素，總不能直接說自己被構陷吧。

檢察長閉上如熊的大眼，似乎在思考。室內安靜得有點喘不過氣來。比那個調查站的偵訊室更令人難忍。

突然，檢察長睜開眼，好像要把什麼給吞下去。

「我跟你說，這件事你不要管，我會處理，就算你有多懷疑誰找你麻煩，都不要表現出來，尤其在簡律師面前，那種老狐狸最會借刀殺人了，千萬不要中他的計。你只要好好繼續調查手上的案子，其他別管，我一定會還你公道。」檢察長的聲音十分宏亮，像是在競技場上激勵選手。

呂昭邑安靜的點點頭，他不想檢察長那厚實的手掌放在他的肩膀上，趕緊起身，準備離開，沒想到，檢察長也跟著起身，根本就像是哥吉拉從大海中破出水面立起。

呂昭邑自然的往後退一步，但檢察長像是過去在賽場上擒住對手般，強壯的手臂瞬間伸出，在自己還沒意識到時，只覺得肩膀一個被手指收緊，以為下一刻就要被摔出了。

「加油！」檢察長捏了他肩膀兩下。

應該瘀青了吧，呂昭邑心想。

9

兩天後的早上五點五十四分，天微亮。

呂昭邑的手機傳來一個訊息，是檢察長發的：「國安局會派人找你，聽他怎麼說。」兩句話而已，可是時間點很耐人尋味，表示有人整晚沒睡。不過檢察長的意思很明顯，聽看看對方要什麼，別急著答應。

最近一大早都有事，而且都會變大事。

九點整，辦公室裡電話響，這麼準的整點。

「檢座，有位國安局的李先生來拜訪。」樓下門口的警察通報。

「請他上來，謝謝。」

水煮開時，門上正響起敲門聲，呂昭邑喊了請進後，把咖啡粉放入濾杯，音樂是〈Straight Ahead〉，肯尼·朵罕（Kenny Dorham）在一九九九年的演奏。

對方有著俐落的西裝頭，走進門時，動作也跟髮型一樣俐落，點點頭後坐下。眼神很堅定，看不出熬了一整夜，也許剛剛有補過眠吧。不像呂昭邑被訊息吵醒後就睡不著了。

遞出的名片，設計很簡單，只有名字和電話。黑色的宋體字，也跟一般公家機關不太一樣。

這個人應該是在編制外的工作人員吧。有種刻意的低調。

「來，這杯是果丁丁。」呂昭邑遞出咖啡。

「嗯？」對方剛毅的眉頭鎖了起來，似乎很困惑。

「不好意思，果丁丁是衣索比亞一個地方的合作社吧，耶加雪啡，淺焙的。」

「是，呂檢你好。」對方禮貌性地嘗了口咖啡就放下，「我是李啟洲，今天來是想跟你討論個案子。」

講起話來有點像學者，為什麼國安局的會來談案子，呂昭邑覺得自己的神經豎起來了。

「怎麼了？」

「你對你們手上的案子有多了解？」

又是這種以問題回答問題的，不知道為什麼，遇到這種特殊單位，都有這種裝神祕的習慣，可能很怕情報從自己這邊洩露出去，長期下來養成的說話方式。

不過，自己也確實沒有太多可以跟對方交換的，呂昭邑想了想，回：「不多。」

「不好意思，是這樣的，我們懷疑跟對岸有關。」

「怎麼說？」

對方停了一下，應該是在盤算要說出多少，「跟國家機密有關。」

看對方吞吞吐吐的很不乾脆，呂昭邑心想也許自己語氣可以稍稍強硬一點，也好幫對方把話說完。

「我當然知道跟國家安全有關，你來找我之前，應該已經考慮過有多少是可以討論的，不然你來幹嘛？」

「我們在監控的過程裡，發現幾個字眼。」

「然後呢？」自己會跟國安有關嗎？呂昭邑腦子拚命轉，眼下應該要從對方身上榨出資訊來，因此必須在沒有背景資料的狀態下保持一種高姿態，畢竟對方自己送上門，一定有求於他，只是到底是什麼。跟國安單位打交道，有時候滿累人的。

「我們發現目標對象提到地檢署。」對方講話的方式很像在課堂上，溫文儒雅。

呂昭邑沒有答腔。

讓對方自己說，可能是目前較好的對策，很多人說誠實為最上策，但在談判裡，沉默可能是最上策，對方會因為話語間的空缺，感受到壓力，自己想填補空缺而說出沒有預期的話來。

「你說的目標對象是誰？」

「因為是在網路上，我們還在了解身分。」

「看來你們資訊不多？」呂昭邑刻意在言語上刺激對方。

對方眼神沒有變化，絲毫沒有被激怒的跡象，情報單位的訓練真的很扎實。

「我們目前人力不足。」李啟洲說話時，臉上毫無惱意。

「能力不足嗎？」呂昭邑仍舊想激怒對方，因為目前得到的情報實在太少了。

「我們判斷有一個巨大的認知戰正在進行，有同仁建議，請求支援。」

「可是，你們這樣過來，我也不知道可以給你們什麼。」

「眼前狀況有點緊急，我們判斷目前只是前哨戰，但我們在國內人力不足。」

「這你剛才已經說過了。」呂昭邑打算再酸一次。

對方絲毫沒有情緒波動，微微一笑，「如果方便的話，請分享情資。」

情資好像是他們慣用的語言，這不重要，重要的是檢察長只叫呂昭邑聽，沒有給他其他權限。

「我們目前也沒有太多情資。」呂昭邑回了個軟釘子。

「能力不足嗎？」

「人力不足。」

「啊，跟我們一樣，彼此彼此。」對方臉上露出刻意的笑容。

「好了，檢察長叫我聽你說，但他沒叫我逼你說，也沒叫我要等你說。」呂昭邑刻意表現出不耐煩。

呂昭邑其實沒有心煩，但沒有得到新情報，很浪費，只好再施加壓力，而假裝不耐煩，是訊問技巧的一部分。其實自己不喜歡這種高來高去的對話方式的，簡直職業傷害。

「我們認為有個計畫正在發生。」李啟洲的聲調平穩。

「什麼計畫？」

「讓民心不穩，從而動搖社會民心。」

「方便一次把話說完嗎？我早上已經刷過牙了，不必再擠牙膏了。」

「原本我們已經要收線了，關鍵人物卻不見蹤影，我們內部檢討，可能有消息走漏，正在肅清，為了減少事態惡化，有同仁建議，尋求外部的腦袋。」

「大腦需要足夠資訊才能判斷。」

「是，這邊要麻煩檢座支援。」

對方態度突然變得恭敬，呂昭邑知道接著恐怕才是正題，低聲回了句：「請說。」

「我們懷疑之前的地檢炸彈案，跟共諜有關。」

結果是講爆炸案，呂昭邑一直以為是別的案子，可是，這應該有別人在處理呀，為什麼檢察長要對方找自己。

「怎麼說？」

「我們正要在間諜案有所突破，是個巨大的網絡，已經初步掌握金流方向，對方應該是感到有危險，因此把人給撤出，而這爆炸案的時間點過度巧合。」講到這，對方突然話鋒一轉，「不曉得關於認知戰，檢察官是不是熟悉？」

「認知戰？網軍？」

對方點點頭，「嚴格說來，網軍是個容易誤會的名詞。現況是許多表面上是個人網民，實則是操控的帳號，從事讓網路上的言論趨近激烈，進而分化。」

「這我大概知道。」

「過去從境外來的假訊息攻擊，在這幾年漸漸變得無效，人們會分辨不同的用語，因此他們改成在本地尋找協作者，資金則利用網路行銷公司做掩護，用大中華區的媒體預算方式自境外轉手洗白到人頭公司，再支付給下線。」

呂昭邑點頭，示意對方繼續講下去。

「尤其他們利用疫情，不斷散發假訊息，從疫苗消息到確診病例，到處點火，就是要讓社會人心惶惶，而且會收買使用的網路行銷公司，不只一家，影響很大。」

「為什麼？我的意思是，臺灣的網路行銷公司怎麼會願意做這種事？」呂昭邑有點驚訝。

「我們的了解是，近年廣告預算減少，轉向KOL，有些廣告公司就在預算縮減情況下無以為繼，賠錢的生意沒人做，殺頭的生意有人做。從境外供給方的角度來看，過去在政黨上的操作，可能因為在野黨的能力有限，效果不佳，他們於是改變投資對象，尋找專業的網路行銷人士，培養假帳號，創造駭人聽聞的文案。」

「文案？你是說，他們現在是用做廣告的方式，在做假訊息？」

「對，我們稱為在地協作者。他們發現，標題殺人比政黨的影響力大多了，而且臺灣人民目前普遍不信任政黨，對網路上的言論卻深信不疑。之前不是有打疫苗可以有磁力的新聞，我們後來請專家研究發現，那是在將近一年前馬來西亞當地的一個新聞，後來也被戳破，卻被資源再利用，製造成假新聞到臺灣，目的是減少臺灣施打疫苗意願，並創造長輩與年輕世代的鴻溝。」

「什麼意思？」

「我們研究發現他們的目的常常不是單一的，也就是說，他們會針對有爭議的議題，在兩邊都施加壓力，比方說施打疫苗，一定有意願較高以及帶著疑慮的兩方，他們會在兩邊都搧風點火，好增加族群衝突，打完疫苗後身體可以吸鐵湯匙的新聞，讓疫苗施打順序優先的老年人不敢打疫苗，更讓還無法接種的年輕人嘲笑老年人愚蠢，老年人再覺得年輕人沒禮貌沒教養，不敬老尊賢。」

「你的意思是，世代衝突才是他們的重點？」

「是的，臺灣社會目前貧富差距拉大，資源主要集中在少數人手上，而以年齡分布來看相對年長，當然這在各國也很普遍，但臺灣年輕人普遍低薪買不起房，藉由媒體渲染，就可以讓他們在心理上產生相對剝奪感，仇視富人的同時，也仇視長者。」

「可是這對境外勢力有什麼好處？」

「當你是一個完整的國家時比較難以攻擊，但當你內部分裂時，一變成二分之一，他就好處理了，更別提，這二分之一還要面對內部另一個二分之一的攻擊。」

「好，可是這跟我有什麼關係？你們把案子辦出來，我們再跟上起訴就好了啊。」呂昭邑不滿地問。

「現在的狀況比較複雜，他們已經快速變形，滲透到臺灣不同角落，像一開始說的，我們的人力不足，處理境外的情報工作時還可以負荷，但面對國內盤根錯節政商關係時，就會捉襟見肘，可是現在戰爭又幾乎都發生在網路，影響的對象都是我們國內的民眾，光你說的網路詐騙，其實背後也都有境外勢力的痕跡。」

呂昭邑聽到詐騙，就想起手邊案子巨大的工作量，「我手上最多的案子就是詐騙，叫年輕人當車手領錢，騙老年人，可是你說境外勢力有涉入，我就不確定了，你們有證據嗎？」

李先生粗厚的眉毛一挑，「我們發現，在地協作的網路行銷公司會幫忙設計詐騙話術，用作電話行銷的教育訓練詐騙集團，他們還會開 Brain Storming 會議，討論如何在騙術上推陳出新，之前假冒檢察官的那一套，就是他們想出來的。」

「可惡，搞到現在只要我們檢察署打電話去給民眾，說我們是地檢署，大家就馬上回，你詐騙集團噢？」呂昭邑對這狀況真的又好氣又好笑。

「是的，全世界也只有臺灣會發生這現象，不覺得奇怪嗎？世界上到處都有騙子，每個國家都得處理，為什麼只有臺灣會有詐騙集團假冒司法人員？其實就是為了增加民眾對司法體系的不信任感。」李啟洲可能說到口乾了，拿起咖啡喝了一口。

「對，民調顯示，對司法體系的不信任感高達百分之八十幾，這樣說來，說不定也是他們刻意搞出來的結果。」呂昭邑一股氣上來，當初當檢察官是為了正義，為了好名聲，否則比起律師的收入，檢察官可是差了許多。沒想到竟變成是種恥辱，想到就有氣。

「對方其實早就採取了整體戰的戰術，而我們各機關還在各自為政。」

「你分享了很多，但具體而言，在這案子上，你要我做什麼？」呂昭邑決定把話題拉回案子。

李啟洲放下咖啡杯，兩眼直視呂昭邑，慎重地說：「我們現在需要呂檢幫忙思考的是，為什麼他們挑上你？」

「挑上我?!」呂昭邑驚訝地問。

「你不是被舉報收賄，他們本來打算把這做成一個假訊息，甚至藉媒體搞大，成為新聞。」

「看！」呂昭邑忍不住咒罵出聲，原來自己是這樣被搞的。

「他們利用兩岸的金融詐騙集團，從一個人頭帳戶匯錢再去舉報你，然後打算散播，結果在散布前被我們阻止了。」

「可惡。」

「我們好奇的是，為什麼挑的是呂檢你，想跟你討論看看。」

「不好意思。」呂昭邑冷冷地回。

「什麼？」

「下次可以直接先講重點嗎？」

面對這位國安局官員如同學者般的溫吞說話方式，呂昭邑實在忍不住發火。

10

檢察長一看到呂昭邑，劈頭就問：「國安局的怎麼說？」

呂昭邑趕緊把李啟洲說的大略說明，幸好心裡有先做個簡略的重點整理，不然面對檢察長這種魄力十足的對象，一下子怕還說不完整。那天的討論也沒有結果，只認為可能是因為呂昭邑檢察官的身分，加上之前檢察長在炸彈案時要他發的貼文，成為媒體報導的寵兒，算是臺灣司法界的看板人物，因此被挑上。

呂昭邑還忍不住感嘆，境外勢力的財力真雄厚，竟然願意匯五十萬元。不過李啟洲說，這種錢就對方龐大的資源而言可能只是小錢，若是能起到動搖臺灣社會的效果，都算是花費便宜的戰術。

檢察長眼神銳利瞪視著，手上拿著抓力器快速按壓，發出那種金屬彈簧被擠壓的聲音，聽來很不舒服，那應該是在鍛鍊前臂的臂力吧，聽說還有人看過檢察長用手指把硬幣捏彎。

「所以他們的意思是，你被舉報收賄，也是境外敵對勢力搞的？」檢察長的聲音裡帶著些怒氣。

「他們目前判斷是這樣，只是不清楚為什麼是我。」

望著那痛苦呻吟的握力器，呂昭邑心想，落到檢察長手上的真是可憐。那個指力，過去是抓著對手衣襟猛力、加壓摔出的。

檢察長背後的牆上，一幅巨大的毛筆字寫著「山嵐」，字體飽滿厚實，氣勢磅礴，有種強烈的飛揚感。聽說檢察長剛到任時，這幅字被擺到牆上，曾經有人當面拍馬屁，硬是說檢察長雲淡風輕，不謀名利如同山嵐般。

結果，檢察長沒說什麼，只是笑笑。

後來有人去查，才知道是柔道的技法，日本的西鄉四郎以一招猛烈的「山嵐」，橫掃了高手雲集的日本警視廳武術大會，從此柔道成為日本警察的正式訓練項目，「講道館」更因此確立了現代柔道的開端。後來，小說家把西鄉四郎的故事寫成《姿三四郎》，大導演黑澤明跨入影壇的第一部電影就是《姿三四郎》。

這樣具有意義的「山嵐」，沒學過柔道的呂昭邑自然不清楚那是什麼，但講的人說，有如被風暴捲起，瞬間提到半空中，在莫名的恐怖中，重擊落地。

檢察長閉上眼思考，手一張一縮，金屬被嘎壓的聲音，嘎呀嘎呀地響著。呂昭邑就在這個規律響起的噪音裡，繼續將國安局來訪的大意講完，講到後來，還真有點習慣那節奏，彷彿是種聲調特殊的節拍器，帶動他回想會談內容，感覺很特別，類似催眠的感覺，一個固定的響聲，伴著你在一個情境中，持續著。

嘎呀，嘎呀，嘎呀，嘎呀。

突然，檢察長手上動作停住，聲音也戛然而止。

檢察長瞪大熊一般的眼睛說：「你可能被當作核心人物了。」

檢察長兩手掌交叉疊成個山狀，抵著自己的下巴，閉眼思考著，搭配著一旁牆上巨大粗黑的「山嵐」毛筆字，根本就是一幅形象照。

空氣凝結了，巨大的氣場。呂昭邑連動都無法動。

直到一則訊息傳來，呂昭邑手伸入口袋，拿起手機瞄了一眼。趁著檢察長閉眼的時候。彷彿突然想起，檢察長瞬間睜開眼說：「好。那你那案子查得怎麼樣了？」

「有個要釐清的方向，但很初步。」

「你現在有什麼想法？」

「我有一個之前的球路還沒用。」

「是什麼？」

呂昭邑把前一週要刑事組長去找到的資料，轉述給檢察長聽。

「我這週本來要處理，但被召去調查，因此延宕了。」

檢察長眼睛發亮，右手握拳用力打在左手掌，大聲喊：「好，我跟你講，這在柔道叫『一本』，你現在就叫他過來，我等不及要看他的表情，混蛋，抓到你了！」

看著檢察長那被巨大如壘球般的拳頭打中而發紅的手掌，呂昭邑十分慶幸自己不是那手掌。

*

「簡律師，我是請你的當事人來說明，不是找你。」呂昭邑緩緩地一個字一個字說。

「沒關係，你有什麼事，先跟我說也一樣，我是他的委任，拿人家錢，總要辦點事，不然不好意思。」簡律師的笑容很虛假，但充滿自信。

簡律師今天手上戴的是寶格麗今年的新款手錶，銀白色，輕薄搶眼的設計，呂昭邑上週在雜誌才看到整版廣告。沒想到這麼快就看到有人戴，記得要臺幣三十幾萬吧，那時看到那標價，呂昭邑還想，那不是一臺大型營業用的義大利烘豆機的價錢嗎？

「我們掌握了蔡明言先生涉入孫先生命案的證據。」呂昭邑刻意清淡地說。

簡律師臉上自信的笑容瞬間消失，嚴肅起來。「什麼證據？」

「我們發現蔡明言先生之前在醫院住院。」呂昭邑慢慢說。

簡律師收拾起笑容的臉上沒有表情，緩緩點點頭，「所以呢？」

「是這樣的。我那天用馬克杯替陽臺的花澆水時，因為有一株比較遠，所以我得用潑的，結果一不小心，就潑到我自己，衣服都濕了。」呂昭邑講到這，刻意停下來，觀察了一會簡律師的表情，再度開口：「所以我想到，對老人潑酸的人，很可能自己也會被化學藥劑給潑到而灼傷，於是請刑事組去查在老人遇害的時間點，各大醫院有沒有因為化學藥物燒灼傷的病患紀錄，結果發現，與蔡明言先生住院的時間點相吻合。」

簡律師皺著眉，「了解，我會請我的當事人盡快過來協助調查，現在請讓我通知他。」

呂昭邑微微一笑，「沒問題，麻煩您了。」

簡律師拿出手機起身時，眼角瞄到呂昭邑桌上，「是這個杯子嗎？」

「您說什麼？」呂昭邑客氣地回

「那個你說潑到你身上的咖啡杯。」簡律師拿著手機的手指向桌上的杯子。

「噢，對。」

「沒想到會煮咖啡，還會有這種事……」簡律師叨念著，轉身走出。

11

從早上開始，這城市就下著雨，行人走路都縮成一團，舉步維艱，窗外一片迷濛。

簡律師預定下午兩點帶蔡明言到地檢應訊，事件總算就要落幕了，順利的話，就等蔡明言自己說明，應該可以慢慢往結案的方向前進。卻突然接到法警通報，有位曾德謙建築師要找呂昭邑，只提到跟蔡明言有關。門一開，走入的是位衣著得體的紳士。

「您好。」

「您好，我姓曾，是建築師。」

「我是呂昭邑，聽說您急著找我。」

「我剛跟你們同事說了，有點急。」

呂昭邑點點頭，示意對方說下去，卻發現曾建築師欲言又止，拔下了眼鏡，拿出手帕仔細擦著。那副深色眼鏡造型很典雅，間雜著琥珀色，圓潤的線條，在他巨大的手上顯得精緻秀氣。

呂昭邑觀察著對方，白色長袖襯衫搭配深藍色休閒長褲，進門時戴的圓形帽被放置在一旁的椅子上，臉上的落腮鬍很有個性。對方嘴上雖說緊急，卻又突然靜默，從深鎖的眉頭，可以看出正在苦惱。

呂昭邑必須做點什麼驅動對方，願意分享更多。

「您喝咖啡嗎？我想沖一壺。」呂昭邑起身，走向辦公室一角。

看對方的樣子，應該也會是咖啡愛好者，這時藉由一些氣味拉近距離，卸下對方的防備。

「有什麼事，您邊說。」呂昭邑刻意表現得輕鬆，讓對方容易一點。

呂昭邑專注地準備著，刻意不讓自己的目光和李建築師交會，水壺煮好水後，煙氣飄起，當咖啡的香氣被磨豆機給解放時，隨著機器聲停下，呂昭邑聽到建築師的聲音，從旁邊傳來。開始了。

「我平常是建築師，但也參與了一個古蹟修復。」曾建築師的聲音有點像博物館裡的導覽，「這個城市過去有許多日式建築，傳統上就是群樹圍繞，庭園造景外，也提供中間的建物極佳的遮蔽與生活情趣，也對於溫度的調控和空氣有幫助。但現在不容易看到了，城市人口增加，市中心的土地變得稀有，許多人腦筋動到這些傳統的日式宿舍。」

呂昭邑點點頭，一邊把熱水順著時鐘轉圈，沖入濾杯裡，咖啡粉彷彿甦醒了，香氣瞬間充滿整個空間。

「你有聽過古蹟自燃吧？」

「有，常在報紙上看到。」

「以臺灣的氣候狀態，實在很不可能，幾乎都是人為的，但被究責的很少，好不容易這幾年開始被關注。」

呂昭邑把咖啡杯放在李建築師面前，自己回身拿了另一杯，走回位子坐下時，瞄到李建築師端著咖啡，閉上眼的神情。

是在禱告？還是單純地在享受咖啡的香氣？總之，那種認真嚴肅的樣子很少見，也讓沖咖啡的自已感到被珍惜。

「我自己也在大學教書，意識到如果人們集體地只想追求快速的物質富裕，會是我們所有人的悲劇，所以我偶爾會做導覽，介紹當初我們保留下來那片日式宿舍的故事。」

李建築師似乎下定決心講一段故事。

「有一片日本宿舍位在城中的精華區，當時許多建商覬覦，想拆掉拿來蓋大樓，可是附近有位太太，一開始只是想保留那些老樹，連帶那些樹所包圍的有歷史價值的日本宿舍也想要保留，她四處尋求資源，不斷跟市府溝通請求，但都沒有人理她。」

「後來她開始四處找人串連幫忙，也來找過我，我說我不想惹上麻煩，婉拒了她。沒想到她有夠厲害的，找到我爸爸。」臉上露出微笑的李建築師，搭配滿臉鬍渣，有一種頑童感。

「有天晚上，我爸說那個附近的舊房子，你就去給他們幫幫忙，我說哪裡的？我爸隨手遙遙一指，我搞不清楚狀況。他說，有位年輕太太來找他，他答應了。我說那你答應什麼？我爸說，我答應叫我兒子來幫忙。」李建築師說完，自己哈哈大笑，呂昭邑莫名也跟著笑出來。

「但我那時根本笑不出來。」李建築師臉上又露出一開始進門時的苦。

「總之，我被我爸逼著投入那個運動，一起拉白布條，一起請願，後來，總算文化局意識到這些是重要文化資產，認定保留後，開始準備規畫。結果出了事，凌晨三點，建商找了怪手，趁大家在睡覺時把兩個日本木造房子給挖掉，樹也都推倒了，等到我們趕到，悲劇已經發生……」建築師回想起當時，還是很激動。

「那兩棟被拆掉的地方，後來就被土地掮客轉手再賣給建商，我們拜託市府協助追究責任，結果建商說跟他們沒有關係，都是之前那個土地掮客處理的，他們根本不清楚前因後果。這種話，你會信嗎？誰會花大錢買一塊有爭議的土地，除非他很清楚，那些爭議根本是自己造成的。

「大家很擔心那幾棟遺留下來的木造宿舍又被破壞，結果還是發生了。你知道嗎？我進去看，那個房子的正中央柱子上卡著一根鋸子，長長的就卡在房子的正中央喔。好像一種嘲笑，嘲笑我們，嘲笑整個政府對文化資產的保護是多麼脆弱，多不堪一擊。」

「鋸子卡在柱子中間？為什麼？」呂昭邑好奇。

「他應該是叫人半夜進去破壞，想說把柱子鋸斷，房子就會塌掉，但鋸到一半，房子本身的重量壓下來，鋸子拉不動，就卡在那了。」建築師手來回比畫，「也可以說，是那房子自己救了自己。」

「後來我們終於搶救成功，市政府開文資會議確認這是重要的文化遺產，不可以拆毀轉賣，我就把那把鋸子放在我的辦公桌上，永遠提醒自己。」建築師拿起桌上的咖啡，嘗了一口後放下。「這件事已經發生十幾年了，這幾年，我們開始陸續有文資導覽活動，跟大家分享當初發生的故事，許多年輕人會來參加，也是因為這樣，認識了拜倫。」

聽到關鍵字，呂昭邑坐直上身，到底這位關心文化保存的建築師跟拜倫有什麼關係？

「拜倫來參加過一次活動，我後來才知道，他會有興趣，是因為他在寫詩，之前有前輩詩人在這成立了詩社，他來緬懷追想，剛好聽到我導覽的那一場活動。他的發問滿深刻的，後來就也常用email聯絡，交換一些意見，我看到有年輕人願意關心，也很感動。」建築師低頭，拍了拍休閒褲管上的一些草。可能剛剛有經過公園吧。

曾建築師緩了緩，似乎要講到重點，「前陣子，拜倫跟我說，他爸爸是做建商的，他懷疑，他爸爸當年有參與這個案子。」他聲音突然放低。「蔡先生你知道吧？」

「你是說……蔡明言的爸爸蔡毓嵐嗎？我知道他是個建商。」呂昭邑眉頭一皺，隱約感覺這邊有個交集。

「他的來歷到現在還是業界的一個謎，有一種檯面下的說法，他曾經幫某位黨國大老處理一些土地，當然那是在黨國不分的年代，後來轉手賣出蓋豪宅，創造了很高的利潤，當然了，都是無本生意，一開始土地的取得就沒有透過金錢購買，後來買賣的金額又極高，每一塊錢都是多賺的，他們什麼錢都沒有付。從日本人投降離開，臺灣許多地方的資產移交過程裡都有問題。現在大家都在關注轉型正義，可是如果是一開始就沒有被放進移交清單裡的，又有誰知道，又哪有轉型正義的問題。」

呂昭邑一直知道這座城市裡最知名的豪宅，就是從一筆有爭議的土地上蓋起的，許多圖利的傳聞也經過調查，但過去的舊勢力牢不可破，始終只停留在媒體上的爭論，司法體系一直無法有效介入，畢竟司法講究證據，當初的文件要是佚失，根本很難取得有效力的物證。

「我本來不相信有這麼巧的事，怎麼可能我之前在對抗的勢力的二代，竟然會剛好來聽我的導覽？而且拜倫年紀輕，怎麼想也不會覺得他爸爸會是那位蔡先生。當然，在拜倫跟我說之前，我也不曉得蔡先生有參與那個案子。」

「那你今天為什麼急著找我們？」

「那把鋸子不見了。」建築師滿臉擔憂。「拜倫留言說要跟我借，我……怕他做傻事。」

兩人說到這，突然響起急切的敲門聲。

呂昭邑才說完「請進」，林檢事官就急匆匆的走入，緊張地立刻湊到呂昭邑身邊，看見有客人，欲言又止。

呂昭邑留意到建築師臉上的關切表情，點個頭，示意林檢事官說下去。

林檢事官說：「拜倫不在家，不，應該說，下落不明。」

*

簡律師再次打來時，呂昭邑跟林檢事官都在辦公室。曾建築師離開時還再三拜託，要是有新的消息務必通知他，他真的很擔心拜倫。沒想到簡律師也是為了同件事。

「呂檢察官，我要拜託你幫忙，如果有蔡同學的消息，麻煩盡快讓我們知道。」簡律師就算拜託人，似乎還是帶著點驕傲。

「我們當然會通知委任律師。」呂昭邑壓抑著對對方的厭惡，試著平心靜氣地回答。

「我跟你們檢察長算是有點交情，你跟蔡同學也有一面之緣，就盡量幫忙。」簡律師果然開始套交情，只是，這真的有用嗎？還是在他們的世界裡，這是個通行無阻的方式？

「我知道了，可是除非他來找我，不然我怎麼會知道他去哪裡。」呂昭邑隨口把心裡的納悶說出來，一半也是抱怨，不懂這簡律師為什麼覺得可以找自己幫忙。

「我知道，我知道，總之，千萬拜託了。」簡律師的口吻開始焦急懇切，之前的盛氣凌人消失了，大概也慌了手腳。

呂昭邑想起那個纖細卻行事極端的年輕人，熱愛寫詩，卻有種如詩般輕短卻猛烈的氣息，看著咖啡杯底剩下的殘餘液體，雖然只有半根手指的高度，卻依然散發出香味。不就跟咖啡一樣？看似一點點，卻有極大的影響。這麼年輕，怎麼會犯下這麼大的案子？

呂昭邑搖了搖頭，當務之急，還是要趕快找到人。

拜倫不見了，鋸子也被他拿走了，他要拿來鋸什麼呢？

還是，鋸什麼人？

12

在辦公室呆坐著也不是辦法，呂昭邑提議：「反正在辦公室也找不到拜倫，要不要四處去看看？」

兩人一起上了車，林檢事官發動引擎，把剛從車窗上拿下的停車單整齊地對折，放入旁邊的手套箱裡。

「檢察官，我們現在要去哪裡？」這陣子合作下來的默契，林檢事官大概已經習慣呂昭邑的任意而為，他冷靜地說：「出發總要有個方向。」林檢事官講了一個很久以前的電視節目對白，主持人在出外景時都會喊的，那時呂昭邑還是小孩子。機器人般的林檢事官竟然會開玩笑，之前因為家人安危引發的恐慌症大概已經好了。

「我們去醫院看看。」

「哪一家？」

呂昭邑說出醫院名時，林檢事官點頭表示收到。

「你有去過嗎？」呂昭邑問。

「有幾次，去看親戚長輩。」

那家專門收治達官顯要的醫院，以老人病症和癌症的醫治聞名，位在城市邊緣，卻是最昂貴的邊緣。

當然，那地方的房價始終居高不下的原因有很多，不過其中有一項也是因為這家醫院，當一個城市的財富過分集中在相對年長者身上時，他們的需求就會呈現價格上漲的趨勢，以這例子來說，就是妥善的醫療機能，推動或者支持了當地的房價。

呂昭邑自己倒是完全沒想過要來住這一區，價錢實在太高，幾乎已到雲端之上，難怪這裡的人自認住在天龍國，名字其實非常貼切，完全說明了真實的狀態。

呂昭邑一邊想著，看著窗外變化的街景，下了高架橋，穿過迎面的林蔭大道，綠色占滿眼前的窗。在這城市裡，樹是如此珍貴，樹較多的地方，房價也不會太便宜，但自己從南部上來，小時生活的地方到處都有樹，樹就是生活的一部分，不值得大驚小怪，但在這水泥叢林裡，水泥比叢林多上許多，你得付出許多代價，才有機會生活在有樹的地方。

呂昭邑想起那位滿臉鬍子的建築師，提起他們參與的護樹運動，看到車窗外路上行駛的車輛，比例極高都是進口車，雙B彷彿是標準配備，不，在這地方，雙B的數量可能還比樹多上許多呢。

「我直接開進去。」林檢事官看到前方的停車場標示，打破了車內的沉默。

「嗯，停好車再找看看，我也不知道安寧病房在哪一棟樓。」

林檢事官聽到後臉色沒變，大概在來的路上也已經猜到了。

拜倫的母親。呂昭邑想來看拜倫的母親。

走出一層又一層堆成的停車場，也有些年代了，處處都是斑駁，不知為何，在這個島嶼上到處都有這種頹敗，不是歷史的美感，只有令人不敢卒睹的壞去，明明這是一個很賺錢的醫院，卻不願意在這個病人家屬每天都得使用的地方好好維持，彷彿一種怪異的儉樸，只是儉的都是別人。

林檢事官摸了摸牆邊一個裸露鋼筋的角落，指給呂昭邑看，「檢座，你看，這都壞了。」

「這邊應該也沒幾年啊，三十幾年？」

「差不多，也許快四十年。」

「那你車停這裡會不會壞掉啊？」

「什麼？」

「屋頂塌下來壓壞啊。」

「啊，不行啦，我車貸剛繳清。」林檢事官認真地叨念。

「我開玩笑的，不會啦，說起來，這樣的建築也才幾十年，卻壞得這麼快，實在不懂，那許多外國上百年的建築為何看來都還不錯，難道是臺灣某個時期的工法特別追求廉價，偷工減料？不知道有沒有超過追訴期限，應該也來調查一下。」

兩人並肩走在茂盛的樹影下，穿過花圃，進入醫院大廳，發現安寧病房剛好就在這棟大樓的最高樓層。

電梯打開時，迎面傳來的是，佛號。

「南無……」那段佛號以歌曲方式唱著，聲音不大，應該是某個病房傳出的，隨著護理師走出，把房門關上，就聽不太到了。

「為什麼有那個音樂？」呂昭邑好奇地問。

「可能是要讓即將離開的人心安一些吧。」林檢事官扶了下眼鏡回答。看了一下病房介紹，似乎還區分宗教信仰，或許在人生的終點線前，在世與將離世的人都更需要一些支持和慰藉。

兩人走到護理站，林檢事官假裝沒事地眼睛快速在住院名單上來回掃著。

「果然沒有登記。怎麼辦？」林檢事官走離護理站後，輕聲說。

「沒關係，之前就聽說這家醫院重視名人隱私，我們繞一下看看。」呂昭邑繼續邁步向前，經過護理站，前面是幾個病房，多數門都關閉著。

繞了快一圈，發現有張緊急逃生圖，似乎可以大略看出有四人房，有兩人房，其他沒有標示的空間，應該就是單人房，或者說VVIP房。

「我剛看那配置，應該有三間，我們有三分之一的機會猜對。」呂昭邑頭往走廊方向一擺。

「檢座，可是，我們這樣會不會很突兀？」林檢事官壓低聲音說。

「叫我學弟。我想應該還好，就跟對方說，我們在幫忙找拜倫啊。」呂昭邑試著安慰他。

林檢事官還是有些焦慮，勉強點點頭，同時緊張地左右張望。

兩人沿著走廊往前走，迎面有位護理師推著藥車過來，呂昭邑刻意點點頭，說了聲：「辛苦了。」年輕的護理師微微一笑，回了句：「不會。」

到了盡頭，走廊往右邊轉，迎面是三個大門，應該就是那三間VVIP房。

「我選中間那間。」正準備跨步往前走去敲門的呂昭邑突然想到，轉頭告訴林檢事官，「待會你不要進去，免得出了狀況把你拖下水。如果有人來，你通知我一下。」

吸口氣，手輕敲，門內無人回應，呂昭邑等了三秒，決定推門。

一進門，是個寬敞空間，擺設了深色的皮質兩人座與三人座沙發，加上一個單人座厚實沙發，圍著一張核桃木深色茶几，就占了一個普通病房的大小了，牆上掛著畫，應該是讓來探病的人可以有地方聊天吧。或許是考慮來探病的人會不少，所以空間設計相當大氣，一旁還有一臺膠囊咖啡機擺在立櫃上，加上一個造型好看的冷熱飲機，一臺微波爐，要是不說這裡是醫院，說不定還真以為走進了某人家的客廳呢。果然大戶人家的需求，跟一般人不太一樣。

再往前，一個小拱門後，應該才是病人休息的地方。看那房間的深度，似乎也超過一般病房的大小，幾臺機器擺在病床旁，綠色布簾被拉開，床上似乎躺著個人，不知道是不是蔡太太。

如果猜得沒錯，這種ＶＶＩＰ房的費用不會低，同時三個病房都滿床的機會不會太高，畢竟負擔得起的家庭不多。但無論如何，得再靠近些，才能確認。

雖然因為工作關係經常看到屍體，但不是那麼常見到將死之人，呂昭邑心裡有點緊張，儀器緩慢且規律地發出嗶嗶聲，感覺和自己巨大的心跳聲相應和。他一步一步靠近。

床上是位六十多歲女子，頭髮散落在枕頭上，眼睛緊閉，臉色不太好，正發出規律的呼吸聲。

應該是吧，眼睛雖然沒睜開，但瓜子臉，鼻子和嘴巴非常細緻，雖然看得到一些歲月留下的痕跡，但五官確實跟拜倫有幾分神似。

接著該怎麼辦，自己這樣闖進來已經夠冒犯了，總不好再把病人叫醒。只是，現在不趕快對話，待會兒說不定有家人過來，大概也無法對話了。

病房裡，除了酒精消毒味，還有一股淡淡的香味，是什麼？雪松嗎？

最近在哪裡聞過呢？一下子想不起來。

呂昭邑再往前兩步，仔細看對方的臉，眼皮微微動著，是在作夢嗎？

突然，對方眼睛緩緩睜開，呂昭邑嚇了一跳，控制住往後跳開的衝動，思索著要怎麼開口。

「你是……」對方的聲音很微弱。

「我是……呃……」呂昭邑在想要怎麼說才不會嚇到對方，以及應該怎麼說，才能在不說謊的狀態下，讓對方願意繼續跟他說。

他好不容易擠出一句：「我……認識拜倫。」這總沒有說謊吧，呂昭邑在心裡安慰自己。

「啊，你是……流汗翔。」女子的聲音很輕，卻感受得到高興的心情。

呂昭邑一摸，自己臉上不知道是因為戴口罩還是太緊張，額頭流了汗。說不定也因為戴著口罩，對方才會誤認。不過蔡太太看來意識不太清楚，雖然不好意思，但為了辦案，只好不說破了。

「謝謝啊，特地來看我……頭髮變長啦……」蔡太太氣若游絲的聲音，有點聽不清楚，也有些難受。

「伯母都好吧。」呂昭邑試著講些不著邊際的話。

「好啊，看到你很高興呀，你呢？」女子咳了一聲，喘口氣，「在國外……習慣嗎？」

「還可以。」

「拜倫，幸好，有你這個……」又咳了兩聲，「……朋友。」

呂昭邑瞬間很想抽身離開。第一次面對將離開世界的生命，卻得用欺瞞的方式，實在很難受，看著對方的眼睛，裡頭的光芒黯淡，彷彿就要跟窗外傍晚的天空一樣，漸漸暗去。

「對了，他有沒有跟你說……」

「說什麼？」呂昭邑趕緊追問

「他……咳咳……考上醫學院了。」聲音微弱，但仍有一絲喜悅。

「喔，真的啊。」呂昭邑不知道要回什麼，不知道為什麼這家人那麼在乎小孩要讀醫學院。

「不好意思，你可以……幫我弄水嗎？」

呂昭邑趕緊看向邊桌，有瓶礦泉水和水杯，急忙過去倒。可是看這女子身體虛弱地躺在床上，怎麼喝水？他手拿著水杯呆望著醫療床邊，不知道哪個按鈕才能讓床立起來。

「棉花……棒……」白色床單上，那隻虛弱的手巍顫顫地指向桌上。

呂昭邑看到桌上有一包醫療用的大支棉花棒，已經有個開口，透明包裝裡還有四、五根。

「沾水……嘴巴……」女子聲音微細，手作勢微微靠近嘴巴。

呂昭邑拿出一支棉棒，趕緊放到杯裡沾水，但也不知道要多少，應該是要濕潤吧，病房裡有空調，確實偏乾，呂昭邑心想，病人可能已經無法喝水吞嚥了。

他把棉棒放上那乾癟失去血色的嘴唇，輕輕來回塗抹，雖然有點不熟練，但呂昭邑盡量仔細地來回移動棉棒，看到病人臉上勉強擠出淡淡的笑容，應該做得不差吧。

突然想到，這動作，平常是不是有私人看護處理？也就是說，自己現在剛好遇到了一個空檔，看護隨時可能回來。

病人微笑後繼續問：「……你過得好嗎？」

「還好。」呂昭邑繼續應付過去。

「有沒有……去看你奶奶？」

「呃，有。」

「那環境不錯，她應該會喜歡。」

呂昭邑點頭，一下子不知道怎麼回才好。突然想到，劉翰翔的奶奶不是過世了？所以說的是靈骨塔之類的環境？希望對方不要問太深，不然可能會露出馬腳來。

「拜倫上了醫學院，我也放心了……」女子虛弱地喘了口氣，「至少他爸就不會像以前那樣。」

要怎麼回才能引出更多呢？呂昭邑腦子拚命轉，又不能被聽出搞不清狀況。不管了，猜一個看看。

「他爸最近還會動手嗎？」呂昭邑試著問，想確認。

病人長長嘆了一口氣。眼睛闔上。

看來是猜到了。

那次在地檢署，呂昭邑發現拜倫穿的長袖邊緣透出一些瘀青，想說他應該也沒有在打球了，怎麼會受傷？通常答案是家暴，八九不離十。

「我跟他爸說，這孩子，不一樣。」女子喘著氣說：「可是他爸就那樣，脾氣大，嫌兒子不夠……」又咳了兩聲，「我很擔心……他們。」她清了清喉嚨，「你要像你之前，答應我的……照顧他。」

呂昭邑心想，劉翰翔曾經答應過蔡媽媽，雖然不知道原因，但現在當務之急是要找到拜倫，找到後，很多事情都會有解釋，想了一下，要怎麼套出拜倫的下落。

「哦，我回來還沒見到他。」呂昭邑試著說。

「他會不會去跳舞了？」女子虛弱的說。

「跳舞？」

「他前陣子迷上，看人家跳街舞。」又咳，「不敢，咳，跟他爸說。」

「看街舞？」

不行，對方好像身體十分虛弱，沒有回應。

病人原本就沒有睜很大的眼睛，緩緩地閉上，又睜開，又閉上，又睜開，再閉上。

接著，傳來均勻規律的呼吸聲。

看來是睡去了。

希望她是平安的。

13

呂昭邑離開病房後，在電梯口遇見一位外籍看護，正提著一袋食物走出電梯，嘴裡講著印尼文，應該是戴著耳機跟家人講電話，看她走的方向，似乎是往拜倫媽媽的病房去，心裡鬆了一口氣，就差那幾分鐘，差點被撞見。

呂昭邑偏個頭，跟角落的林檢事官交換眼神示意離開，林檢事官安靜地點點頭。

電梯門關上，呂昭邑才說：「你明天幫我查看看，現在年輕人都在哪裡跳街舞。」

「街舞？」

「對，說不定拜倫在那附近。」

「好。」

「還有，拜倫可能有被家暴的狀況。」

林檢事官眉毛一揚，略帶驚訝，又恢復冷靜表情，「也是，他爸爸是做那一行的，比較陽剛。」

「陽剛而已嗎？我怕是非常重視男子氣概吧，不知道為什麼有些人覺得人只能有一種樣子，都什麼時代了。」呂昭邑抱怨。

電梯門開，醫院大廳一片光明，卻也凸顯落地窗外的黑暗。

「有拜倫消息嗎？」呂昭邑問。

「沒有，很奇怪，簡律師說他們蔡家也在找。」林檢事官的語調有點拉高，不同於平常，似乎透露了點煩躁。「檢察官，我覺得現在應該趕快把蔡明言抓起來，反正殺人就該償命，你一直在找那個動機，也沒必要吧？檢座，很多人殺人都沒有理由的。」

「我是想多方面了解拜倫可能的去處，還有……」呂昭邑停了一下，「我仍舊希望搞清楚動機，我覺得那才是完整的辦案，了解犯罪原因，未來也才更有機會防止犯罪。」

林檢事官望著呂昭邑，略帶歉意地回：「我知道了，抱歉，是我多話了，可能最近壓力有點大。」

呂昭邑拍拍對方肩膀，「別這樣說，辛苦你了，今天確實好累，我們回去休息吧。」

一路忙到現在都天黑了，身上的每個細胞都想睡了。

車子一開出醫院，經過一個百貨公司，巨幅的看板螢幕上正在播放著新聞，林檢事官一看，馬上打方向燈，把車在路邊停下，兩人安靜地看著那畫面裡的新聞。

大大的鋸子。

插在建設公司的大招牌上，那是某個建案廣告，巨大的看板立在某棟大樓的屋頂，從高架橋上可以看到，原本廣告效果應該非常壯觀，現在看起來，很怵目驚心。

大概是所在位置極高，不容易上去移除，鋸子卡在那上頭，彷彿當代藝術，好像在控訴建商把這城市破壞了。

八成是拜倫弄的。

他到底怎麼上去的，還有，人呢？

「要去現場看看嗎？」林檢事官的聲音從身旁的駕駛座傳來。

「哪個現場？」呂昭邑問。

林檢事官指了指電視牆上的畫面。

「沒關係，我猜，拜倫現在也不在那裡了，他應該正在手機螢幕前看新聞吧。」

那鋸子就深深嵌在建設公司的名字上，充滿寓意，夜色中，鋸齒反射燈光，發出不祥的銀白。

＊

引誘球。

夜裡，呂昭邑在墊上做完半小時的HIIT高強度間歇運動，全身濕透，氣喘吁吁。思考卻開始澄明了起來。

三個人，兩個目前失聯。陷入僵局。要突破僵局，要有突破的做法。

要怎麼引誘打者出棒？

游崇烈是捕手，也就是一般認為棒球場上的教練，對戰術嫻熟，整天都在解讀比賽，要怎麼跟他溝通呢？

呂昭邑想到之前接到的詐騙電話，回頭想，其實不是，那應該就是真的銀行要通知呂昭邑，是自己誤會了，急著掛掉。

呂昭邑突然想到，以前有個哲學上的邏輯辯證，「這句話是謊話」，如果這句話是真的，那這句話指涉的內容說「這句話是謊話」應該要成立，那麼這句話就是謊話了。
如果這句話是謊話，那這句話指涉的內容「這句話是謊話」是偽，意思是「這句話是真話」囉。
呂昭邑搖搖頭，自己到底在想什麼。
游崇烈說他不會說謊。所以應該再想想，怎麼讓他說話，怎麼引誘他說話。
就算用詐騙集團的方法。

*

隔天一早，呂昭邑傳訊息給游崇烈約見面。
地點在棒球場附近的咖啡廳，陽光灑進落地窗，窗外是筆直寬廣的大馬路，這一區是新市鎮，原本附近只有棒球場和高鐵站，但隨著大城市人口外移，許多建商進駐到高鐵站附近的空地，蓋起一個個社區，巨大的美式購物商城開設後，整個開始繁華起來。
呂昭邑和林檢事官提早十分鐘到了，在路旁停好車，邊走邊讚嘆附近規畫的市容整齊，綠地公園遠比擁擠的大城市多上許多。
「我朋友還叫我要買這邊的房子，說之後會漲。」呂昭邑看著遠處一路綿延的建築說。
「已經漲了，我和老婆之前有來看，結果雖然比臺北市的豪宅便宜，可是坪數不小，單價也上來了。」林檢事官拿出手帕擦擦眼鏡，看著成列的行道樹旁一棟棟新蓋成的住宅社區，花崗石的外牆和新穎的外觀，在陽光下閃閃發亮。

「感覺這邊很適合運動，公園多。」呂昭邑想到自己在意的。

「之前生活機能還不完整，現在什麼都有了，我聽說有人都是搭高鐵去上班。」林檢事官轉回正題：「檢座，等等要怎麼談？」

「我有個感覺。」陽光照在呂昭邑臉上，他伸手擋了一下，「這案子充滿了奇怪的好意。」呂昭邑促狹地微微一笑，推開咖啡館大門，「我要讓他們的好意落空。」

兩人在咖啡館裡坐定，沒多久，游崇烈也到了。

走進門時，游崇烈頭髮還微濕，大概是剛練完球，洗完澡後過來的。

他向兩人點點頭，拿起菜單，點了杯冰咖啡去冰。

「不好意思，讓你們跑一趟。」游崇烈點個頭說。

「你也辛苦了，剛練完球？新球隊適應嗎？」想起這事，呂昭邑關心了一下。

「還好，就打球，慢慢適應。」游崇烈說話時，牙齒發著健康的光。

「有件事我想跟你說。」呂昭邑想直接切入正題。

游崇烈點點頭，望著呂昭邑。

「你和劉翰翔是好朋友，我想說讓你知道一下，美國球團那邊在問，劉翰翔有沒有涉入殺人案。」

「球團在問……」游崇烈喃喃地說，大大的眼睛望著半空。

看得出游崇烈正在思考，呂昭邑不確定自己投出的球夠不夠甜，對方會不會咬，也許要再加把勁，

「我不確定這會不會影響他在球隊的前途。」

呂昭邑說完，安靜下來，這時要讓靜默發揮作用，讓對方被剛剛的話語推動，評估完情勢後說出更多。這時千萬不要有多餘的動作，他一動也不動，一旁的林檢事官也維持一貫的無表情。

游崇烈思考了好一陣子，餐廳裡淡淡的鋼琴音流瀉，是蕭邦的《夜曲》。

「流汗翔跟那件事沒有關係。」游崇烈終於開口。

「你怎麼知道？」

「他那天跟我在一起，我們在練習開車。」游崇烈繼續說：「後來拜倫打電話來，叫他去。」

呂昭邑有點驚訝，原本只是預期游崇烈可能知道些內情，沒想到卻問出了更大的關鍵。

呂昭邑急著追問，「然後呢？」

「劉翰翔就去了啊，結果拜倫一身傷，拜倫後來還說想借住在我們的宿舍。劉翰翔問我，我說不行啦，一定會被教練罵。」

「你之前為什麼沒告訴我們？」

「因為劉翰翔答應了。」

「他答應什麼？」

「掩護。」

「掩護？」

游崇烈遲疑了一下才開口：「劉翰翔不肯說太多，不過，他應該是答應要暫時幫忙頂著。」

「暫時？」

「直到拜倫可以跟他爸爸交代。」

說到這，服務生送上飲料，游崇烈馬上停住，畢竟事關人命，這讓呂昭邑很心急，生怕游崇烈又不肯說了。

一等服務生走開，呂昭邑迫不及待的問：「交代什麼？」

「他爸要他考上醫學院。」

又是這件事，「嗯，然後呢？」

「拜倫得想辦法通過考試，也說這段時間不想要他媽媽擔心，他媽媽身體不好，日子不多了。」游崇烈喝了一口冰咖啡，幾乎立刻喝掉一大半，「他們當時的計畫我猜應該是，如果沒人知道就算了，要是有人開始調查，就讓劉翰翔掩護一下。」

呂昭邑點頭，年輕人的想法雖然不成熟，結果居然有用，當案子還不明朗時，確實就無法繼續調查下去。

「那Mark呢？」

「我也不太清楚，好像是不小心被Mark教練知道了，他很著急，以為真的是劉翰翔幹的。他很擔心劉翰翔去不了大聯盟，才會做那些事，但也沒有讓我們知道。他都說，你們把球打好就好。」

「後來劉翰翔提早出國，是教練的意思？」

「應該也不完全是，美國那邊本來就在談，那時候美國那邊的球探委託教練，教練怕夜長夢多，趕快把劉翰翔送出去。」

「那劉翰翔為什麼願意幫拜倫？」

「我上次有說啊，拜倫家幫劉翰翔很多，以前劉翰翔家的奶奶生病，是拜倫媽媽幫忙的。這件事就是拜倫媽媽親自拜託劉翰翔的。」

所以拜倫的媽媽根本就知道這事件，難怪那天在醫院，她會要求被誤認為劉翰翔的自己信守承諾。

「就算這樣也說不過去啊，那是謀殺案耶！」呂昭邑還是覺得，會有人這麼傻嗎？

「他們那時候不知道。」

「什麼意思？」

「拜倫以為他只是弄了一下那個老人。」

游崇烈又陷入安靜。

呂昭邑看到游崇烈的空杯，舉手要服務生過來，「麻煩再一杯，冰咖啡？」他看向游崇烈，後者點點頭。

等那服務小姐走遠，呂昭邑再度追問：「等一下，我想到一件事，如果像你說的話，拜倫有什麼好擔心的，既然他沒有殺人，又幹嘛要劉翰翔幫忙？」

游崇烈手指玩著吸管的紙包裝，把它折疊起來，「他很怕他爸啦，後來他媽媽說拜倫在準備考醫學院，要是身上有案子，就算只是傷害罪，可能都有影響。蔡先生也怕他的事業被波及，要是兒子的事上報會很麻煩。他們本來是說，要是有人問，就說那個時間拜倫跟劉翰翔在一起，幫他製造一個不在場證明。誰知道，後來老人過世了。」

「那為什麼你之前沒有跟我們說？」呂昭邑明知道問過了，仍再次略帶不滿地追問。

「劉翰翔答應拜倫媽媽要幫忙，我答應了劉翰翔不說，我總不能破壞他們的約定。而且你們來找我時，是問劉翰翔和那個老人的關係，我也回答你們應該沒有關係了啊。」游崇烈一臉認真。

呂昭邑回想了一下，似乎是這樣沒錯，劉翰翔和那個老人確實沒有關係，是自己問錯了問題。不過這個游崇烈真是個有點聰明的傢伙，難怪可以當捕手，解讀整場比賽。

「雖然有點不好意思，不過調查案件找出真相，應該是你們的工作啊。我不可以搶了你們的工作。」游崇烈邊說，手上沒停，那白色的吸管紙包裝被來回折疊，成了一個小小的方形，「我那時跟劉翰翔說，我可以配合，但有個條件，就是只要這件事危及到他的職業生涯，我就會說出來。」

呂昭邑的引誘球，發揮了作用。

案子陷入僵局，讓呂昭邑突發奇想，想到詐騙集團的手法，於是假藉美國的球團回覆地檢署，詢問劉翰翔是否涉入命案。呂昭邑把這訊息轉給了游崇烈，迫使對方面對，採取行動，好改變呂昭邑已經停滯不前的辦案僵局。

但事實上，大聯盟球隊一直沒有回應過呂昭邑，也沒有來信問劉翰翔在殺人案中的角色。這說起來是個擦邊球，只是呂昭邑想來想去，在沒辦法中的辦法，而且應該沒有人會因為這創造出來的訊息受傷。

「所以流汗翔的球隊那邊，檢察官你應該會說明清楚吧？」游崇烈抬頭，看向呂昭邑，眼神堅定，彷彿在球場上要求投手投他要的球種。

呂昭邑想著該如何迴避這問題，正好服務生走近，送上冰咖啡，替他又爭取了一點思考時間。

但游崇烈並沒有被冰咖啡打斷注意力，眼睛仍舊死盯著自己，呂昭邑只好回：「好，我會處理。」

游崇烈似乎得到滿意的答案，這才看向自己的咖啡。

「那拜倫呢？」呂昭邑突然想起。

「拜倫怎樣？」游崇烈含著吸管抬頭問，雖然以問題回答問題，但表情看起來似乎真的不知道拜倫失蹤。

「你最近有跟拜倫聯絡嗎？」

「沒有啊，我跟他沒有那麼熟。」

「好吧，他有聯絡你，再跟我說。」

游崇烈一聽，看著呂昭邑，語氣有點嚴肅地問：「什麼意思，他不見了？」

「他的家人在找他。」呂昭邑不想說太多，避免節外生枝。

「怎麼會這樣？」游崇烈一臉驚訝。

「我們也不清楚，之前找他來聊過一次。」

「他其實有很多狀況。」談起拜倫，游崇烈整個人似乎沉了下來，沒有一開始走進門時的意氣風發，游崇烈望著呂昭邑，「你們知道，他曾經自殺過嗎？」

「很嚴重嗎？」

「非常嚴重，我不清楚詳細狀況，但我聽說他一直有自殺傾向，所以他媽和流汗翔才那麼擔心。」

「我知道了，我們會努力找他。」呂昭邑點頭，「我之前找過他國中的輔導老師，但老師似乎要保護拜倫個人的隱私，不太願意多說。」

「那個老師很棒，我聽流汗翔說過，她很關心拜倫，在他離開學校後還持續關心。其實我覺得，流汗翔和拜倫很像，他們都有某種程度的冒牌者症候群。」

「什麼意思？」呂昭邑狐疑地問。

林檢事官這時也停下在記錄的手，抬頭望向游崇烈。

「就是明明自己很好、也很投入，可是會認為自己現在的表現是碰巧，甚至覺得自己是冒牌的，不是貨真價實的，流汗翔有時在大比賽會失常就是這樣，拜倫更是一直覺得自己不是正選而自卑。」

呂昭邑點點頭，每個順利的長大成人，都是許多幸運的總和。但拜倫所謂的正選，是什麼意思？

「你們知道他有一個大哥嗎？」游崇烈問。

「大哥？」

游崇烈嘴角撇了一下：「拜倫是私生子，有一個大他十多歲的大哥，是他爸的第一個太太生的，那個太太很早就癌症過世，沒想到大兒子也在幾年後意外死掉。蔡先生才回頭去找拜倫的媽媽，不然之前就只是給錢而已。後來，蔡先生把拜倫和拜倫媽媽接回家住，就是希望事業以後有接班人。」游崇烈拿起冰咖啡又吸了一口，「不過，蔡先生看拜倫一直很不順眼，聽說那時候就有家暴，把拜倫打到輔導老師都介入關心了，他本來就覺得拜倫喜歡打棒球浪費時間，以後影響接班，乾脆把他轉學去私立學校，也省得理那個輔導老師。」

呂昭邑安靜地點點頭，知道這時千萬不能打斷，感覺游崇烈要談的事會跟這個事件有關。

「你見過拜倫了嗎？」

「見過一次。」呂昭邑回答。

「他個性比較溫柔，他爸是作生意起家的，在社會上打滾，常罵他。」

「罵他什麼？」

游崇烈往兩旁看了一下，低聲說：「娘娘腔。」大大的眼睛透著怒氣，「我聽劉翰翔說，拜倫他爸不只不准他打棒球，還要求他一定要考醫學院當醫生，以後好接長照的事業。」

「長照？」

「拜倫他爸是建商，可能有點粗魯，但聽說看社會趨勢很準。以前就是看準一些都會區的空地，炒地皮起家的，他跟拜倫講，臺灣少子化人口減少，以後房子的供給會超過需求，房價需要其他因素支撐。加上老年人口增加，長照需求會成長，他們已經打算轉往長照去，所以要拜倫當醫生，以後可以接家族事業。」

長照這字眼，隱約感覺也曾經聽誰說過……是小黃，講到那個大學校地的祕辛。

「你看我爺爺，要不是我今年拿到了職業球隊的約，我也不知道怎麼辦。」可能是練球疲憊，游崇烈左手按摩著右邊肩膀，「總之，拜倫喜歡棒球，卻被迫要去當醫生，他一直覺得自己不是爸爸心中的先發。」

「先發？」呂昭邑問。

「啊就之前不被關心重視，大哥過世後，又突然被找回去，可是做什麼都不符合他爸的期待，他覺得自己是個替補，而且是個不被認同、又被迫要上場的替補。」

游崇烈用吸管把水滴到折疊起來的紙片上，「你看，毛毛蟲，會自己動哦。」桌上的紙片因為水的關係，原本折疊的部分舒展開來，彷彿正動著，緩緩前進。

「他噢，就是身不由己啦。」游崇烈大聲地說。

呂昭邑不知道他在說的是桌上那濕透的紙片，還是拜倫。

*

讓游崇烈離開，呂昭邑和林檢事官也上了車準備回地檢署時，突然接到檢察長來電。

「你的事他們查了，國安單位說那筆五十萬元，來自一個兩岸地下匯兌集團，他們往下查金流，但沒有什麼結果，不過也算是正式還你個清白了。還有，那個蔡太太今天凌晨過世了，剛剛簡律師告知我。」

「謝謝檢察長。」呂昭邑突然想到，「那他有提到拜倫，知道下落嗎？」

「還沒有。」

呂昭邑接著把目前知道的資訊提供給檢察長，對方靜默了一會兒，話筒中才又響起聲音，「好，但我是覺得，有些事太巧合。你就繼續查，只不過，你要有動作的時候，記得細膩一點，先讓我知道一下，我好支持你。」

「是，謝謝檢察長。」

掛上電話後，呂昭邑露出微笑，陽光透過車窗灑進來，一切似乎都變得往好的方向前進，至少自己的冤枉被洗清了，接著只要找到拜倫就好了，該負責的還是要負責。

感覺事件就要落幕了。

如果真是這樣就好了。

14

呂昭邑傳出訊息，是晚上近八點。

請簡律師邀蔡先生在晚上十點鐘前，到現在已成為一個文學地景的詩社舊址。

夜裡，木造的舊日式宿舍，線條優雅美麗，充滿了說故事必要的氛圍，當呂昭邑把車在對面的停車格，看到夜色裡樹影包圍的這屋，心裡只希望今晚故事的結局，可以不要是悲劇。

約在這裡，是拜倫的要求。他願意出面了。

踏上人行道，地上落葉碎裂的聲音，隨著腳步響起，走進門口，漆黑的庭園透出一股陰森，呂昭邑想著要不要點亮手機的手電筒，又怕自己的身影太明顯，還好，眼睛適應黑暗後，就可以看到屋內角落透著光，呂昭邑循著光走過去，手放到拉門上，沒鎖。

也許是視覺受限，嗅覺反而敏銳了起來，木造的房子裡有股清香傳來，應該是檜木吧。腳踩在地板發出聲音，在寧靜中顯得巨大，呂昭邑自己嚇到了自己，但仍舊強自鎮定，畢竟自己是檢察官，膽量可不能太小。

拜倫說有重要的事想講，呂昭邑只能赴約，雖然心裡也會覺得幹嘛挑這個時間地點，不過，一半是好奇，一半是擔心，擔心自己要是不來，有自戕紀錄的拜倫不知道會做出什麼。

來了，卻似乎沒有人。

在路上，呂昭邑撥了電話給拜倫的國中輔導老師，說明大概的狀況，老師很擔心，說要一起來。

有個小小的聲音，嗡嗡的，說不上來是什麼，又有種熟悉感。再往前走一些，才比較能辨識，聲音來自於那個光的位置，透過房間的玻璃，可以看到發著藍色光的，是個電腦螢幕。所以，人不在這？

拉開木造拉門，裡頭是個全木造的小房間，角落的一張圓桌上放著一部銀色的筆記型電腦，螢幕亮著藍光，說實在的，有點詭異。

「檢察官嗎？」一個細細的聲音傳來，呂昭邑不想承認，但真的嚇了一跳。

「我是拜倫。」那聲音再度發出。

電腦螢幕突然亮了起來，畫面裡是個視訊會議的視窗，但奇怪的是，只有一隻穿著紅色衣服的布偶熊坐在木桌上，應該是派丁頓熊吧。

「哈囉，我以為你約我來這，是因為你在這裡。」呂昭邑語帶無奈地抱怨。

「不好意思，真的很抱歉。」拜倫的聲音聽起來，是真的非常抱歉。

「那我方便把這裡的燈打開嗎？我不喜歡太黑。」

「可以，應該在你現在的左邊，靠近門的牆上有個電燈開關。」

「好，謝謝。」

呂昭邑順著那方向找去，果然在木牆上有個造型簡單的開關，一按下，頭頂的燈陸續亮起，整個空間沐在黃色的燈泡光中，不至於過亮，柔和的光恰恰和這個木造建築十分相襯。

「你在哪裡？我們需要你出來。」

「不好意思，我有點害羞。」

「我們需要你釐清一些案情，早點說明對你比較好。」呂昭邑雖然急著想找到人，但也不想逼得太緊，畢竟對方是有些狀況的孩子，還是得留些空間，免得在悲劇後又發生悲劇。

「好的，稍等一下，還有人要上線。」

視訊會議室裡，隨著音效聲，又多了兩個方框，仔細看，左邊第一個是游崇烈。

「哈囉。」游崇烈不改爽朗個性，圓圓的眼睛帶著笑，揮手問好。

第二個方框裡的，沒見過，但看過照片。

「檢察官，你好，我是劉翰翔。」寬寬的肩膀，胸膛飽滿，雖然坐著，但看得出來頗高大，跟照片接近，是個健壯、五官端正的年輕人。

「劉翰翔你好，終於見到你了。」

「不好意思。」劉翰翔正面鞠了個躬，彷彿在球場上跟主審敬禮。

呂昭邑馬上發問，「我一直有個疑問，你為什麼要幫拜倫頂罪？我的意思是，雖然你利用教練創造的時間差，讓你可以去到美國，並且美臺之間目前也還沒有完整的司法互助，但要是你有殺人嫌疑，也可能影響到在球隊的發展。」

玩具熊的畫面裡，拜倫的聲音傳出，「這我來說明，我只是拜託流汗翔先不要把這件事講出去而已，我沒有要他頂，是他後來有一次去醫院看我媽，被我媽問出來，結果我媽叫他幫忙，他捱不過去才就答應的。」

「蔡媽媽情緒勒索啦。」游崇烈插了一句。

「沒有啦，伯母幫我們家很多。」劉翰翔猶豫了一下才說：「還有，我不害怕被美國球團開除，因為我根本沒有拿到合約。」

呂昭邑有點驚訝，劉翰翔根本沒有去大聯盟？

「你沒拿到合約，那你去美國幹嘛？」呂昭邑問。

「我受傷了，這必須保密，因為教練說會影響我之後的職業生涯發展，他說一個投手的手臂要是有受傷紀錄，之後不只簽約金會少很多，也會影響選秀機會。教練安排我出國，到美國的醫院手術還有復健。他說暫時都不要跟外界聯繫，免得被知道。」劉翰翔聲音慢慢的，卻也說出職業運動員的苦衷。

「可是，外界都以為你是去美國大聯盟，這又是怎麼回事？」呂昭邑追問。

「教練自己就是美國球隊在臺灣的球探，他就對外透露有職業球隊對我有興趣，反正也只有臺灣媒體會刊登，加上是沒完全確定的事，也不會有球團特別費事出來否認。不過球團要找我是真的，只是因為疫情先暫緩招募。他說，剛好趁這時間去手術，處理好手臂。」

總算有點搞清楚為什麼劉翰翔這段時間跟外界斷了聯繫。

「後來，拜倫爸爸找到教練，說他願意負擔我在美國的費用，條件是我幫拜倫擋一下，讓這件事平靜落幕。」劉翰翔說完，最後又補上一句，「對不起。」

「可是有人目擊，是一個穿棒球外套的人潑的酸。」呂昭邑想起案子一開始的狀況。

「拜倫平常會穿我們球隊的外套啦！」游崇烈搶著回答。

劉翰翔點點頭。

「那Mark教練為什麼會幫劉翰翔頂罪？」

「他那天看到我身上的血，嚇到了，我當下又講不清楚，他以為我跟人家打架。等到搞清楚之後，老人卻死掉，他太著急了，想說我涉案會被調查，那時候球團正在談，要我去美國做測試，他怕我被限制出境，不能出國，就沒機會簽約，所以想出一個轉移調查焦點的方法，我一直叫他不要這樣。誰知道我到美國之後，疫情變嚴重，球團的測試就暫停了，他才又請朋友安排我去醫院動手術。」

「所以這些是拜倫他爸叫你們這樣做的嗎？」

「沒有啦，我後來沒有拿蔡先生的錢，Mark教練說他不要我跟蔡先生有瓜葛，以後很麻煩。他說錢先借我，以後我有賺錢再還他就好，我就聽教練的話，沒有跟任何人聯絡。」劉翰翔老實的說。

呂昭邑突然想到，「那游崇烈你知道這些事嗎？」

「他不知道啦，教練說不要讓其他人知道。」劉翰翔急著幫朋友回答。

游崇烈慢條斯理地說：「我不知道，但我有覺得怪怪的。」

呂昭邑問，「什麼意思？」

「我最後一次和流汗翔接球，就覺得他怪怪的，我想說，再怎麼保留，球威也太弱了，這樣去美國會被打爆吧。後來又都不聯絡，我就想，說不定是身體有狀況。」游崇烈講完還吐舌頭，「我覺得流汗翔你好像沒有我不行耶，不過，拜倫你爸媽真的也很誇張。」

「我爸媽真的很過分。不過，那是因為以為那時候只是跟老先生有衝突。」派丁頓熊說。

「只是有衝突？人都死了！」呂昭邑大吼。

「他那時活得好好的！」拜倫的聲音傳來。

劉翰翔也激動的說：「真的啦，我們到的時候，那個老人還跑過來罵我們。」

「你有遇到老人？」呂昭邑問。

「我到的時候，他根本是抓著拜倫不放，一直打、拚命罵，拜倫一直在那邊哭。」劉翰翔大聲地說。

「你再說一次，你的意思是，你到的時候老人還活著？」呂昭邑追問，這是關鍵，老人如果那時還活著，事件就完全不一樣了。

「真的，他活得好好的，超兇的，操你媽、操你媽的屄一直罵，很兇很可怕，他一直罵拜倫是婊子，罵拜倫是賤女人生的。」劉翰翔喘了口氣，「他講話聲音比我還大，越罵越激動，我叫拜倫不要理他，趕快上車走。」

「所以你們就走了？」

「我把拜倫拉上車，拜倫一直哭啊，我把他擺在後座，老人還追上來，繼續罵，繼續打車子，我趕快開車走了。」

「那你們接著去哪裡？」呂昭邑想搞清楚狀況。

「拜倫說他的手、大腿還有肚子很痛，我看他一直叫，比老人慘很多，大腿還流血，就趕快送他去醫院，急診醫生說他需要住院，是化學藥品造成的灼傷，還有穿刺傷。」

「穿刺傷？」呂昭邑問。

「拜倫腿上插著一把刀子。」劉翰翔手往下指著自己的腿。

「哪來的刀子？」

「那個老人捅的，我們到醫院急診室時，先把刀子拔出來。」

「那刀子呢？」

「在我那邊，我留下來了。車子後座也都是血，我也不敢洗。」

「那拜倫還有回去找那個老人嗎？」

「沒有吧，他就住院了啊。」劉翰翔秒回。

「那老人怎麼會過世？」呂昭邑追問。

「我真的不知道。」劉翰翔搖著頭，臉上滿是懊惱。

派丁頓熊的視窗一直沒有發出聲音，拜倫一直安靜地聽，彷彿事不關己。

呂昭邑想起上次見到蔡明言走路一跛一跛的，還想說，不就真的跟詩人拜倫一樣，原來是因為被刺傷。但他到底為什麼跟那老人起衝突？

「拜倫你是怎麼認識那個孫先生的？」

「我去文化中心學跳街舞，他們在旁邊打太極拳，結果他很兇，對其他女生很不客氣，叫別人滾，我過去幫忙，請他不要這樣，他就罵我還推我，後來旁邊有人報警，他就說要告我傷害，結果簡律師來處理，老先生拿了錢，後來就算了。」

「簡律師？簡律師知道這件事？」

「對，他處理的。」

「那他怎麼都沒說？」呂昭邑驚訝地回，原來簡律師之前就已經涉入，卻從來沒提過。

突然一個聲音響起，「因為對我的當事人不利。」

呂昭邑回頭看，是簡律師。夜裡，依舊西裝筆挺，一身手工訂製的西裝，一點皺摺都沒有。

「蔡先生有來嗎？」呂昭邑發現只有簡律師一個人。

「他有事，沒辦法臨時過來，我代表他。」簡律師手上拿著粗大的雪茄，一副正要點上的樣子。

「這邊是木造建築，請你不要吸菸。」呂昭邑好意提醒他。

「這不是香菸，是雪茄，我沒有要點，只是拿著。」簡律師一臉不可一世，但轉向螢幕時，又換了個語氣，溫柔地說：「拜倫啊，你爸在找你。」彷彿什麼事都沒發生。

「跟他說我不會回去了。」派丁頓熊的畫面發出聲音。

「你媽的後事還沒辦完。」簡律師講話一副家族長輩的模樣。

「我媽說，等她昏迷後我就不用管了，我那天跟她在醫院講好，她說那不關小孩子的事，她說到時候她已經離開了，那些儀式只是活著的人想要的排場，那天呂檢察官也在。」

呂昭邑納悶地問，「我也在？」

「我那天去看我媽，結果聽到你的聲音，我一聽不是外籍看護，就趕快躲到旁邊的衣櫃裡。」拜倫談起母親，聽起來有點微弱。

呂昭邑這才想起那天在病房裡聞到一股熟悉的氣味，雪松的香味，本以為是蔡太太，原來是拜倫。

也對，難怪看護不在，一定是因為拜倫在，看護就趁這空檔去買晚餐。沒想到，到處找拜倫，自己竟然曾經跟他只隔著一片木板門，早知道就不要敲門，直接進去。

「拜倫，我提醒你，這傢伙是檢察官，你不要在他面前多說，趕快回家，沒什麼事是不能商量的，我也會好好勸你爸，叫他聽你的想法。」

「沒關係，簡律師，我已經有打算了。」派丁頓熊的畫面傳來的聲音雖然細，但頗有態度，「檢察官，我繼續說明。後來，我在家裡又見到孫先生，原來，他之前就認識我爸。」

「真的是陰錯陽差，蔡先生也沒想到。」簡律師搖搖頭。

派丁頓熊用拜倫的聲音繼續說：「我在家裡偷聽到他們敘舊，原來這個孫老先生以前是軍方約聘人員，負責管理國有土地，他知道一些市中心廢棄的日式舊宿舍，就私下提供資訊給建商，協助招標轉賣出去，在過程中上下其手。我聽到後來發現，我曾經參加的一個文化導覽活動裡被破壞的舊文化古蹟，也跟他有關。他為了把那間老房子弄塌，還讓一把鋸子卡在房屋的柱子上，我才意識到，我爸不只炒高房價，剝削辛苦人謀暴利，還在收購土地的過程裡破壞文化遺產。」

呂昭邑看向身旁的簡律師，簡律師不以為然的撇了撇嘴，「破壞的人是姓孫的，跟蔡先生無關。」

派丁頓熊繼續說：「那位孫先生從軍中離開後，也跟我爸失去聯繫。沒想到幾年後，又遇上了我爸，開始跟我爸要錢。有一次，他從我家要走的時候，在我家外面遇到我，居然嘲笑我……是……婊子生的……」聲音停頓了一下，「他說我爸認識我媽時，他也在。」

呂昭邑驚訝地看著螢幕。

「我媽媽從小家境不好，很年輕就去酒店工作，那些做營建的都會去喝花酒招待廠商，孫先生也有去，我爸就是在那裡認識我媽，後來我媽有了我，偷偷生下來，我爸是幾年後才知道的。」拜倫喘了口氣，「那個孫先生嘲笑我娘娘腔，我請他不要這樣說，他還動手摸我，我很不喜歡，他又說我跟我媽都一樣，出身卑劣，就算有了錢還是賤。那天我在路上遇到他，他又對我動手動腳，在我身上摸來摸去，罵我娘娘腔，我叫他走開，他居然拿出刀子來，還打我。我不知道怎麼辦，只好把本來要帶回去做實驗的稀釋酸液打開來潑他，想把他逼走……後來一陣慌亂，我也不知道怎麼回事，他還把刀子往我腿上插，一直罵我……」

原來衝突是這樣發生的，呂昭邑腦子快速轉動著，「他那天怎麼會在路上遇到你？」

「他說他知道我那個時間會去跳街舞，他是故意在那裡等我的。」

呂昭邑點點頭。

「我要講的是，我跟我爸很不熟，平常也不知道他在做什麼生意，是因為孫先生我才去搜尋，才知道我爸生意做很大，而且有些蠻有爭議的。我後來就在他的電腦裡，找到一份記載名字和金額數字的檔案，發現他送錢給很多人，我就再google那些人名，結果，都是官員。」

「拜倫！」簡律師大喊一聲，一個箭步過去，把筆電蓋上，轉身對呂昭邑說：「檢察官，我要強調，我的當事人最近精神狀況不穩定，無法分辨現實與想像，常會陳述並不存在的事，我可以提供醫師鑑定報告給你。」

呂昭邑快步上前，左手用力扯開簡律師的手，右手掀開筆電，「簡律師，請你保持專業，你現在正妨礙司法調查，我警告你，再一次，我就不尊重你是前輩的身分了，不好意思。」講完，他才放開簡律師的手。

「呂檢，我警告過你，蔡先生有很多朋友，你忘記被調查的事了嗎？」簡律師撫著被呂昭邑用力拉扯而發疼的手腕，手錶在夜裡反射著光，臉上仍滿是怒意。

「最好他的朋友再來找我啊，看誰比較有力啊。」呂昭邑瞪他一眼，指了指自己的二頭肌，平常重訓就是要用在這個時候，「不好意思，弄痛你，你那昂貴的手錶有沒有怎樣？」

簡律師氣得說不出話來，只能拿著那根沒點著的雪茄，繼續怒瞪著他。

呂昭邑不再理會簡律師，重新點開視窗，再度回到視訊會議中。

「抱歉，剛簡律師蓋上了電腦。」

「我爸一直要我當接班人，但我實在不想做我不喜歡的事，我爸就叫我去死，我本來已經要去了，但又覺得這樣，我不就又在聽我爸的話嗎？所以我想到的方式就是，讓這整個集團消失。」派丁頓熊的聲音很堅定，和他可愛的長相不太一致，卻又十分相稱。

「搞什麼鬼，拜倫你不要再亂講，你爸會被你害死！」一臉怒氣的簡律師馬上從口袋拿出手機撥電話。

派丁頓熊的聲音再度傳出，「簡律師，你不要急，因為急也沒用，我們現在是直播。」

「直播？什麼意思？拜倫，你在網路直播?!」簡律師脹紅了臉。

「拜倫很有名啊，大家都會在網路上傳他寫的詩，粉絲有幾十萬哦。」游崇烈一副事不關己的模樣笑說，聲音裡有種球員打出安打後的爽朗感。

簡律師氣急敗壞地朝呂昭邑大吼：「檢察官，你應該阻止他啊，這個這個……偵查不公開，怎麼可以把這些資料公開！」

「確實要偵查不公開，但這是用來約束負責偵查的檢調人員，不是一般民眾，每次聽到有人用這種話術騙民眾，我都覺得很不舒服，這是利用理解法律的特權來欺負人，一般民眾當然可以公開任何不法事實，只要沒有誹謗問題就好。」呂昭邑說完，還故意兩手一攤，表示沒有辦法。

「媽的！」氣急敗壞的簡律師望著呂昭邑，似乎無法可施。他轉頭面向螢幕，聲音突然又變得溫柔無比，「拜倫，你不要再覺得自己是替補了，你都考上醫學院了啊，等你加入集團，我也會幫你的，你放心，一定沒問題的。而且你也要有資源，才能完成你想做的事啊。」

「我就是個替補，沒有人把我當作王牌，我爸、孫老先生都說我娘，我要說的是，我確實娘，而且現在連我娘都走了，我已經沒有什麼好擔心的了。」派丁頓熊的聲音聽起來很哀傷，接著聽到好像在吸鼻子的聲音，「我剛還沒說完，地檢署之前不是有個爆炸案，我覺得我爸可能也有點關係，他叫他下面那些武的去弄，就是要創造紛爭，因為鄰國要求他製造社會混亂，讓大家對公權力不信任，就連那個詐騙集團人頭帳戶的事，也跟他有關。有一次我還故意問他的政治立場是什麼，他大笑說，哪有什麼政治立場。我本來以為他是因為政黨傾向，結果只是為了利益，因為臺灣少子化，未來房屋市場會供過於求。他想到的方法就是，引入外來人口，讓鄰國人可以來臺，到時他們置產購屋，房價就會飆漲，像香港那樣，他就有更多利益了，他還叫我學著點。」

「你不要想太多，你爸只是在做生意，別的生意人也是這樣。」簡律師的安慰聽起來很微弱，他又幽幽地說：「其實，大財團都是用國外控股的方式，就算要追究也很難。何況，我在來之前就叫他去機場了，他現在大概已經飛過海峽中線了。」簡律師得意地看向呂昭邑，「這就是有私人飛機的好處，隨時可以趨吉避凶。」。

「簡律師指的是灣流G650ER嗎？聽說是世界上最高級的私人飛機，造價要二十一億，我剛剛請林檢事官記得多拍一些內部的照片，因為有可能是來自不法所得。」呂昭邑刻意慢慢說，享受這一刻。

「林檢事官？」簡律師臉上一陣青白。

「對啊，就像你提醒蔡先生一樣，我也提醒林檢事官先到機場去請蔡先生，對有私人飛機的富豪，我們一定要特別禮遇，不能讓他隨便出境啊。」呂昭邑微微一笑。

派丁頓熊再度開口：「謝謝檢察官，那我就放心多了，名單我已經放在雲端上，供社會大眾參考。」

這時，一隻手入鏡，把派丁頓熊拿起，是拜倫，他進入畫面，左手拿著紅衣小熊，右手拿著本封面泛黃的小書，「接著，讓我來為大家念一首拜倫的詩，好結束直播，也結束我的人生。」

所有人驚愕，結束人生？

「對了，稍等我一下。」拜倫從畫面外拿進一個黑色物體，擺在桌上。是把制式手槍，應該是克拉克G19，也是美國海豹部隊的個人標準配備，某些臺灣黑道會花大錢購買，號稱是手槍界的勞斯萊斯。

呂昭邑急問，「等一下，為什麼你有槍？」

「我爸放在抽屜的。」拜倫回得輕描淡寫。

「拜倫，你在說什麼！什麼要結束，你沒有說要這樣啊！」視窗裡，劉翰翔的聲音很激動。

「沒有人接受我，當然是以結束來成就詩意，何況可以在眾人的注視裡結束比賽，應該是我這個替補球員最好的狀態吧。」拜倫朝鏡頭微微一笑，纖細的五官充滿了無奈。

「拜倫，我們還需要你提供一些資料啊。」呂昭邑也急了，不忍看到一個年輕生命就這樣結束。

「該有的資料我都放在雲端了，大家都看得到。」拜倫輕聲說完，拿起桌上的詩集。

「什麼？在哪裡？我電腦不好。」呂昭邑開始胡言亂語，打算能多拖延就拖延。

「搞什麼鬼啦，拜倫你瘋了噢！」簡律師也在大叫，完全沒有平日的優雅自持。

「不要鬧了哦！」游崇烈大吼。

劉翰翔的聲音比較遠，似乎慢了半拍，跟其他人的聲音疊在一起，「拜倫，拜託啦！」

拜倫沒有理會所有人，他緩緩低頭，打開書頁，似乎是翻到他原本就準備好的地方，開始朗讀，聲線溫柔。

She Walks in Beauty.

She walks in beauty, like the night.
Of cloudless climes and starry skies;
And all that's best of dark and bright

Meet in her aspect and her eyes;
Thus mellowed to that tender light.
Which heaven to gaudy day denies.....

15

球場裡，鬧哄哄的聲音，呂昭邑覺得很像搖滾樂，令人身心平靜。

有人碰了碰呂昭邑的肩膀，是拜倫的輔導老師李老師。

「可樂，給你。」

「謝謝。」呂昭邑趕緊道謝，讓女生幫忙買飲料實在很不好意思，但也知道要是自己這樣說，會被李老師笑，什麼時代了還這種觀念，現在應該是同工同酬的時代。

李老師的長髮飄逸，她拿出髮圈綁成了高高的馬尾，從旁邊的包包拿出加油棒，臉上燦爛的笑容，讓呂昭邑看得有點著迷。

呂昭邑坐在球場的VIP包廂裡，透過玻璃，可以看到整個球賽的進行。雖然很高級，有冷氣有沙發椅，但跟以前看球的經驗還是不一樣，這裡相較於球場內實在太過安靜了，他終於忍不住起身，走到包廂外。

包廂外一樣有看臺座位，現場加油的聲音震耳欲聾，他露出微笑，這才是自己習慣的看比賽。

「安打！安打！全壘打！」

前方隔兩排，一個戴著棒球帽、身型瘦高的年輕人站著大吼，手拿加油棒，手舞足蹈。

呂昭邑望著他，那年輕人大概是感受到視線，轉過臉來，對他微笑，但手上動作不停，嘴巴更是持續大喊。

是拜倫。

這個球隊是他的。

*

那天。

拜倫緩緩把詩念完後，拿起桌上的手槍。

「拜倫！」所有人都大叫著。

「我害死一個人，當然要償命。」拜倫手槍靠著太陽穴，緩慢地囈語。

「拜倫，有件事我要跟你說，你之前不是一直問說別人怎麼知道你是同志的，我說不是我說的，但是，對不起，我要跟你承認，是我害你被霸凌的。」劉翰翔在視窗裡大喊，「那時候球隊有個學長把你給我的信搶過去，大聲念給大家聽，本來他以為是女生寫的，直到最後才看到你的署名，還大聲念出來，害你在學校被霸凌。對不起，我一直沒跟你說，請你原諒我。」

「沒關係，我從輔導老師那邊知道了，但你沒有錯。」拜倫淡淡的微笑。

「可是那時候，我也不知道該怎麼反應，還跟著大家笑你……」劉翰翔開始流淚。

「沒關係，你們好好幫我繼續棒球夢就好。」拜倫的聲音微弱，聽在現場的人耳裡卻無比沉重。

游崇烈突然發聲，「拜倫，你要好好活著啦！」

「我沒辦法啊，我就是個替補的，還替補不好！」拜倫放聲大吼，每個人都擔心他手上的槍不小心走火。

「拜倫，我跟你說，我超討厭你爸，討厭你爸靠錢欺負人，好像用錢就可以解決任何事。但我最討厭的是，他不尊重別人的想法，壓迫你。對不起，雖然對你不好意思，但我想過，這件事大概是現在世界上少數能讓你爸不稱心如意的事，我想你爸得到一個教訓了，不，說教訓也不對，比較像是他也經歷過像我和劉翰翔一樣，那種一般人的煎熬了。」

畫面裡的拜倫安靜地聽著，手槍依舊靠著頭。

「現在你爸那個了不起的事業毀了，我看他要挫賽了，他再也不能欺負人，再也不能壓迫你了，那你不就自由了嗎？幹嘛還要順你爸的意去死？你應該改變規則了。」游崇烈嘴角露出微笑，黝黑的臉龐讓牙齒更雪白了，「而且，任何事都會不順利的順利完成的。」

拜倫舉槍的手緩緩垂下，似乎正在消化這些話。

游崇烈繼續說：「拜倫，雖然這樣講有點像情緒勒索，但你知道，流汗翔去美國以後，球都投不進好球帶了。」

「什麼？」拜倫問。

劉翰翔頭低了下來，望著下方，迴避鏡頭。

「他手術完復健後，醫生都檢查過一輪了，身體沒有問題，可是球就是投不進好球帶，可能得到投手失憶症了，醫生說應該是心理壓力造成的。如果你再把自己幹掉，我看他這輩子大概都沒辦法投球了。」游崇烈的聲音少了一些爽朗。

拜倫愣住了，手仍扣在扳機上。

「對啊，拜倫。」突然有個女聲從呂昭邑身後傳來，他回頭一看，是李老師，她也趕來了。

「流汗翔後來跟我說，他很後悔那時候沒有接受你的告白，最糟糕的是，害你被同學嘲笑，他一直很內疚。」李老師冷靜溫暖的聲線在黑夜裡流動。

呂昭邑這才終於明白，為什麼劉翰翔願意冒著那麼大的風險幫拜倫了。

或許是想到當年被傷害的情景，拜倫哭了出來，「『拜託倫家喜歡你』……那時他們在我旁邊一直叫一直叫，說原來我叫拜倫是因為這樣。」

李老師點點頭，「沒關係，不要理他們，他們不知道自己在說什麼，他們不知道拜倫是位多麼偉大的詩人，而且他沒有逃避自己，在當時更加險惡的環境裡堅持自己的性向，甚至不惜跟人決鬥，所以，老師一直很喜歡你叫自己拜倫，那是一個美麗且勇敢的名字。」

拜倫一邊哭一邊點頭。

「老師剛剛在來的路上也有看你的直播，你很棒，很勇敢，沒有被自己的出身背景束縛，所以，老師來是想邀請你回學校，跟學弟妹分享你的努力，你剛讀的這首詩，老師記得你跟我分享過，我記得，這首詩還有後段吧？」李老師拿出手機，緩緩地念：

One shade the more, one ray the less,

Had half impaired the nameless grace.
Which waves in every raven tress,
Or softly lightens o'er her face;
Where thoughts serenely sweet express,
How pure, how dear their dwelling-place.

李老師望向螢幕，再度開口：「老師想跟你說，You walks in beauty, like the night, and you should keep going. 你是一個獨特的存在，一路走得很美麗，你應該繼續走下去，在走下去的時候找到勇氣，在走下去的時候給別人勇氣。

「你不是替補，你是替補的王牌，跟棒球比賽一樣，就算是替補上來，你也會是王牌，你會在最後贏得比賽，讓那些看不起你，不，應該說看不懂你的人，拓展視野，理解你，也理解世界有很多不同的可能。」

拜倫淚流滿面，在螢幕裡一直哭。

在一片啜泣聲中，呂昭邑突然出聲：「劉翰翔，你的車子呢？」

終場

呂昭邑要劉翰翔把那輛因為害怕、一直擺在車庫裡的車子交出，採檢後發現，劉翰翔的汽車右後方車體上的掌紋、指紋，跟孫冀東一致。

拜倫與老人發生衝突的地點，發現地上有血跡和酸液，化驗後發現與拜倫陳述的一致，那把刀具也由家屬確認為孫冀東所有，是來自雲南的銀器雕琢，平日是收藏、防身用。

呂昭邑也找到了車上的行車記錄器，調閱後發現，鏡頭錄到車子抵達時，老人正對拜倫動手的畫面，接著劉翰翔跑過去把拜倫帶上車離開。

調查到這邊大致清楚了許多，拜倫因為被攻擊才潑酸，沒想到導致老人急性中毒死亡。雖然是自衛行為，未來可以在求刑上酌予考量，但還是過失致死罪。

呂昭邑看著行車記錄器的畫面，總覺得哪裡怪怪的。

「等一下，幫我倒回去，車子抵達停下來的位置。」呂昭邑手放在桌上，彎腰靠近螢幕。

林檢事官操作著電腦，同樣的動作，又重複一次。

「等一下，」呂昭邑皺著眉頭，「你再回到車子停下來那邊。」

林檢事官操作後，停在那畫面，轉頭不解地看向呂昭邑。

畫面上方，顯示九點三十五分五十秒。

「我記得老人是十一點左右死亡的。」呂昭邑終於說出心裡的疑點。

林檢事官快速調出資料，冷靜的回答：「法醫判定死亡時間應該落在十一點到十一點半。」

呂昭邑皺起眉，思考著其中的含意。

林檢事官又從電腦螢幕上調出地圖，緩緩說：「呂檢，我發現發生衝突的地點，距離老人倒下的地點，足足有將近一公里。」

「難道，老人根本不是被那個酸給害死的？」

兩人對望，不發一語。

＊

配合老人毆打拜倫的影像紀錄，以及確認死亡時間點及衝突後行走的距離等新的客觀事實，呂昭邑再次徵詢了三位專業法醫的意見。現在認為，當初驗屍報告中提及老人血液裡血鈣偏低，可能是長期洗腎造成，判斷老人確實被潑酸，但未產生危害生命的重大影響，且仍保有高度行為能力，確切死因應為後續激烈動作後引發心臟病發，被潑酸不是致死原因。

潑酸為拜倫被攻擊後的自衛行為，蔡家後來與被害人家屬達成和解。潑酸是傷害罪，為告訴乃論，家屬不提告，就也不成案了。

呂昭邑怎樣也沒想到，這個案子辦到後來會變成這樣。蔡家應該也沒有想到吧。

原本只是單純的衝突事件，要是當初蔡家沒有極力掩蓋，循正常程序接受調查，而不是用各種檯面下的方法處理，早就可以釐清時間點，也不會因此讓蔡先生自己的生意曝光，事業版圖受到影響。

在拜倫直播爆料的名單裡，拉下了不少人，造成司法界人事大震盪，其中也包含法醫所所長。大學主祕也在該名單中，他接受蔡先生安排，暗中運作要讓棒球隊結束，好讓學校棒球場可以盡快被轉賣，後來發現，那個長照機構TRUK控股，也是蔡先生在海外設立的。

拜倫的父親在簡律師建議下認罪，入監服刑。沒想到，看似商業利益優先的簡律師，建議蔡先生主動供出國安單位一直在追查的境外金流管道，說明外國敵對勢力如何利用兩岸地下金融匯兌提供資金，藉網路殭屍帳號傳播假訊息影響臺灣社會安全，一舉瓦解了敵方在臺的協作者網絡，也因此幫蔡先生爭取到減刑。

連帶的，炸彈威脅地檢案順利偵破，蔡先生供出，那是境外敵對勢力另一線的協作者，為了擾亂臺灣民心刻意製造出來的事件，至於選擇呂昭邑為對象，只是恰好他當時被週刊報導和大學棒球隊教練面談，算是個媒體上的人物。雖然那條線不完全受蔡先生控制，但因為蔡先生熟悉境外敵對勢力匯入金錢流向的關係，檢調從而順利找出了上下游執行者。

不想接手父親事業的拜倫，居然表達了承接企業集團的意願，唯一條件是，企業的治理方向必須依照他的想法。

成為董事長的拜倫在兩年內結束了原本在中國的投資計畫，全力集中在臺灣經營，除了集團原本經營有成的豪宅建案，開始推出針對年輕人的中小坪數青春住宅，強調居住權是人權，廣受大眾喜愛媒體討論，一時之間成為話題人物。他具體的弭平社會不平等，被認為是國內少數能貫徹SDGs聯合國永續發展目標的企業，受邀到聯合國大會演講，更因此擴張了集團事業版圖，成功引導企業轉型。

在第三年結束，達到集團設定的利潤目標後，拜倫買下了一支職業棒球隊，他說要做三級棒球教育，因此這支球隊的球員，在球季外都會義務到偏鄉陪伴孩子，做每個孩子家庭的替補。

游崇烈、劉翰翔也加入了這支球隊，因為他們不只想打棒球，還想做自己想做的事。

*

場上正站在投手丘上的，就是劉翰翔，對面蹲捕手的是游崇烈，這對搭擋創造了今年職棒最好的成績，也帶給很多孩子學習的好榜樣。

而且，游崇烈還常在第九局上場投球，做比賽終結者，國外媒體對這更是好奇，爭相報導，他自稱是世界少見的投捕搭擋、神祕二刀流，不過可以這樣，也要歸功於球隊總教練。

總教練就是Mark，他從美國被找回來當主帥，同時帶來一位運動醫學專家——前法醫歐陽安。歐陽安去了美國，攻讀運動傷害防護學位後，認為讓活人更有運動能力是件更有趣的事，也成為國內首位職棒球團博士級隨隊專職隊醫。

由於拜倫的母企業集團經營年輕客層，成為新一代時尚潮流品牌，廣受年輕人歡迎，仲介小黃向拜倫毛遂自薦，成為該支職棒球隊的啦啦隊長，並負責社群行銷操作，十分成功，粉絲人數為目前全聯盟最多，現場比賽活動最有創意，氣氛也最熱烈。據他說，這比賣房子更有成就感，賺更多掌聲。呂昭邑有時遇到地檢署需要社群貼文，也會寫好後請他幫忙給意見。

啦啦隊長小黃正帥氣站在球隊吉祥物旁，奮力向看臺觀眾拋擲小禮物。從呂昭邑坐的角度，正好可以看到球員休息室裡，Mark正靠在欄杆上和歐陽安討論。看起來十分有默契，無論在職業上，或人生上。

林檢事官一家則坐在前面看臺、靠近欄杆的地方，林檢事官一身卡其色釣魚裝扮，溫柔的太太在一旁，不時拿出食物給站著的小女孩，小女孩跟著音樂不斷跳著應援舞，手拿加油棒比畫著手勢。

李老師拿起加油棒，站起身，手勢誇張的要呂昭邑起身，在他手上塞了加油棒，同時喃喃的對呂昭邑說了句話，但周圍實在太吵了，呂昭邑沒聽清楚，回了句：「什麼？」

「我說……」李老師身體靠近，香氣傳了過來，柔軟的身子碰到了呂昭邑拿加油棒的手臂，她開心地喊著，「今天，我們要當啦啦隊的替補！」

呂昭邑笑出來，看著前面拜倫專注加油擺動的身影，「替補，好像也不賴！」

李老師在震耳欲聾的加油聲中大喊：「拜託，替補可以是王牌啊！」

呂昭邑微笑，看向球場內，心想有些什麼正在發生。

雖然不知道是什麼，但應該是好的事吧。

在場上，任何事都會不順利的順利完成的。

尤其，在人生的場上。

替補的王牌／盧建彰 著 . -- 初版 . – 臺北市：時報文化，2022.04；面；14.8 ╳ 21 公分 .
--（Story；045）

ISBN 978-957-13-9981-2（平裝）

863.57 111000784

ISBN 978-957-13-9981-2
Printed in Taiwan.

Story 045

替補的王牌

作者 盧建彰｜**主編** 陳信宏｜**副主編** 尹蘊雯｜**執行企畫** 吳美瑤｜**封面設計** 吳佳璘｜**編輯總監** 蘇清霖｜**董事長** 趙政岷｜**出版者** 時報文化出版企業股份有限公司 108019 臺北市和平西路三段 240 號 3 樓 發行專線—(02)2306-6842 讀者服務專線—0800-231-705 · (02)2304-7103 讀者服務傳真—(02)2304-6858 郵撥—19344724 時報文化出版公司 信箱—10899 臺北華江橋郵局第 99 信箱 時報悅讀網—www.readingtimes.com.tw 電子郵件信箱—newlife@readingtimes.com.tw 時報出版愛讀者—www.facebook.com/readingtimes.2｜**法律顧問** 理律法律事務所 陳長文律師、李念祖律師｜**印刷** 勁達印刷有限公司｜**初版一刷** 2022 年 4 月 22 日｜**定價** 新臺幣 450 元｜（缺頁或破損的書，請寄回更換）

時報文化出版公司成立於 1975 年，1999 年股票上櫃公開發行，2008 年脫離中時集團非屬旺中，以「尊重智慧與創意的文化事業」為信念。